산맥공주

산맥공주

山脈公主

**이지연
단편소설집**

차례

산백공주 —7
눈 속의 요정 —59
생일을 축하 —97
공녀님은 기사가 되고 싶어서 —153
진화 혁명 : 디벤둑 상급지식체화소의 강의 소묘 —193
던전 —219
만찬 : 콴 행성 라마 지역 상층부, 우위디야마구(區). —235
역표절자들 —255

엮은이의 말 —301
편집자의 말 —306

산맥 공주

본작은 고불 출판사가 2023년 펴낸 앤솔러지
『영원히 행복하게, 그러나』에 처음 실렸으며,
고불 출판사의 배려로 재수록할 수 있었습니다.

태곳적만큼 멀지는 않으나 촘촘한 기억으로 빚어 내릴 만큼 가깝지도 않은 옛날, 칸국들이 솟고 또 흩어지던 너른 땅 위에 보르후라는 남자가 있었습니다. 그이는 애초에 타방 사람의 고아로 남의 집 일을 하며 컸는데 전쟁 때 머릿수를 채우려 뽑혀 나갔다가 실종됐더랬죠. 피붙이 겨레붙이 없는 외톨이 하나가 죽었거나 살았거나 누가 딱히 상관하겠습니까? 황금 세상은 그 없이도 부드럽게 굴러갔습니다. 그러다 또 홀연히 살아 돌아왔다 한들 누가 그리 반기겠습니까? 그이는 그저 볼품없는 덤, 작지만 거슬리는 혹, 괜한 우수리인 것을요.

그동안 어디 있었는지, 왜 몇 년이나 지나서 돌아온 것인지는 보르후 자신이 밝히 말한 적 없고 사실 크게 궁금해한 사람도 없었지요. 다만 그와 같이 외로운 처지에도 단지 젊기 때문에 한때 그 눈에 어렸던 빛이 이제는 꺼졌고 젊은 이들 가슴에 잠깐씩 피게 마련인 모험과 출세, 정복과 약탈에 대한 욕망이 다시는 필 일 없게 분쇄되었다는 것만은 누가 봐도 알 수 있었습니다. 그래서 그이는 젊어서 하던 대로 남의 가축 치는 일을 ─ 이제는 장자가 아니라 장자의 막내아들의 집사의 지시를 받아서 ─ 하면서 살아갔습니다. 그 자신도 한 마리 가축인 것처럼 어떤 희망이나 장래의 바람 같은 것 없이 오늘을 모면하는 것만 보고 살았습니다.

그의 주인인 바투오드의 바야르 노인에게는 아들이 여럿이고 손자도 많았기 때문에 보르후와 같은 일꾼들은 가장 멀고 척박한 초지로 나다녀야 했습니다. 추위에 얼고 땡볕에 구워지며 갖은 고생을 하고, 혹시 양 한 마리가 사고를 당하기라도 하면 집사와 막내아들이 연달아 호통치며 "이놈이 잡아먹었다."라고 혹독하게 닦아세워 기어이 물어내게 만드는 이러한 일은 어쩌면 다른 고통을 돌아볼 겨를이 없도록 합니다. 하지만 그에게는 남모를 고통이 있어 영 잊히지를 않았습니다. 그 때문이었을 겁니다, 유명한 셍게 무당이 나친 에르덴 노얀*의 초청을 받아 왔다는 소문을 듣고 감히 찾아가 볼 생심을 한 것은요. 칸들과 노얀들을 상대하는 큰

---

* 고관, 유력자.

무당이 일개 목민을 상대해 줄까 싶지만, 한번 생각이 미치자 끊을 수 없어 보르후는 염소 한 마리를 안장에 잡아매고 밤을 도와 찾아갔습니다.

"영험한 무당이시여, 가슴이 허전하여 견딜 수가 없습니다."

입을 열자 벌써 저절로 눈물이 흘러내렸습니다.

"새벽부터 밤까지 껍데기가 걸어 다닙니다. 무엇 때문에 숨을 쉬는지 알지 못하겠습니다. 날이 가고 해가 가도 슬픔이 가시지를 않습니다."

무당은 그를 훑어보았습니다.

"남자가 슬프고 허전하다면 화롯가에 여자가 없어서이지. 왜, 가진 것이 충분하지 못한가? 다리를 놓아 줄 친지가 없는가?"

이 사람이 형편이 못 되리라는 건 무당이 아니라도 곧 알 일이지요. 그런데 돌아온 대답은 뜻밖이었습니다.

"저는 가난한 사람입니다. 남의 집 일을 하며 나이만 먹고 있습니다. 그렇지만 실은 혼인한 적이 있고 그래서 이렇게 괴로운 겁니다."

그러고는 자기 사연을 토해 놓았습니다. "그해 전쟁터에서 목숨을 건지고서, 잇달아 날아드는 새처럼 좋은 운이 찾아와 저는 주인 잃은 말 여러 마리를 얻었고 모르는 부족 사이에 끼어들어 갔더랬습니다. 거기서 세상에 둘도 없을 귀한 여자와 인연이 맺어져 3년을 행복하게 살았습니다. 하나 운이 기울고 꿈이 깨지며 모든 것이 손에서 빠져나가, 아내는 세상을 버리고 저 하늘에 태어났으며 저만이 먼지 땅 위에 나뒹굽니다. 하다못해 우리에게 한 명의 자식이라도 있었다면, 아내가 빚어 내 손에 남겨 준 한 아들이나 한 딸이 있었다면 저는 그 아이를 소중히 돌보면서 내 숨을 심지 삼아 행복의 등불을 켰을 것입니다. 하지만 아리운 고와가 남긴 건 이 저고리뿐입니다."

그러면서 보르후는 보퉁이를 풀어 아름다운 채색 저고리를 펼쳐 보였습니다. 근방 어느 부족의 법식과도 같지 않게 여러 색 비단을 잇대어 극히 화사하게 만든 긴 저고리였습니다. 남색과 자주색, 흰색으로 동을 달고 청록과 보라 길에다 붉은 깃을 대었으며 띠는 황동색, 거기에 금실 은실로 세상 만물을 수놓았는데 그 솜씨가 보는 사람의 넋을 뺄 정도로 세밀했습니다. 앞자락에도 소맷부리에도 엇갈리며 휘도는 여러 겹 선들이 갖가지 도형을 이루고, 각색 보배 구슬들이 나긋한 비단이 빳빳해질 정도로 빽빽하게 아로새겨져 있었지요. 척 보아도 세상에 보기 드문 귀인의 의복임이 분명했습니다.

"이 저고리는 아내가 어른이 되던 날에 입었던 것입니다. 원래는 먼 외국에서 온 것이라고 했습니다. 아내는 장차 우리에게 딸이 태어나면 공주님처럼 치장해 주리라고 해진 안감을 바꾸고 깃과 소매를 새로 고치고 빈 곳에 구슬을 덧붙였습니다. 그렇게 대칸의 카톤*이 입어도 꿀리지 않을 저고리가 제 손에 남았는데 이걸 지은 귀한 여자는 이제 없습니다. 앞으로 이걸 입어 줄 딸도 없습니다."

초원의 사내답지 않게 나약한 남자였습니다, 보르후는. 설령 재산이 있었더라도 새장가를 들 기력도 마음도 없는 사람입니다. 잃어버린 아리운 고와를 그리워하고 오늘의 외로운 처지를 한탄하면서 아내 없고 행복도 없는 헛된 인생을 어떡하면 좋을지 알 수 없어 할 따름이죠. 무당은 물끄러미 그를 보다가 뼛조각들을 끌어당겨 점을 치기 시작했습니다. 나온 점괘를 보고 크게 놀라더니, 낄낄 웃었다가, 눈살을 찌푸리고 곰곰 생각에 잠기고는, 혼자 고개를 끄덕이며 힐끔힐끔 보르후를 곁눈질했습니다.

"너의 부인은 이미 황금 하늘의 선녀가 되어서 먼지 세상으로 돌아오지 못한다." 무당이 말했습니다. "네 소원은 이룰 수 없지만, 다른 것이 이루어질 것이다, 아주 대단한 것이지. 너는 왕이 될 것이고 여러 나라를 망하게 할 거다."

보르후는 눈을 껌벅거렸습니다. 이 무슨 뜬금없는 소리

---

* 귀부인, 왕비.

랍니까? 누가 재물 없고 권세 없는 것을 하소연하기라도 했나요? 무당은 아리운 고와의 채색 저고리에 달려 있던 장식 구슬들을 더듬어 만지더니 그중 하나를 조심히 떼어 내서는 황당해하는 보르후의 손에 쥐어 주었습니다.

"이건 씨앗이다. 가져가 땅에 심어라. 매일매일 물을 주며 100일 동안 정성을 들여라. 다른 사람에게 말하지 말고 내 말대로 해라. 100일이 지나면 너는 더 이상 슬프지 않을 것이다."

세상에서 가장 힘센 것이 호기심이라고 합니다. 우롱당한 것 같아 화도 났지만, 보르후는 구슬을 내던져 버릴 수가 없었습니다. 가지고 돌아와 화로에 불을 돋우고 자세히 살펴보았죠. 나무를 깎아 만든 구슬인가 했는데 들고 보니 정말로 씨앗 같아 보였습니다, 무슨 씨앗인지는 몰라도. 그러자 심어 보고 싶어졌지요. 아침을 기다리는 동안 씨앗은 보르후의 손바닥에 꼭 박힐 듯이 쥐어져 그의 체온으로 따뜻해졌습니다. 너무 세게 누르면 깨질까, 너무 살짝 잡았다가는 놓칠까 조바심으로 보르후는 무겁지도 가볍지도 않게 씨앗을 감싸고서 내내 그 씨앗의 깍지가 되어 밤을 보냈습니다.

다음 날 아침 보르후는 씨앗 심을 자리를 보러 나갔습니다. 처음에는 문간에 심으려고 했지만 그림자가 드리울까 싶어 좀더 나갔습니다. 그러자 이번에는 말과 사람이 오가다가 모르고 밟지나 않을까 걱정이 되었고 싹이 트면 소나 양이 입을 댈 것 같아 꺼려졌지요. 두루 다니며 자리를 물색하는데 땅이 너무 골 진 것, 너무 바람받이인 것, 돌이 많은 것, 흙살이 얇은 것이 하나하나 마음에 걸렸습니다. 결국 보르후는 말을 달려 한 곳을 찾아갔습니다. 산을 등지고 호수를 향해 완만하게 비탈진 아름다운 땅을 택해 좋은 자리에 구멍을 파고 씨앗을 넣었습니다.

돌과 검불을 깨끗이 걷고 물을 주고 돌아왔지만 첫새벽에 다시 갔어요. 가서는 주위로 둥글게 돌을 둘렀습니다. 폭풍이 휩쓸면 장소를 알 수 없게 될까 염려되었기 때문입니다. 그런데 그렇게 해 놓고 보니 이제 누가 이 돌을 표시 삼아 땅을 파 본다면 어떡하나 하는 걱정이 생겼습니다. 이러구러 좀처럼 씨앗 곁을 떠날 수 없게 된 보르후는 봄여름 내 그 호숫가만을 맴돌았습니다. 심은 곳 주위를 두른 돌담은 점점 더 높아져서 나중에는 오보*인가 착각할 정도가 되었죠.

씨앗은 몇십 일 동안이나 싹이 트지 않은 채 늑장을 부렸

---

* 민간신앙의 대상이 되는, 여러 사람의 손에 의해 쌓인 돌무더기. 한국으로 치면 서낭당.

고 다른 일꾼들은 떼를 갈라 새 초지로 가 버렸습니다. 집사는 노인에게 고하고 노인은 막내아들을 꾸짖어, 모두 함께 보르후를 을러대며 가축을 뺏겠다 쫓아내겠다, 때리겠다 때려죽이겠다 위협했지요. 하지만 보르후의 마음은 드디어 봉긋하게 올라온 흙자리에 부풀고 끝내 튼 싹에 뛰놀 뿐이었어요. 장자의 막내아들이 사람을 데리고 와 보르후를 두들겨 패고 가축들을 몰고 가 버리고, 지금 날짜에 살이 올라야 할 만큼 오르지 않았다고 해서 그 벌충으로 보르후의 양도 반이나 빼앗아 갔건만 분하지도 두렵지도 않았습니다. 멍들고 터진 얼굴로도 다시 호숫가에 와 자기가 매를 맞는 사이에도 조금 더 자란 싹을 들여다보며 이상한 기쁨과 설렘을 느낄 따름입니다.

처음 펼쳐진 잎은 크기가 어린애의 손바닥만 했습니다. 두 잎째는 그보다 컸지요. 그리고 세 장째 잎은 쫙 펼친 손보다도 더 크고 튼튼했습니다. 아침저녁이 다르게 새잎을 내면서 식물은 순조롭게 자라났습니다. 어찌나 싱그러운지 근처의 다른 풀, 나무 들은 모두 마르고 바랜 것처럼 보입니다. 식물에 혼을 뺏긴 보르후는 과연 더 이상 불행하지 않았어요. 그토록 완벽히 고운 식물을 볼 때 절로 아내 생각이 나 걸핏하면 눈물이 고여 왔지만 아무것도 없던 허무함과는 달랐지요. 식물은 금세 허리까지, 명치까지, 턱까지 오도록 어찌나 쑥쑥 크던지 보르후는 어쩌면 이게 하늘에 닿는다는 이야기 속 거목일까도 생각했습니다. 하늘 사다리가 된 나무를 타고 올라가면 그리운 아내를 다시 만나게 될까요. 그렇다면 정말로 무당은 옳은 예언을 해 준 것일 테지요. 귀중한 아리운 고와만 있으면 보르후는 지난날 한 번 되어 봤던 대로 다시금 세상의 왕이 되고, 고금의 수많은 나라들이야 망하든지 말든지 상관하지 않을 것이니까요.

하지만 식물은 무한정 커지지는 않고, 키를 좀 넘을 만큼까지 크고 나선 밑동을 부풀리기 시작했죠. 겨울 목영지로 옮겨야 할 때쯤 해서 식물 밑동은 남자의 몸통만큼 굵어졌고 표면이 돌처럼 단단해졌습니다. 그러곤 무성한 잎 사이사이로 수십 개의 꽃봉오리가 돋아 나와 일시에 꽃이 피었어요. 크고 탐스러운 그 꽃들은 가장자리는 돌 같은 회색이고 중심부는 피처럼 새빨갛고, 그 중간에 연한 노란색, 보라색, 연두색 줄들이 들어가 있어 몹시도 화려했습니다. 며칠 동안 피어 있던 꽃들은 필 때와 같이 질 때에도 한꺼번에 후드득 떨어지고 잎마저 꽃을 뒤따라 홀홀 져 내립니다. 처음에 심었던 것 같은 씨앗이 맺히려나 했는데 그런 것도 없었어요. 남은 것은 굵게 부푼, 바위같이 단단한 밑동뿐이었습니다.

날씨는 시시각각 변해 가고 수중에 남은 양 몇 마리는 새끼가 거의 들지 않았습니다. 굶주림이 닥쳐오고 있어도 보르후는 차마 떠날 수가 없었습니다. 아름답게 자라고 꽃 피었던 식물은 어쩌면 그가 행복했던 옛 시절이고, 돌덩이처럼 굳은 밑동을 지키는 지금은 그 과거를 조상하는 중일까요. 그는 아예 이 자리에서 겨울을 날 작정으로 게르를 헐어 옮겨 왔습니다. 식물 밑동이 화롯가에 오도록 자리를 잡아 뼈대를 세우고 모전(毛氈)을 둘렀습니다. 이제 말 그대로 밑동은 보르후의 화롯가 식구가 되었습니다. 무엇을 기대하는지 모른 채로 그는 기다렸어요. 설령 모진 눈보라가 몰아친대도 보르후는 밑동을 끌어안고 얼어 죽을 작정이었습니다.

무당이 말했던 100일로부터도 몇십 일이 더 갔는지 모를 날, 호숫가에 눈이 많이도 내린 아침 미명에 보르후가 천창 덮개를 열자 밑동이 조금 달라 보였습니다. 어쩐지 모양이 더 둥글어진 것 같고 표면이 조금 투명해 보입니다. 잘 보니 옷에 섶이 있듯이 거죽에 솔기가 생겼습니다. 여느 날과 같이 물을 주자, 어떻게 된 일일까요? 보르후의 눈앞에서 솔기가 탁 터지며 껍질이 밀려나기 시작했습니다. 그 안에서 무언가가 굴러 나옵니다. 아기입니다. 보르후는 놀라 자빠졌습니다.

"아리운 고와가 나에게 남겨 준 한 아이가 없어서 무당 앞에서 울었는데, 그 무당이 나의 소원을 이루어 주었구나! 그런데 그 신통한 이가 왜 그렇게 말했을까, 내 소원이 이루어질 수 없다고? 왕이 될 거라고, 여러 나라들을 망하게 할 거라고, 왜 그런 말을 했을까?"

왕이 되고 나라들을 망하게 하는 것보다 한 아이를 갖는 쪽이 비교할 수 없이 좋습니다. 타는 불처럼 생생하게 시야를 지지는 아기를 앞에 두고 그의 가슴은 걱정으로 머리는 궁리로 벌써 뜨끈해져 바쁘게 돌아갔습니다.

아기를 기르는 것은 새끼 양을 돌보는 것과 같으면서도 같지 않습니다. 나무 밑동에서 나온 신통한 아기가 아니었더라도 그랬겠지만, 이 아기는 더욱 곤혹스러운 면이 많았죠. 우선 첫눈에도 보통 아기보다 배로 큰데 안아 올릴 수 없을 정도로 무거웠습니다. 또 어찌나 단단한지 보르후는 아이 이름을 출룬체첵*이라고 지었어요. 아기는 먹성이 엄청났고 그만큼 빠르게도 자랐습니다. 겨울 동안 보르후가 가진 것을 모조리 먹어 치우고 봄이 되자 갓난애가 아니라 세 살쯤 먹은 아이같이 되었죠. 보르후는 머리를 조아려 빌어서 닥치는 대로 품을 팔아야 했습니다.

---

* 돌꽃.

가족 친지가 한 명도 없었기 때문에 아기는 유목민들이 종종 하듯이 게르 기둥에 발목을 묶어 혼자 집을 보게 했지요. 그러다 하루는 눈앞이 캄캄해지는 일도 있었습니다. 보르후가 돌아와 보니 게르가 폭삭 주저앉아 있었답니다. 깔려 숨이 막혔을까 봐 기겁했지만 들썩들썩하는 모전 자락을 치우고 보니 출룬체첵은 멀쩡히 땅에 앉아 놀고 있었습니다. 게르 문간에 날아가는 나비를 보고 몇 걸음 쫓아 나왔다가 줄을 당겨 기둥을 잡아 뽑은 거죠! 엄청나게 힘이 센 아기였습니다.

더 이상 혼자 둘 수 없어서 보르후는 아이를 데리고 다니려고 생각했습니다. 유목하는 사람들은 아이가 앉을 수만 있으면 안장에 앉혀 놀아 주고 서너 살만 되어도 얌전한 말에 올려 걸리며 말 타는 법을 가르칩니다. 보르후도 안장을 가져와 출룬체첵을 앉혀 보았습니다.

"안!"

어린애가 오금에 힘을 주고 몸을 뻗치자 안장이 와싹, 부서져 버렸습니다. 보르후는 고민하면서도 한편으로는 힘센 망아지를 훈련시키고, 또 키가 작은 출룬체첵이 스스로 말 등에 오를 수 있게끔 집 앞에 토담을 쌓기도 했어요. 하지만 온갖 안배는 결국 허사로 돌아갔죠. 여름 끝에 이르자 대여섯 살 아이같이 자란 그 애가 대장간 모루만큼이나 무거워졌기 때문입니다. 망아지는커녕 큰 말도 출룬체첵을 태우면 힘들어서 고개를 푹 숙이고 헐떡거렸습니다. 출룬체첵은 아버지가 말을 타라 해도 말이 불쌍해 조금 가다가는 얼른 내려 버리고 말과 나란히 뛰었지요. 늦다고 할까 봐서 구르듯이 질주하니, 지칠 줄 모르는 그 아이를 사람들은 신기하게 보고 '구르는 돌멩이 아이', '뜀박질해 다니는 아이'라고 불렀습니다.

가축이 얼마 없는 가난한 목민들이 자투리 초지에 머물 때 출룬체첵은 그렇게 뛰어가서 이웃 아이들을 만났습니다. 처음 본 사람들은 출룬체첵이 한 일고여덟 살 된 아이거니 했어요. 낮에는 이웃 여자들이 자기 아이와 함께 출룬체첵을 돌봐 주기도 하고 음식도 나눠 먹였습니다. 출룬체첵은 보답으로 그 집 아이보다 열심히 땔감을 주워 드리고 늘 예의 바르게 인사하고 심부름을 잘했습니다. 그래서 간혹 아이들 사이에 다툼이 있어도 이웃 어른들은 출룬체첵만 꾸짖지 않고 더러는 자기 집 아이도 나무랐죠. 딱 한 번, 출룬체첵이 큰 아이와 시비 붙어 주먹으로 때렸을 때만 빼고는요.

그 아이는 출룬체첵의 한 주먹에 다리뼈가 박살 나 한참 동안 일어나지도 못했습니다. 칭찬해 주던 사람들에게 꾸중 당했고, 상대 아이가 절름발이가 될지도 모른다는 소식에 꺼림칙하고, 무엇보다 아버지가 두려워하고 근심하니 출룬체첵은 후회했습니다. 그런 괴로움들이 외톨이가 된 무료함보다도 컸기에 앞으로는 절대 남을 때리지 않겠다고 다짐했지요. 하지만 이후로 아무도 출룬체첵에게 싸움을 걸지 않은 건 꼭 그 결심 때문은 아닐 것입니다. 아이건 어른이건, 너무 무거워 말도 낙타도 감당 못 하는 이 바위 같은 아이와 어그러져서 그 돌주먹에 뼈가 부러지는 일을 당하고 싶은 마음은 전혀 들지 않았기 때문에 모두들 그녀를 조심스럽게 대했습니다. 영산(靈山)의 메아리인 양, 좋게 대해 주면 좋게 돌아오는 출룬체첵이라 여자들은 여전히 그 아이를 반겨 집에 들이고 자기 아이와 똑같이 잘 먹이고 또 일도 많이 시켰습니다. 어머니가 없는 출룬체첵은 그렇게 여자 일을 배웠습니다.

"빨리 배우네. 솜씨도 좋지! 분명히 시집을 잘 갈 수 있을 게다." 출룬체첵이 놓은 수를 보고 연세 높은 할머니가 칭찬했습니다. 가난하고 배경 없는 아이의 출신을 아는 부인네들은 할머니가 괜한 말씀을 하시는구나 싶어 찔끔했지만, 세상에 산 세월이 긴 할머니는 젊은것들보다 견문이 넓었지요.

"입에 보배 구슬을 물고 손에 황금 주사위를 쥐고 태어난 사람들이 끝까지 특권을 지킨다더냐? 한미한 씨족의 자손이 크게 흥성하고, 부요(富饒)하고 세력 크던 일족이 뒤를 찾기 힘들어지는 일이 세상에는 늘 있다. 이 아이는 칸의 부인이 될 거다. 이 아이를 얻는 남자는 칸이 될 거다."

설마 그러랴 하면서도 여자들은 할머니 말씀을 입에 옮겼습니다. "노인께서 그 아이를 굉장히 좋게 보시지 뭐겠어? 큰 칸의 카톤이 될 거라고 하시더라고!"

출룬체첵이 여자 일만 잘하는 건 아니었습니다. 보르후가 남의 집 가축을 치는 동안에 이제는 출룬체첵이 얼마 안 되는 자기 집 가축들을 너끈히 건사하고 다녔습니다. 힘이 워낙 세어서 고집 센 짐승들도 고집을 피우지 못했고, 가축을 지키는 게 아이 혼자라면 당연히 꼬일 법한 심보 검은 개놈들도 그 아이가 소를 구렁에서 잡아 끌어내고 바윗돌을 밀쳐 치워 버리는 걸 보게 될 땐 주춤했습니다. 이웃 아저씨, 할아버지 들이 출룬체첵에게 돌팔매와 활 쏘는 법을 가르쳐 주어서 출룬체첵은 가축을 돌보면서 눈에 띄는 대로 사냥도 해 오게 되었습니다. 활 솜씨는 그다지 좋지 못해도 돌팔매는 아주 적성에 맞아, 그녀가 던지는 돌은 일직선으로 화살보다도 더 빠르게 날아가 표적을 묵사발로 만들었습니다.

"그 여자애는 숫제 남자야! 어른 남자처럼 힘이 세고 어른 남자처럼 사냥을 잘해! 큰다고 남의 집에 시집을 보낼 게 아니야, 그 애는! 전쟁에라도 내보내야 옳지, 내보낸다면 적을 쳐부숴 약탈을 해 오고도 남지!"

그렇게 남자들도 여자들에 질세라 출룬체첵의 말을 하고 다녔지요. 자기 혼자 본 맹수의 크기가 말을 할 때마다 자꾸 커지는 것처럼 출룬체첵의 용력도 입을 옮겨 타면서 더욱 부풀었습니다.

  3년이 지나자 출룬체첵은 겉보기에 다 자란 아가씨같이 되었습니다. 외양은 열다섯 열여섯 살 소녀 같은데 키는 보르후를 따라잡았고 체격도 당당했지요. 여름에, 보르후는 아리운 고와의 옷을 꺼내 주며 어머니의 유언을 전해 주었습니다. 시험 삼아 입어 보자 채색 저고리가 맞춘 것처럼 꼭 맞았습니다. 보르후는 너무나도 행복해서 세상 모든 것이 황금으로 보였습니다.

  아버지가 눈물을 흘리면서 기뻐하시는 걸 보고 출룬체첵은 그 뒤로도 한 번씩 어머니의 채색옷을 입어 보여 드렸습니다. 그리고 색 있는 자투리 천을 구해다 평소에 입는 옷도 채색옷으로 알록달록하게 만들었습니다. 보석과 구슬이 잔뜩 박힌 원래 옷처럼 화려하진 않아도 특이하게 여러 색으로 된 옷을 입은 출룬체첵의 모습은 고운 꽃이 눈에 띄듯 멀리서도 화사하게 돋보였습니다.

  나친 에르덴 노얀의 아들이 출룬체첵에게 눈독 들이게 된 건 채색옷 탓이 컸을지도 모릅니다. 아니면, 소문 때문이었거나요. 쿠투의 패거리인 젊은것들도 그녀에 관해 들은 말이 있었습니다.

"그 여자는 몸이 커요. 너무 커서 말을 못 타고 걸어만 다닙니다." 한 놈이 말했습니다.

"말과 함께 달려도 뒤떨어지지 않는다고 합니다. 곰을 죽인 적도 있다고 합니다." 다른 놈도 말했습니다.

"언제나 알록달록 요란한 옷을 입습니다. 신통력이 있는 여자라고 하지요." 세 번째 놈도 덧붙였지요.

"신통력은 무슨!" 쿠투는 처음에 코웃음을 쳤습니다. "촌놈들은 좀 특이한 양만 봐도 수선을 떠는데, 양이 양이지. 이마가 검건 털이 아롱졌건 그게 대술까? 어디 내가 직접 보겠다. 요깃거리로 삼을 만한지, 비쩍 마른 못난 것인지?"

쿠투 도령은 그래서 제 패거리들과 함께 엿보러 왔고, 출룬체첵이 강가에서 물매로 돌을 던져 기러기를 떨어뜨리는 걸 보았습니다. 갈대밭을 썩썩 헤치고 들어가 새를 거둬 가는 것도 보았죠. 쿠투는 감탄했습니다.

"저 여자가 있으면 겨울에 새고기는 실컷 먹겠다. 눈이 또렷하고 팔다리도 튼튼하잖아? 아주 쓸 만해!"

그는 출룬체첵이 마음에 들었습니다. 자기 수레집에 들이자고 생각할 만큼 마음에 들었죠. 바로 말을 건 것은 먼저 구슬려 두려는 거였습니다, 여자가 제 아비에게 말해서 신부값을 헐하게 하면 득이니까요.

"싫어요."

출룬체첵이 고개를 돌렸어도 쿠투는 곧이듣지 않았습니다. 그는 세력이 큰 명문 부족 출신으로 권세 있는 노얀의 아들입니다. 보르후가 무엇이고 그 딸이 무엇입니까? 출신도 불분명한 고아요 가난뱅이 아닌가요? 덥석 잡아 오지 않고 시집오라고 말을 건넨 것만 해도 크게 예의를 차린 거라고 할 수 있습니다. 좋고 나쁜 걸 구분 못 하는 멍청한 여자라서 헛소리를 하는 게지요. 자기의 위세를 잘 알게 해 주려고 옷 잘 입힌 하인 열 명을 거느리고 다시 찾아간 그는 출룬체첵이 아예 피하고 보르후의 대답도 미지근하자 눈썹이 곤두서게 화가 났습니다.

"건방진 것들이다! 점잖게 대하려다가 불손한 응대를 받았다. 그렇다면 처지에 맞게 대우해 주겠다."

세 번째로 올 때 그는 완력 좋은 패거리 친구 한 놈과 둘이서 올가미와 밧줄을 가지고 왔습니다. 친구 놈이 체첵의 뒤를 막고 쿠투는 머리채를 틀어쥐려 했어요. 출룬체첵은 그 손을 쳐내고 도망쳤습니다.

"싫어요! 내가 세상에 나서 우리 아버지의 딸은 되려 해도, 당신의 노리개는 될 맘이 없습니다."

불끈 성이 난 쿠투는 말채찍을 쳐들었습니다. 출룬체첵에게 내리치려고 쳐든 채찍입니다. 출룬체첵에게! 그 광경을 접한 보르후는 볼 것도 없이 손에 잡히는 대로 도끼를 붙잡아 도끼머리로 쿠투의 머리를 후려쳤습니다. 조금 늦게 치면 그의 채찍이 먼저 내리쳐질까 봐 아주 급히 바로 후려쳤습니다.

퍽 하고 피가 튀고 꾸륵 하고 숨 뱉어지는 소리를 내놓은 쿠투의 몸뚱이가 옆으로 휘넘어질 때 보르후는 큰일 났구나 생각했습니다. 출룬체첵의 발길질에 나동그라지는 졸개 놈이야 보이지도 않았죠. 나친 에르덴 노얀의 권세는 작지 않고 씨족의 수도 부족하지 않습니다. 벗도 재산도 겨레붙이도 없는 보르후와 같은 사내가 이런 짓을 저지르고 어떻게 벗어날 수 있겠습니까? 그가 죽고 나면 아름다운 출룬체첵은 어떻게 될까요? 아니, 애초에 쿠투는 출룬체첵을 탐내어 손에 넣으려 한 것인데 이제 코리오드 놈들 손에 붙들린다면 치욕 받고 모진 구박을 당할 것이 분명합니다. 젊어 전쟁에 나간 적이 있는 보르후는 사람이 죽는 것뿐 아니라 붙들려 종노릇하는 것도 얼마든지 보았습니다. 전쟁 노예는 말이 사람이지 가축과 다를 바 없습니다. 아니, 털과 젖을 주는 가축은 오히려 알뜰살뜰 보살피지만 포로는 주인의 변덕에 얼굴 가득 피가 흐르도록 회초리질을 당해도 감히 항거하지 못합니다. 부지깽이에 머리통이 터지고, 뼈가 부러

지거나 눈이 멀어도 때린 자는 그저 제 윗분에게서 "그렇게 성미를 부려서 쓰느냐?" 하는 점잖은 책망을 들을 뿐이고 쓸모 없어진 노예는 썩은 가죽처럼 버려집니다. 고생과 굴욕이 사랑하는 출룬체첵을 기다리고 있다는 생각을 하자 보르후는 몸이 검불처럼 타 버리는 듯했습니다.

손바닥 안 보배 구슬처럼 고이 키운 딸아이는 두려움을 모르고 눈에 빛을 담고 또랑또랑 말을 합니다.

"이제 곧 노얀의 부하들이 우릴 잡으러 올 거예요. 아버지, 지금 당장 빠른 말을 타고 산으로 가서 숨으세요. 상황이 괜찮아질 것 같으면 모시러 갈 테니 괜히 개놈들에게 잡히지 말도록 하세요!"

출룬체첵은 얼이 나간 보르후를 흰점박이말에 태우고 재촉해 떠나게 했습니다. 보르후는 머리가 복잡해 어찌할 바를 모르고 말이 가는 대로 가고 있었습니다. 어떻게든 코리오드 사람들을 교란할 방법은 없을까? 출룬체첵이 어떡하면 무사할까? 어디로, 어떻게 도망치겠나? 누구 도움을 받을 수 있으며 어떡해야 딸을 지킬까?

출룬체첵과 같은 비범한 딸은 숨길 방법이 없고 모면할 길도 보이지 않아 보르후는 그대로 고꾸라져 죽을 것 같았습니다. 사냥꾼에게 쫓기는 짐승은 길이 아니라도 뚫고 나갑니다. 보르후가 말에서 내려 고꾸라진 땅은 아무 땅이 아니라 바로 대칸의 아우의 궁전 게르 안, 대칸의 아우 바로 그 사람 앞이었습니다.

"나리, 저는 바투오드 사람 바야르의 가축을 치는 보르후라 합니다. 나친 에르덴 노얀의 아들 쿠투가 저의 딸을 핍박해 제가 그를 죽였습니다. 저의 딸은 세상에 둘도 없는 비범한 딸입니다. 나무줄기에서 태어났고 곰을 죽이는 괴력을 가졌습니다. 빠른 말과 나란히 달리는 빠른 아이입니다. 처음 핀 꽃처럼 용자(容姿) 고운 아이입니다. 아비 말에 순종하는 순한 아이입니다. 미명에 밝음을 가릴 줄 아는 현명한 아이입니다. 탐학(貪虐)한 노얀의 아들이 소중한 딸을 억지로 잡아가려 했습니다. 권력으로 노리개 삼아 희롱하려 했습니다. 그 딸을 바치겠습니다. 문전에 시중드는 하녀로 삼으십시오. 젖 짜는 여종으로 삼으십시오. 코리오드족이 저를 죽인 후에 제 딸이 있을 곳이 있게 해 주십시오."

이때의 대칸은 윗대 어른들이 끌어 주고 충성스러운 형제들이 받쳐 주어 대칸이 된 사람이었습니다. 그의 형제 중에서도 가장 공이 크고 영향력 있는 사람이 바로 이 아우인데, 예전 전쟁 때 나친 에르덴 노얀은 다른 칸을 지지해 대칸 아우의 동맹을 가로챈 적이 있었습니다. 보르후가 높은 분들의 마음속을 어찌 밝히 알겠습니까만 옆 산의 호랑이 끼리는 웃는 얼굴 밑으로 앙금이 있기가 쉬운 법이라 다급한 상황에 잡아 볼 희망은 이 정도였습니다.

대칸의 아우가 보니 벌레같이 미천한 사내가 미친 것처럼 당돌합니다. 하는 말은 산을 떨어 울릴 것 같은 허풍입니다. 궁금한 생각도 들어 웃고 받았습니다.

"나친 에르덴의 아들 쿠투는 용사라고 불리는데 네가 그를 죽였다고? 그렇다면 네가 그보다 더 큰 용사겠구나! 게다가 너의 딸이 그렇게 아름답고 힘이 세다고? 그런 딸을 주겠다면 받으마! 내가 직접 보러 가마!"

대칸의 아우는 보르후의 허리에 힘을 넣어 주고 몸소 그와 나란히 말을 달려 출룬체첵을 구하러 갔습니다. 100명의 부하들을 거느리고 갔습니다. 그러나 그들은 한발 늦었습니다. 아직 거리가 좀 남았는데 벌써 기수 없는 말 여러 필이 이리저리 내닫는 게 보였습니다. 좀더 가니 또 빈 말들이 뚜덕뚜덕 도망을 갑니다. 이윽고 작고 허름한 게르가 보였고, 그 앞에 매어 간수해 둔 말은 한 필도 없었습니다. 다만 주변 사방에 사지를 활짝 벌리고 나뒹구는 사람들이 있을 뿐이었습니다. 더러는 살았는데 팔다리가 부러졌는지 신음 소리가 낭자하고 나머지는 죽었는지 기절했는지 널브러져 꿈쩍도 안 합니다. 모두 노얀의 부하들이었습니다.

"아버지!"

상기된 얼굴에 눈에는 빛을 뿜으며, 출룬체첵이 보르후를 맞으러 나왔습니다. 출룬체첵이 게르 문 자락을 젖히고 나와 허리를 편 순간 보르후는 깜짝 놀랐습니다. 몇 시간 전 헤어질 때만 해도 키가 엇비슷했던 딸이 이제는 보르후보다도 1.5배나 큰 게 아니겠어요!

출룬체첵은 큰 말에 탄 대칸의 아우보다도 커서 대칸의 아우는 그녀를, 조금이지만, 올려다보아야 했습니다. 대칸의 아우는 지금껏 아름다운 여자, 비범한 여자를 수없이 보았지만 출룬체첵과 같은 미인은 한 번도 본 적이 없었습니다. 크고 강한 그 처녀의 얼굴에는 빛이, 눈에는 불이 담겨 있는데 30명을 거꾸러뜨리고도 상처 하나 없이, 숨결도 흐트러지지 않은 채로 매섭게 남쪽, 북쪽을 살펴봅니다. 죽은 쿠투의 혼이 들린 것처럼, 대칸의 아우는 그 모습에서 눈을 뗄 수 없었고 욕심이 일어났습니다. 그러나 현명한 그는 이 여자를 자기가 품고 자기 첩으로 삼을 생각은 안 했습니다. 엉덩이가 튼튼한 말이나 아름다운 여자를 본다면 대칸의, 그의 형님의 것이라고 생각해야 합니다.

"둘도 없는 처녀 장사다, 너의 딸은. 꽃답고 용맹한 딸아이다, 이 아이는! 대칸께서 옳게 처우하실 것이다. 귀하게 맞아 주실 것이다."

대칸의 아우는 즉시 보르후와 출룬체첵을 데리고 형왕이 계신 곳으로 출발했습니다. 100명의 부하들이 뒤를 지켰죠.

"졸려요. 전 이제 자야만 해요."

출룬체첵은 가만히 아버지께 호소했습니다.

"조금만 참으렴, 안전한 잠자리를 마련해 줄 테니. 대칸의 보호 아래서야말로 편히 잘 수 있을 게다."

보르후는 출룬체첵의 머리를 쓰다듬어 주었습니다. 손을 올려 큰 석상의 머리를 쓰다듬는 꼴입니다. 출룬체첵은 눈을 끔벅끔벅 졸음을 참으며 말 탄 사람들과 함께 뛰어갔습니다.

연통이 그들보다 앞서 이르러 도성에 닿기 전 대칸의 카톤이 먼저 나와 그들을 만났습니다. 여러 카톤들 가운데서도 기민하고 지혜로운 야그만 고와 카톤은 흰 낙타들이 끄는 수레집에 앞장서서 출룬체첵을 맞이해 들였습니다. 그렇게 큰 처녀가 그렇게 어리고, 소맷부리에 피를 무릎에는 먼지를 묻힌 채로 졸려 어쩔 줄 모르는 걸 보고 카톤은 놀랐습니다.

"대칸을 배알하기 전에 씻어야 하고, 올바른 옷을 입어야 마땅합니다. 내가 준비하고 현신(現身)하게 하겠어요."

카톤이 남자들을 먼저 쫓아 보내니 출룬체첵은 깊이 잠들었습니다. 그동안 보르후는 대칸 앞에 나가 살려 주신 은혜에 감사했습니다.

"저의 저 딸은 하늘이 내려 주신 보배입니다. 옛날 영험한 생게 무당이 말하길 저 아이는 왕을 만들고 여러 나라를 부술 것이라 하였습니다."

이어서 대칸의 아우는 형왕께 본 것을 본 대로 고했습니다. 야그만 고와 카톤도 들어와 아뢸 말을 아뢰었지요. 대칸은 들어 보고 결정을 내려 선포했습니다.

"보르후는 쿠투 용사를 죽였고, 그 딸이 나친 에르덴의 부하들을 쓸어 버렸다. 부녀가 모두 용사다. 내 아우가 그를 형제라 불렀다. 이제 내가 그에게 나라를 돌려줄 것이다. 그의 이름은 원래 알려져 있었다. 알고 보면 체베다이가 그의 조상이다. 그러니 뭉흐족의 보르후라 할 것이다. 보르후 칸이라 할 것이다."

보르후가 고아였다지만, 이야기 속 사연 있는 귀인의 자손 같은 것은 물론 아닙니다. 체베다이는 몇십 년 전 횡사해 그의 겨레가 뿔뿔이 갈린 칸입니다만, 난데없이 보르후가 그의 아들이라니요? 하지만 확실히 아는 사람이 없다 보니 이자는 원래 누구의 아들 아니냐고 밝힐 사람이 있지도 않아서 사람들은 모두 별말이 없었습니다. 잘 모르는 사람들은 그 사람이 그런가 보다 했지요. 그리고 좀 아는 사람들도 대칸이 사람을 들어 올려서 귀인으로 만드는데 누가 "아닙니다." 할 수 있겠는가 생각하고 입을 다물었습니다. 나친 에르덴 노얀의 일가붙이들은 원수를 갚겠다고 우르르 모이기는 했지만 대칸이 보르후를 높이고 나자 다섯 번 연거푸 회의를 했을 뿐 감히 쳐들어올 생각은 못 했고, 20여 일이 지나자 슬그머니 왔던 곳으로 돌아들 갔습니다.

출룬체첵이 70일 만에 잠에서 깨어나 보니 주위 모든 것이 낯설었습니다. 노얀의 부하들을 쳐 눕히고 나서 체첵은 줄곧 졸음을 못 견뎌서 카톤을 뵙자마자 수레채를 붙잡고 잠들어 버렸는데, 깨어 보니 그녀가 있는 곳은 새로 지은 멋진 게르 안이었습니다. 그녀가 붙든 수레채 하나만 남겨 두고 수레도 짐승들도 다른 곳으로 옮긴 다음 주위로 벽을 치고 모전을 두른 것입니다. 새 게르는 왕공들의 집처럼 커서 사람 300명이 한꺼번에 들어갈 만했고 출룬체첵은 화로 곁 상석에, 값진 모피 이부자리에 휩싸여 있었지요. 여러 이민족 하녀들이 화로 아랫자리에서 잔일을 하다가 출룬체첵이 기지개를 켜자 지저귀는 새들처럼 수선을 떨었습니다.
"공주님이 일어나셨어요!"
"보르후 나리에게 알려요!"
"아우님께 아뢰게 해요! 대칸께 아뢰게 해요! 야그만 고와 카톤께 알려 드려요! 큰 돌 아가씨가 깨어나셨다고요!"
출룬체첵은 자기 몸에 걸쳐져 있는 흰 비단이 서먹했는데 시녀들은 더욱 생소한 의복들을 가지고 와서 앞에 늘어놓

앉습니다. 옷들은 모두 새로 만든 것이었고 하나같이 화려하고 보기 좋았지요. 마음씀이 세심한 야그만 고와 카톤이 만들도록 한 것들이었습니다. 덕분에 출룬체첵은 몸에 맞는 옷으로 어엿하게 차려입고 카톤, 칸, 대칸 앞에 나가게 되었습니다. 인사를 드리고 덕담을 듣는 일도 꽤나 시간이 걸렸을뿐더러 지금까지와 다른 복장으로 점잔 빼며 범절을 챙기려니 더욱더 신경이 쓰였지요.

"개놈들을 때려눕히느라 무척 피곤했나 보구나. 무사히 깨어났으니 복 있다. 마시겠느냐? 더 마시거라. 음식을 먹겠느냐? 더 먹거라."

야그만 고와 카톤은 체첵을 후히 대접했습니다.

"이전의 생활은 꿈이었다 치거라. 네 아버지가 이제 이름을 회복했으니 너는 귀한 몸이 되었다."

대칸의 아우는 자기 자신이 출세한 양 싱글벙글 좋아했습니다.

"너는 이제 우리의 조카딸이다. 누구 못지않은 부귀를 함께 누리고 우리 명예를 나누어 띠었다."

대칸은 앉아 있어도 선 것 같은 출룬체첵의 큰 키를 좀더 잘 보고 싶어 했습니다. 분부를 받고 게르 밖으로 나가서 비로소 몸을 펴자 보시고는 아주 흡족해했습니다.

"좋은 말과 용맹한 전사는 칸들마다 거느리고 있지만 이런 여자 장사를 휘하에 둔 사람은 없었을 것이다!"

"보르후 칸의 딸 출룬 공주라 할 것이다! 대칸의 조카딸 출룬 공주라 할 것이다!"

"개놈들을 쓸어 버리는 출룬 공주라 할 것이다! 발길질 한 번에 서른 명을 눕히는 출룬 공주라 할 것이다!"

그러고는 도성과 궁전 게르에 출입하는 사람마다 그녀를 볼 수 있도록 자주 남들 앞에 나서게 했습니다. 눈에 확 띄게 우뚝한 귀인 공주의 모습에 보는 사람마다 어안이 벙벙해 눈을 닦고 다시 보았죠. 구경꾼들은 환성을 질러 기세를 올리고 노래꾼이 북을 동동 두들기면서 목청 돋워 노래했습니다.

용렬한 코리오드 아들이 감히 자기 수레집에 넣으려 했지만
대칸의 수레집이 아니면 그녀를 감당 못 하지
초원이 넓어도 이런 색시는 있은 적이 없네,
출룬체첵은 다신 없을 영웅 아가씨니까

쿠투 용사는 아비를 당해 낼 수 없었고
그 부하들은 딸을 감당 못 했지
초원이 넓지만 이런 색시는 있은 적이 없지,
출룬체첵은 칸들이 돌아볼 영웅 아가씨니까.

하루아침에 귀인이 된 보르후와 출룬체첵은 이제 새벽같이 일어나 직접 물을 길어 오거나 땔감을 줍거나 가장집물(家藏什物)을 고치고 가축을 돌보는 등의 일로 추위 더위를 무릅쓰고 고생하지 않아도 되었습니다. 그런 일들을 대신해 줄 사람들이 여럿 딸렸으니까요. 숭숭 구멍 난 닳아빠진 게르에서 몇 안 되는 가축을 아껴 쥐 고기 새고기를 끓여 먹으며 가난한 생활을 이어 갔던 일은 전생인가 싶었습니다.

보르후가 혼인 말을 꺼내지 않았다면 부녀는 더할 나위 없이 행복했을 것입니다. ······아마도 조금 길게요. 출룬체첵은 쿠투를 때려죽인 아버지가 손바닥 뒤집듯 결혼하라 종용하는 걸 이해할 수 없었습니다. 보르후는 어린 딸보다 세상을 알기에 바로 지금 될수록 빠르게 출룬체첵을 혼인시킬 작정이었고요.

"짝을 얻어 자식을 보기 전에는 어른이라 안 한다. 혼인해 자기 살림을 꾸리기 전에는 여자라 안 한다." 보르후가 타일렀습니다. "대칸과 칸의 카톤들을 보지 않았느냐. 그들이 거느린 사람, 소, 양, 낙타, 말과 권력과 부를 보란 말이다. 모든 것이 시집을 가는 데서 시작이란다. 남편이 너의 진짜 집이고, 그의 지위가 너의 종생 지위다. 집과 지위가 있은 후에야 자식을 키우니 아들들을 여럿 키워 냄으로써 네 가계가 흥성하는 것이다."

출룬체첵은 아버지 말씀을 진지하게 들었지만 마음이 굽혀지지 않았습니다.

"여자는 혼인하면 남편의 가솔이 되지 않나요? 집은 그의 집이고 아내는 그를 위해 살림을 돌보는 것이잖아요. 전 혼인하고 싶지 않아요."

"당연히 남자가 주인이어야지 아니면 다른 남자가 엿보지 않겠느냐? 말하자면 남편은 게르 위에 높이 단 깃발인 셈 치고 나부끼게 두어라. 불은 아들이 물려받지만 실제 불씨를 간수하는 건 다른 집에서 맞아들인 며느리란다. 명분이 무엇이 중하겠느냐, 실질은 여자에게 있는 것이다."

출룬체첵은 한숨을 쉬었습니다.

"대칸이 저를 좋게 본 건 제가 서른 명을 때려눕혔기 때문이고, 공주라 부르고 융숭하게 대접하는 건 장차 개놈들과 싸워 이기라는 것인데 제가 누구에게 맞아들여지고 누구에게 지켜져서야 되겠어요?"

"무엇이! 그렇다면 결국에는 대칸에게 시집가겠다는 말이냐?"

출룬체첵은 눈썹을 찡그렸습니다.

"대칸은 나이가 많아요! 다섯 명의 카톤이 있어요! 야그만 고와 카톤은 저에게 무척 잘해 주셨어요!"

보르후는 다시 딸을 타일렀습니다.

"당연히 너의 혼사는 대칸께서 윤허하셔야 한다. 너의 마음에도 차고 대칸도 좋아하실 용맹한 남자를 찾아보자!"

그래서 출룬체첵은 싫은 마음에 고삐를 채우고 아버지 분부를 따라 구혼자들을 만나 보았습니다. 첫 번째 구혼자는 대칸의 형의 셋째 아들이었습니다.

"크다지만 나의 수레집에 들어는 가겠군! 게다가 얼굴은 예뻐! 저 큰 덩치를 먹여 살릴 만큼 대칸께서 가축도 떼어 주실 거야!"

출룬체첵은 이자가 별로 마음에 들지 않았습니다.

두 번째 구혼자는 대칸의 아우가 극력 추천한 그의 또 다른 의형제였습니다.

"아가씨가 나의 부인이 되어 준다면 남쪽의 사나운 모고오드 놈들이 더 이상 발호하지 못할 겁니다. 그자들이 영영 넘보지 못하게 할 수 있습니다."

출룬체첵은 조금 마음이 동했습니다. 그런데 알고 보니 이 사람은 그녀와 혼인해도 동침할 생각은 없었습니다. 그렇다면 보르후의 기대와는 달리 출룬체첵의 가계 같은 것은 없을 것입니다. 그 남자와 동침하는 게 욕심나진 않아도 소박맞기로 정해져 있는 자리에 누가 시집을 갈까요. 부인이라는 이름이 허울뿐이면 그를 위해 번을 서 주는 부하가 되는 셈인데, 대칸의 부하에서 고작 조그만 족장의 부하로 일부러 내려갈 필요가 있을까요?

세 번째 구혼자는 하리진국에서 온 동맹 왕이었습니다. 이 사람은 체첵의 식사량이 크다는 말을 듣고 양, 소, 곡분과 차를 잔뜩 선물로 보내왔고, 체첵이 설령 몇 배 더 컸더라도 충분히 옷으로 지어 입을 분량의 옷감과 좋은 모피도 넉넉하게 보내 주었습니다. 호감이 생긴 그녀가 만나 보길 기다리고 있었는데, 왕은 이쪽 습속을 조금 오해한 모양이었습니다. 그이는 출룬체첵은커녕 보르후도 만나지 않고 그냥 바로 대칸께 청했습니다.

"출룬체첵은 우리나라의 보배인데, 그녀를 맞이한다면 사위로서의 역할을 다해야 한다."

하리진 왕은 물론 이 혼인으로 대칸의 조카사위가 되고 싶은 것이지만, 그렇다고 젊지도 않은 나이에 실제로 대칸 밑에 와 데릴사위 노릇을 할 마음은 없었기 때문에 구체적인 조건을 가지고 교섭을 시작했습니다. 그동안 출룬체첵은 모처럼 들었던 호감이 줄고 동이 나 단장하는 것도 집어치우고 새로 생긴 가축을 살펴본다는 핑계로 도성 밖으로 나갔습니다. 오랜만에 인적 드문 초원에 나오니 가슴이 탁 트이는 듯했습니다. 더구나 이전보다 키가 훌쩍 더 커지고 보니 걸음도 빨라져 말 떼를 간수하기가 아주 편했습니다. 출룬체첵은 말몰이꾼들의 만류에도 불구하고 열흘이나 산과

들로 자기 말 떼를 따라다녔습니다. 가난했던 시절에는 꿈도 꾸어 보지 못한 부였습니다.

궁전으로 돌아왔더니 하리진 왕은 교섭이 만족스럽게 되지 않아서 구혼을 관둘 참이었습니다. 출룬체책에게는 또 한 번, 이번에는 그쪽 나라에서 나는 간식거리며 장난감 같은 걸 선물로 보내왔습니다. 시녀들이 보여 주는 채색된 조개껍데기가 예쁘기는 했지만 이걸 어떡하라는 건지 체책은 알 수 없었고 보르후는 전부 싸서 돌려보내게 했습니다.

그 후로도 구혼자들은 나타났지만, 대칸은 출룬체책을 그저 내줄 마음이 없고 그들은 대칸이 바라는 값을 치를 마음이 없었습니다. 체책은 곧 구혼자들이 자기 마음에 들고 들지 않고는 근본적으로 상관없는 일이라는 것을 알았고 흥미가 떨어져 점점 더 밖으로 나돌게 되었습니다. 가축을 맡아 돌보는 속민들은 대칸과 대칸의 아우가 갈라 내려 주신 사람들로서, 보르후가 노얀의 아들을 죽이기 전까지는 비슷한 신세였기에 체책은 그들이 편했습니다. 그녀는 보통 사람만 했을 때도 곰의 대가리를 부수고 늑대를 찢어 죽일 힘이 있었는데 더 커진 지금은 짐승들이 감히 덤빌 생각을 못 해 가축 떼와 노숙을 해도 안전했지요. 잠자리에 들기 전 게르 밖에서 휘파람을 불며 발을 한번 구르면 그 쿵! 하는 소리에 그악스러운 늑대 떼라도 범접하지 않았습니다.

그러다 옛날 한번 마주쳤던 기라족의 어떤 사람이 어느 날 말을 달려와서 그녀를 만났습니다. 그이는 예절 바르게 말에서 내려 고삐를 끌고 게르 앞에 왔고, 출룬체첵이 아이가 아니라 어른이고 한 집의 여주인인 것처럼 말씨부터 반듯하게 자기 집에 한번 방문해 주면 좋겠다고 초대했습니다. 기분이 좋아 다음날에 찾아갔더니 그의 부인과 며느리와 미혼 딸 들이 모두 나와 반겨 맞아들여 후하게 대접했습니다. 화기애애 이야기를 나눈 뒤에 돌아오려 할 때 부인은 그녀에게 게르 앞에서 발을 굴러 달라고 부탁했습니다. 출룬체첵은 기꺼이 동쪽, 남쪽, 서쪽을 바라보면서 길게 휘파람을 불고 쿵! 쿵! 쿵! 세 번 땅이 울리도록 발을 굴러 주고 돌아왔습니다.

 이제 다른 사람들도 출룬체첵을 만나 보고 초대하고 싶어 했습니다. 출룬체첵은 기쁘게 그들과 만났는데 유력자들뿐 아니라 아무 영광 없는 보통 사람의 초대도 마다하지 않았습니다. 소문이 자자한 귀인이 선뜻 자기들의 게르에 찾아와 소박한 대접을 살갑게 받자 목민들은 뿌듯했고 그녀가 부적이라도 되는 것처럼 자기들의 집, 가족, 재산을 보호하는 영험이 있기를 바라서 게르 기둥을, 가축우리를, 맏아이의 머리카락을 만져 달라 축복해 달라 청했습니다. 출룬체첵은 부탁하는 대로 들어주었을뿐더러 방목지로 따라가 필요하면 완력을 써 주기도 하며 활약을 펼쳤습니다.

사람들은 그녀를 떠받들며 즐거워했지만 보르후는 즐겁지 않았습니다. 가난한 목민들이 딸의 장래에 무슨 도움이 되겠습니까? 옛날 자신이 그랬듯이 그 사람들은 하루하루 생계만을 좇아 살아갑니다. 그들이 출룬체첵을 좋아하는 건 이를테면 매를 길들여 매 사냥을 하고 개를 키워 도둑을 쫓는 것과 같습니다. 키우지도 않은 매가 타르바간을 잡아다 주고, 먹이 준 적 없는 들개가 내 가축을 지켜 준다면 그야 누구든지 좋아하겠지요. 보르후는 참다 못해 딸을 붙들어 데려오려고 나갔습니다.

동쪽으로 3일 거리를 가니 출룬체첵의 행차를 기다리는 사람들이 있었습니다. 마치 칸이 이웃 칸을 만나는 것처럼 행렬이 성대했어요. 한켠에서 몰래 보고 있으려니 이윽고 출룬체첵이 4, 5명 단출한 일행으로 당도했습니다. 족장과 귀인 장자 들이 일제히 나서서 맞이하고 노래꾼이 칭송하는 노래를 불렀습니다. 목민들도 환성을 올렸죠. "공주님이 오셨습니다! 둘도 없는 출룬 공주이십니다! 대칸이 높이신 귀인이요 하늘이 점지하신 특별한 분입니다!"

출룬체첵은 겸연쩍어 손사래를 쳤습니다.

"이러지 마세요, 아버지가 왕이 아닌데 왜 나를 공주라고 하겠어요? 나도 여러분과 같은 목민 딸이랍니다."

그러면서 귀천 고하 없이 여러 사람들과 인사하니 가난한 사람들은 아주 좋아하고 부유하고 신분 높은 자들은 좀 덜 좋아했습니다. 그 꼴을 본 보르후는 마음이 상해 딸을 만나지도 않고 그냥 돌아와 버렸지요.

그런 줄도 모르고 출룬체첵은 나날이 환대에 겨웠습니다. 과하게 융숭한 대접이나 유력자들의 아첨은 곤란해서 싫어도 운바드족 처녀들이 큰 천 여러 장에 아름답게 수를 놓아 주었을 때는 진심으로 기뻤죠. "이거라면 앞으로 키가 더 자라도 어머니의 채색옷을 입을 수 있겠어요! 이 예쁜 천을 이어 붙여 옷을 크게 고쳐야겠어요!"

처녀들은 모두 자랑스러워했고, 출룬체첵의 채색옷에 자기의 수 한 장이 들어가길 바라서 이후에도 수를 놓아 선물하려 했습니다. 유력자들도 이제 무엇으로 그녀의 마음을 살지 알게 되어서 각자 여자들을 들볶아 수놓은 천을 만들게 했죠.

보르후가 기분을 잡치고 돌아왔는데, 그 못지않게 꽁해 있는 다른 사람들도 있었습니다. 출룬체첵의 인기가 높아지고 그녀가 이것을 했다 저것을 했다 소문들이 날아다니고 음험한 반감도 차차 부풀어 올라 시기가 차자 대칸께 참소하는 자가 나왔습니다.

"그 여자는 대칸께 공순하지 못합니다. 대칸께서 그녀를 높이셨는데 채신없이 천한 자들과 너나들이합니다."

"마구족의 가축들을 지켜 주고, 오고드족을 도와주었습니다. 불러서 꾸짖으십시오."

"출룬체첵은 뱉을 수도 없고 삼킬 수도 없는 골칫거리입니다. 산더미같이 먹어 치우고, 누구보다도 눈에 띄는데, 복속되지 않고, 그 아비도 제어 못 합니다. 자루가 헐거운 도끼는 나무를 베기보다는 발등 찍을 것을 걱정해야 하는 것, 만약 그녀가 멋대로 옹족이나 마구족 남자와 혼인해 가 버린다면 대칸의 체면은 어떻게 되겠습니까?"

대칸은 보르후가 딸에게 마음이 상해 만나지 않고 돌아온 일을 이미 보고받아서, 이 말을 흘려듣지 않고 생각해 보게 되었습니다. 상황을 안 대칸의 아우는 화급히 보르후를 불러들였습니다.

"너의 딸이 너의 생명에 올무가 되게 생겼다. 진흙 속에 뒹굴던 너를 내가 건져 올렸다. 죽게 된 너를 내가 살려 내어 칸들의 반열에 올렸다. 이제 숨김없이 모든 것을 고해라."

보르후는 '내 아버지가 왕이 아닌데 왜 나를 공주라고 부르나요?'라고 하던 말이 아직 귓전에 쟁쟁하고 마음속 분노가 서운함으로, 서운함이 의심으로 변하여 앵돌아져 있었지요. 조금 건드리자 푸념이 우수수 쏟아져 나왔습니다.

"그 아이는 내가 낳은 딸이 아닙니다. 죽은 아내의 저고리에서 떼어 낸 씨앗 한 개가 백 일 만에 굵은 나무가 되었고, 그 나무줄기가 벌어져 굴러 나온 아이를 딸로 삼았습니다. 아마도 씨앗은 마귀가 슬어 놓은 알이었던가 봅니다. 외국 무당은 마귀가 변장하고 우리를 번롱(翻弄)하러 나온 것이었던가 봅니다."

"저고리라고? 그걸 이리 가져오게."

대칸의 아우는 아리운 고와의 채색 저고리에서 씨앗 떼어 낸 자리를 보고 남은 장식 구슬들도 자세히 살펴보더니 기뻐서 큰 소리로 외쳤습니다.

"이것 보게! 아직도 여기에 씨앗이 더 붙어 있잖은가! 여기도, 여기도, 이 뒤에도! 이 씨앗들이 모두 장사로 자라난다면 우리 칸이 세상의 주인이 될 것이야!"

그의 머릿속에는 대번에 천하장사 여남은 명이 대칸의 호령 아래 진군하는 광경이 떠올랐습니다만, 보르후는 둔하게 눈만 껌벅이고 있었습니다. 대칸의 아우는 그를 깨우쳐 주려고 설명하며 구슬렸습니다.

"자네의 저 딸은 아비도, 칸도 두려워 않는 몹쓸 딸일세. 짐승에도 순한 놈과 성질이 못된 놈이 있는 법. 씨앗 100개를 심으면 개중에는 싹수 그른 것도 섞여 있게 마련이지. 여기 이 씨앗들 중에서 더 현명하고 더 아름다운 딸을 몇 명이라도 기를 수 있을 것이네. 아마도 아들들도 태어나겠지!

아비를 인정하지 않는 딸은 이제 필요 없네. 대칸에게 불경한 딸을 누가 감당하겠나?"

보르후는 머리가 핑핑 도는 듯했습니다. 이게 무슨 소리입니까? 출룬체첵을 버리라는 것일까요? 그는 설마하니 대칸과 대칸의 아우가 딸을 해칠 것이라고는 생각할 수 없었습니다. 오히려 자기가 못 하는 일을, 그러니까 말 안 듣는 딸을 억지로 꿇려 말을 듣게 하는 일을 그들이 해 줄 것이라고 믿었습니다. 그의 입에서 비밀이 새어 나왔습니다.

"그 아이의 힘에는 한계가 있습니다. 한번 크게 기운을 쓰고 나면 오랫동안 깊이 잠든답니다. 잠들었을 때는 거역하지 않는 온순한 딸입니다. 잠든 그 아이를 수레집에 태워 대칸이 정하시는 곳으로 보내신다면 더 이상 밖으로 나돌지 않을 것입니다. 대칸이 그 아이를 공주로 만드셨으니 공주로 시집보내시면 말썽이 없을 것입니다."

대칸의 아우는 보르후에게서 들은 정보를 가지고 대칸과 카톤, 형제들과 둘러앉았을 때 지혜주머니 노릇을 했습니다.

"출룬체첵이 비록 장정 30명을 해치운다지만, 대칸에게는 수천 명의 용사들이 있습니다. 그 아비가 말하기를 힘을 쓰고 나면 졸음이 와 견디지 못하고 며칠이고 깊은 잠에 빠진다고 합니다. 그러니 수백 명, 수천 명이 달려들어서 힘을 쓰게 한 후 잠들면 땅을 깊이 파고 묻어 버리도록 합시다. 아니면 수레에 실어다가 깊은 물에 가라앉힙시다. 잠들 수는 있겠지만 잠에서 깰 수는 없게 합시다."

"땅을 깊이 파는 수고를 굳이 할 필요 있소? 그것이 덩치가 크다지만 돌이나 쇠로 된 몸도 아닐 터, 일단 잠든 다음에 멱을 따고 머리를 잘라 낸다면 망고스*가 아닌 다음에야 다시 일어날 리 없지 않소?"

출룬체첵이 큰 것만 알았지 얼마나 무겁고 단단한지는 미처 모르고 어떤 칸은 그렇게 말했습니다.

야그만 고와 카톤은 슬퍼서 대칸께 간청했습니다.

"그러지는 마세요. 그 착한 아이를 피 흘리지 말고 가게 하세요. 땅을 파고 그녀를 묻어서 적어도 무덤이 있게 해 주세요."

그래서 칸들은 출룬체첵을 땅을 파고 묻기로 결정했습니다. 그들이 알지 못한 것은 이 부족이나 저 씨족 출신 병졸에게 더러 가난한 목민 아버지 어머니가 있고, 기라족에게 시집간 누님이나 옹족에게서 시집온 형수님이 계시기도 하다는 점이었습니다. 일가인 누군가가 출룬체첵을 좋아하면 자연히 그들도 그녀에게 어느 정도 좋은 마음이 들게 마련입니다. 대칸의 군대는 규율이 삼엄해서 정보가 빨리 새지

---

* 설화상의 괴물. 머리가 여럿 있거나 몸이 쇠처럼 굳세거나 신통력을 쓸 때도 있다.

는 않았습니다. 그러나 그녀를 속여 한바탕 힘을 쓰게 만들려는 음모는 준비하기에 며칠간 시간이 걸려서 입술이 그리 단단하지 못하고 마음은 더욱 부드러운 누군가가 안쓰러워할 만한 틈이 있었던 것이죠. 더구나 출룬체첵이 대칸을 해하려고 한 게 아니라 대칸이 의심한 경우니까요. 결국 누군가는 가만히 귀띔해 주었습니다. "싸우는 자리에 나가지 말고 몸을 빼어 도망가요. 대칸은 더 이상 당신을 좋아하지 않아요."

출룬체첵은 어리둥절했지만 곧 내막을 알 수 있었습니다. 아버지를 만나려고 했더니 만날 수 없었거든요. 대칸의 변심을 깨닫고 출룬체첵은 무척 분했습니다. 그녀가 무엇을 했단 말입니까? 언제 대칸에게 반역했단 말입니까? 대칸이나 아버지 말씀에 따르지 않은 적 있었나요? 대칸이 오라고 해서 부녀가 왔고, 무릎을 굽히라 해서 굽혀 인사드렸습니다. 영을 거역한 적 없고 베풀어 주신 은혜에 감사했습니다. 시집을 보내겠다 하시므로 선을 보았고 상대를 정해 주었다면 따랐을 것입니다. 왕이라면 사람의 간담을 살펴서 충성스러운 자를 가려야 마땅할 터인데 참소하는 말을 듣고 자신을 죽이려 합니다. 출룬체첵을 죽인다고 하면 보르후는 남겨 둘까요?

"나친 에르덴이 코리오드와 친한 부족들을 모아 와서 시위한다. 하리진 왕이 그들의 예봉을 꺾으러 나섰다. 출룬체첵 딸이 그들 사이에서 용맹을 보여 주게 해라. 코리오드가 또 한 번 여자에게 패배하게 해라."

무릎 꿇고 대칸의 영을 받들면서도 어떻게 하면 좋을지 알 수 없었습니다. 코리오드에게서 도망치느라고 대칸의 아우께 의지했습니다. 대칸에게서 도망을 치려면 찾을 사람이 없습니다. 출룬체첵이 아무리 경험이 부족해도 자기를 환대해 준 그 어느 부족이라도 이런 때에 의지가 되진 못할 것임은 알 수 있었죠. 야그만 고와 카톤이 마련해 보낸 금빛 갑주를 입고 전장에 나서서, 등 뒤에 적들의 대오를 둔 채 눈앞의 적들에게 걸어 나가면서도 출룬체첵은 이제 어떻게 할지를 생각하고 또 생각했습니다.

화살과 돌팔매가 출룬체첵의 팔, 다리, 머리를 긁고 스쳐 생채기를 내었습니다. 성가신 앞 적들을 출룬체첵은 건성건성 눕혔고 코리오드 사람들은 맞상대가 어렵다는 걸 알고 일찍 뒤로 빠졌습니다. 출룬체첵이 별로 힘을 쓰지도 않고 돌아섰는데 대칸의 영이 내려 지금까지 아군이었던 병사들이 공격하기 시작했습니다. 울컥 성이 나서 출룬체첵은 이 적들도 덤비는 대로 똑같이 쳐 눕혔습니다.

그렇게 가까이서 쏘아 대는 화살들은 돌이라도 뚫을 위력이 있었지만 출룬체첵에게는 깊이 꽂히지 못하고, 반 치쯤 꽂혔다가도 그녀가 몸을 털면 해를 넘긴 마른 검불처럼 훌훌 털려 나갔습니다. 화살이 제구실을 하지 못하자 더러는 창과 철퇴를 들고, 더러는 밧줄과 그물을 들고 곰이나 호랑이를 잡으려는 것처럼 용사들은 함성을 지르며 달려들었습니다. 출룬체첵은 더러는 그들이 든 창을 마주 나꾸어 땅바닥에 패대기치고, 더러는 그대로 떠받아 날려 버렸습니다. 말과 사람을 합하면 얼추 그녀와 겨룰 만해 보여도 실제로는 부딪치는 족족 상대방이 튕겨 나갔죠. 화살에 긁히고 창끝에 할퀴어진 상처들에서 피 섞인 진물이 배어 나오자 더욱 성이 나 힘껏 메치고 세게 던지니 나중에는 태질쳐진 사람들이 더 이상 일어나지 못하고 대지의 얼룩이 되었습니다. 대오에 두려움이 퍼져 나가는 속도가 느리지 않아 용맹하기 이를 데 없는 대칸의 친위대조차도 조금은 주춤했습니다. 비명이 북과 징 소리만큼이나 높이 오르고 어떤 칸은 더욱 거센 공격을, 어떤 칸은 일차 물러설 것을 진언하는 가운데 도망친 자들은 살고 명령을 중시하여 전진한 자들은 죽어 그로부터 충실한 사람은 적어지고 못 쓸 사내들이 많아지게 되었습니다.

코리오드 적보다 더 많은 수의 대칸 군사들을 물리쳤을 때쯤 해는 완전히 졌습니다. 출룬체첵은 혼자 초원에서 한 무릎을 꿇고 앉아서 기다렸습니다. 무릎을 땅에 대고도 그녀의 키는 전에 서 있을 때보다도 더 커져서 이제는 남자가 말 등 위에 꼿꼿이 올라서도 그녀보다 작을 것 같았습니다. 칸들의 군사들은 멀리서 두려운 마음으로 몸을 웅크린 큰 사람을 감시했고 윗사람들은 대책을 의논하기에 밤을 샜죠.

출룬체첵은 생각했습니다. '내가 사양하다가는 대칸이 천 명, 만 명의 군사들로 하여금 도끼와 창을 들고 나를 찍게 할 텐데 그러면 결국은 내 다리를 부러뜨릴 것이고 머리를 잘라 내겠지. 물론 아버지의 머리도 함께 잘라 낼 것이다. 그 때까지 기다렸다가 대칸과 칸들을 공격한다고 해서 될 일이 아니다.'

그래서 출룬체첵은 칸들의 진영을 잘 살펴보고 대칸의 아우, 용사 대장, 하리진 왕과 알탄 왕, 대칸이 있는 곳을 파악했습니다. 나머지 칸들도 세력이 큰 순서대로 각각 어느 방향에 있는지 봐 두었습니다.

동틀 무렵이 되어도 출룬체첵이 움직이지 않자 칸들은 그녀가 이미 잠든 건지, 깊이 잠든 게 맞는 건지 헷갈렸습니다. 누가 먼저 덤벼들 생각을 하지 못해서 여러 부대의 군사들이 차례로 활을 쏘고 물러나고 쏘고 물러나기를 되풀이했죠. 용사들은 위협하는 소리를 지르며 말 달려 엄습하다 닿기 전에 비껴가며 시위했습니다. 그래도 출룬체첵은 가만히 있었어요. 차츰 담이 커진 칸들이 상황을 살피러 좁혀 오고 출중한 용사들이 막 일제히 덤비려는데, 출룬체첵이 고개를 들었습니다. 몸을 펴고 일어서니 어제보다도 훨씬 커져 보통 사람 세 명, 네 명, 아니 다섯 명이 어깨를 밟고 올라선다 해도 견주지 못할 것 같았습니다. 병사들은 어제와 달리 허리, 허벅지는커녕 무릎도 치기 힘들어 그녀의 정강이와 싸워야 할 판이었습니다.

"안 되겠습니다, 여자가 너무 커졌습니다!"

대칸의 참모가 물러나시도록 화급히 진언할 때에 출룬체첵은 에워싼 병졸들은 거들떠보지도 않고 발을 떼어 놓더니 한 걸음, 두 걸음, 이내 뛰기 시작했습니다. 바로 대칸에게로 달려오는 것이었습니다. 야수들이 그 소리만 듣고도 내빼어 범접 못 하게 하던 천둥 같은 땅울음소리가 쾅! 쾅! 쾅! 몰아쳐 왔습니다. 박차는 발에 피어난 먼지구름이 땅을 뒤덮었습니다. 가로막은 자들은 말, 사람 구분 없이 차여 나동그라지고 한 발 한 발 다가올수록 무시무시하게 커져 오는 출룬체첵이 대칸에게 엄습했습니다.

"가십시오!"

단호하게 소리 지르며 내리친 주먹에 대칸은 이승을 등졌습니다. 용맹스러운 친위대들이 중간에 끼여 볼 틈도 없이, 누가 구출해 볼 수도 없이 눈 깜짝할 새에 끝났습니다. 출룬체첵은 피떡이 된 대칸을 두 번 보지도 않고 바로 대칸의 아우에게 달려갔고, 날아드는 화살을 뿌리치고 창과 칼을 헤치며 막 말을 돌린 그를 뒤에서 발로 찼습니다.

"안됐습니다!"

그를 죽이는 것은 그렇다 치더라도 귀인을 쥐처럼 걷어차는 것은 조금 미안한 일입니다. 더욱이 돌아설 때까지 부녀에게 잘해 주었던 사람이고 보면요. 하지만 사정이 급하니 어쩔 수 없지요. 하리진 왕은 출룬체첵이 대칸과 대칸의 아우를 연달아 때리고 차서 죽이는 것을 보고 급히 말에서 내려 투구를 벗고 병졸들 속으로 숨으려 했지만 그의 보기 좋은 보라색 겹옷을 아까 출룬체첵이 눈여겨봐 놓았기에 숨지 못했습니다. 보호하려던 용사 몇 사람과 함께 그도 참살되었습니다. 출룬체첵이 그들을 죽이고 나서 돌아보자 나머지 칸들의 진영은 이미 아수라장이 되어, 어떤 칸은 말을 몰아 먼저 죽어라 도망치고 어떤 칸은 후퇴를 지휘하느라 조금 지체하고 있었습니다. 출룬체첵은 제일 멀리 도망치는 자들부터 힘닿는 대로 따라잡아 때려죽였습니다. 한 명의 칸이라도 더 죽이려고 전장을 동서남북으로 종횡무진 달려다녔습니다. 몇 번째였는지, 꽤 멀리까지 도망친 어떤 칸을 기어이 따라잡아 처치하고 나서 옆을 보니 완만한 골짜기에 맑은 시냇물이 흐르고 있었습니다. 뛰느라 목이 말랐던 출룬체첵은 땅에 엎드려 시냇물을 마셨습니다. 그렇게 목을 축이고, 일어서는데, 놀랍게도 방금 엎드릴 때보다 훨씬 높이 훨씬 크게 머리가 한없이 올라가지 뭐겠어요? 몸을 일으킬 바로 그때에 출룬체첵의 키는 솟아오르듯이 커지고 안 그래도 굵은 사지가 더 굵게, 이전에도 컸던 몸이 더 크게, 견고하고 무거웠던 것들이 더욱더 굳세고 육중하게 자라납니다. 골짜기가 삽시간에 발아래로 까마득해져, 어떤 거목보다도 높고 커진 출룬체첵은 손을 들어 손등과 손바닥을 보고 한참 멀어진 발을 움직이고 굴러 보았습니다. 내려다보니 방금 죽인 칸이 벌레같이 작았습니다. 싸우다가 입은 상처, 화살에 찍히고 창칼에 베인 온몸의 무수한 상처들은 이제 보이지도 않게 됐죠. 피와 진물도 거의 지워졌고 손으로 한번 문지르니 아예 없어졌습니다.

머리가 구름에 닿은 채 출룬체첵은 놀라워서 웃었습니다. 이렇게나 커질 거면 어제 커졌으면 좋았을 텐데! 대칸이 아직 살아 있었다면 이젠 출룬체첵을 죽일 생각을 안 했을 것입니다. 하지만 대칸은 이미 죽었고, 그의 아우도, 의형제들도, 굵직굵직한 동맹자들과 수하 칸들도 거의 죽은 후입니다. 제대로 전쟁을 한 것도 아니고 한 명의 여자를 사냥하러 나왔다가 변을 당해 몰사하고 칸국들은 주인을 잃었습니다.

대칸이 이제 없고 대칸의 아우도 없어졌으니, 당연히 보르후도 더는 칸이 아니게 되었습니다. 아버지가 왕이 아니면 딸도 공주가 아니지요. 비로소 확실히 공주가 아니게 된 출룬체첵은 발아래 땅을 살피며 전장으로 돌아갔고, 모두 다 도망쳐 버린 피밭에 그녀를 찾아 헤매던 보르후와 만났습니다.

얼굴이 잿빛이 된 보르후는 출룬체첵을 올려다보려다 뒤로 자빠질 지경이었습니다.

"제 칸을 죽이는 여자가, 제 아비는 못 죽이겠느냐?" 떨리는 목소리로 야단쳤지만 왜 반가워 보였을까요? 출룬체첵은 놀라움과 두려움과 오랜 걱정 새 걱정에 백 겹으로 휘말린 아버지가 그 와중에도 자기가 살아 있는 게 좋아서 기쁜 빛을 띤 걸 보고 픽 웃었습니다. 황소라도 빠뜨릴 만큼 큰 눈물 한 방울이 전쟁터에 떨어져 내렸습니다.

"칸들을 죽이는 건 무도한 짓이지만, 그러지 않았으면 아버지도 딸도 살아 있지 못했을걸요."

출룬체첵은 손가락을 세워 아버지를 조심히 집어 올렸습니다. 손바닥에 씨앗을 품듯이 아버지를 고이 덮어 감싸고서, 몸을 세워 발걸음을 떼어 놓았습니다.

"정말로 아버지가 왕을 해 봤고, 정말로 여러 나라들이 망했으니까 이제 다 됐네요. 아, 졸려요. 잘 곳을 찾아야겠어요."

자꾸만 내리덮이는 눈꺼풀에 억지로 힘을 주며 출룬체첵은 초원과 사막을 건너갔습니다. 강과 얕은 산들도 성큼 한 걸음에 넘어서 갔습니다. 출룬체첵이 전쟁터를 떠나는 광경을 본 사람은 많습니다. 그러나 그녀가 인적 드문 산지에 당도해 걸음을 멈췄을 때, 그리고 땅 울리는 소리를 내며 무릎 꿇고, 주저앉아, 팔꿈치를 짚고, 길게 한숨을 쉬며 머리를 땅에 괴어 얼굴을 머리카락 아래 묻었을 때 그걸 지켜본 이는 한 명뿐입니다. 잠에 빠지기 전 거의 감기려는 눈으로 출룬체첵은 보르후를 보았죠.

"잘게요."

그 아버지에게, 그 나머지 말은 할 필요도 없는 것이었습니다.

그 시절 너른 초원에는 칸들이 거지반 죽고 칸국들의 연합이 와해되었으며 속민들에게는 주인이 없게 되었고 부족들에는 남자가 적어졌습니다. 그러나 여자들과 아이들은 그대로 남아 있었고 들판과 산과 호수도 전혀 적어지지 않았으므로, 비록 일손은 부족해졌어도 남아 있는 가축들이 그들을 먹여 살리기에는 충분했지요. 다만 외방의 침략이나 팔꿈치 밑에서 찔러 드는 범죄를 어떻게 막을지 유력한 여자들과 현명한 노인들이 모여 골머리를 썩였습니다. 그러나 원래부터 의지할 데 없던 가난한 목민들은 걱정하면서도 이렇게들 서로를 격려했습니다.

"칸국들을 싹 쓸어 망하게 만든 사람이 적들도 쓸어 버리겠지!"

"땅을 울려 늑대와 호랑이를 쫓아 버리던 그 발로 개놈들도 밟아 뭉개 주겠지!"

그러면서 출룬체첵이 쉬러 간 먼 산맥을 바라보고, 그녀가 땅을 울리며 돌아올 것을 상상했지요. 어떤 사람들은 여전히 그녀를 좋게 생각했고 어떤 사람들은 칸들과 군대를 죽이고 나라들을 망하게 한 무엄한 여자를 미워하고 원망했지만 어느 쪽이든 출룬체첵이 언젠가 깨어나리라는 건 의심하지 않았습니다. 그리고 설령 미워하더라도 그녀가 자고 일어나 돌아올 날을 기대하지 않는 사람은 아무도 없었죠.

그들은 출룬체첵이 얼마나 커졌는지 아직 잘 몰라서 그녀가 돌아오면 집에 청해 들이고 차와 술을 대접할 생각을 했고, 처녀들은 혼수 준비를 할 때 보통 사람 두세 배 체격을 가진 여자가 입을 만한 채색옷의 한 조각을 말라 정성껏 수를 놓고 구슬을 다는 게 관습이 되었습니다. 나중에 진귀한 손님이 오면 선물로 줄 것이 있도록 말이지요.

물론 그 길과 깃, 소매가 지금의 출룬체첵에게는 터무니없이 작겠지만, 여러 부족의 처녀들이 대대로 만들어서 장수가 쌓였으니 그녀가 일어났을 때 모두 이어 붙이면 다시 아름다운 채색옷을 만들어 입을 수 있지 않을까 합니다. 어떨까요?

눈 속의 요정

집

 아침부터 쉬지 않고 눈이 내렸다. 쌓인 눈 탓에 자동보도가 하나씩 멈춰 버리는 걸 복합주거 12층의 내 방 창으로 내다보고 있었다. 흰 눈바닥에 애틋한 빛깔들을 물들이던 광고 영상들도 중앙동력에 과부하가 걸려서인지 툭, 툭 꺼져 나가고 세상이 한 가지 색깔로 바랬다. 너무 많이 뻗어 있던 도시의 실핏줄이 하나하나 끊기고 말라붙는 듯한 광경이 묘하게도 싫지 않았다. 따뜻한 데서 보고 있으니까 그렇겠지, 조금 있으면 튜브웨이까지 500미터도 더 되는 길을 걸어가게 생겼는데, 생각하고 웃었어도 그런 감상은 바뀌지 않았다. 흰색은 밝은색이라설까.

 하지만 튜브웨이까지 자동보도가 불통이라면 저쪽 역에서 약속 장소를 찾아가는 것도 문제일지 모른다. 켜 본 패널의 빨간 점들은 지역 종합망의 부분 두절 내지 이상 가동을 알려 주고 있었다. 폭설의 여파를 분산시키려 전체적으로 낮은 수준의 통제가 이루어지고 있는 것이다. 도시는 겨울을 맞은 짐승처럼 잔뜩 웅크렸다. 이동 중에 모바일이 통할지 어떨지도 불확실했다. 그러니 더욱 늦어서는 안 된다. 나는 서둘렀고, 집을 나선 건 그래서 3시를 막 넘긴 시각이었다. 튜브웨이까지 걸을 각오로 채비를 단단히 했지만 막상 눈길에 나서니 보통 일이 아니었다. 보도로 이어지는 에스컬레이터는 발판에서 나오는 열 덕분에 젖어 있을 뿐 눈이 쌓여 있지는 않았다. 그러나 거기 발을 딛고 나풀나풀 내리는 눈송이를 맞으며 하강하는 사이에 12층에서 본 것과는 다른, 두껍게 쌓인 눈의 양감이 밀어닥쳐 왔다.

 자동차건 중앙동력차건 한 대도 지나가지 않는 길을 신호 지켜 건넌 다음 멈춰 버린 자동보도 바깥쪽 자전거길을 따라 역을 향해 걸었다. 복합주거 바로 앞은 그래도 사람 발길이 웬만큼 눈을 다져 놓았는데 길을 건너자 발자국이라곤 두세 줄밖에 나 있지 않았다. 물결무늬 밑창과 큰 운동화 자국, 그리고 무슨 신발인지도 모르게 조금 우묵우묵할 뿐인 거의 다 덮인 자국. 주로 큰 운동화 발자국을 따라 걸어갔지만 보폭이 맞지 않는 곳에서는 새 눈을 밟아야 했다. 두껍게 쌓인 눈은 내 발아래 뿌둑, 뼈 부러지는 소리를 냈다. 따라가던 발자국이 한 줄 또 한 줄 없어지고 마지막 발자국도 옆으로 빠져 버린 지점에서 나는 멈춰 섰다. 길은 반도 더 남았고 이제 새하얗게 침묵한 새 눈이 모든 걸 장악했다.

'늦을지도 모르겠는데.'

괜한 짓인 줄 알면서도 시계를 보고 새 눈 속으로 발을 넣었다. 늦는다면 지금부터의 길 탓일 거다. 뿌둑, 뿌둑, 뿌둑, 뿌둑……. 내리는 눈처럼 한 날 한 날 쌓이는 걸음들이 아문센의 백 걸음처럼 기묘한 느낌이어서 다시 멈춰 섰을 때 나는 왜 섰는지 몰랐다. 앞을 보고, 뒤를 보고, 의미도 없이 머뭇거리다가 그 구멍을 보았다. 자동보도 쪽 쌓인 눈 위에 무슨 물건이 떨어지며 뚫어 놓은 듯한 구멍이 나 있었다.

하필 거기 멈춰 선 이유를 모르는 것처럼 가까이 간 이유도 모른다. 한 걸음마다 한 뼘이나 되는 눈을 차면서 굳이 갔고, 들여다보았다. 뭔가 푸르스름하고 예쁜 것이 있었다. 성급하게 넣은 손끝에 닿는 느낌이 미미하게 온기가 있어 놀랐다. 조심스럽게 집어내리니 그 물체는 또 뻣뻣하지 않고 좀 나긋나긋하기도 했다. 얼핏 보기엔 인형. 나는 눈밭에 우두커니 서서 손에 쥔 걸 살펴보았다.

'요정이잖아?'

그것은 사람같이 생겼고 작았다. 바비 인형의 절반만 한 크기로, 펼친 손바닥과 키가 비슷해 내 중지에 머리를 괴고 쓰러진 요정의 정말 작은 맨발이 내 손목에 딱 닿았다. 옷은 입고 있지 않았지만 발가벗은 것도 아니다. 장인의 손길이 빚어낸 것 같은 정교하고 아담한 머리, 손, 발에 이어진 동체 부분은 파르스름한 얇은 껍질 같은 것에 싸여 있었다. 반투명한 껍질에서 뽀얀 팔은 팔꿈치와 어깨 중간쯤부터, 다리는 종아리 중간쯤부터 노출돼 추위에 빨갛게 얼어 있었다. 요정의 머리카락은 제주산 귤껍질처럼 샛노랗고 윤기가 돌았고 내리감은 속눈썹은 까맸다. 소녀다. 뭘 보고 그렇게 생각했는지 몰라도 본 순간 나는 그렇게 믿었다.

편의점

요정을 본 건 처음이었기 때문에 나는 잠시 어쩔 줄 몰랐다. 다시 한번 괜히 들여다본 시계는 3시 17분이었다. 그리고 거기서 몇십 미터 앞쪽의 편의점 유리문을 밀고 들어가며 흘긋 본 건물 시계는 15:22PM을 비췄다. 5분이나 지났다고? 아냐, 저 시계가 틀린 거겠지. 내 발자국은 급히 오느라 눈 속으로 죽죽 끈 흔적들을 달고 있었다. 팔꿈치로 문을 밀면서, 나는 다급하기만 한 게 아니라 흥분해 있기도 했다. 아무나 붙잡고 물어보고 싶었다. 이게 뭐죠? 이거 요정인가요? 살아 있는 거 맞을까요? 어떡해야 하는 거예요? 어째서 이런 게 실제로 있어요? 하지만 묻는다면 다른 사람이 나에게 물을 가능성이 더 높았다. 정신 잃은 요정을 한 손에 들고 편의점에 뛰어드는 건 나니까. 그래서 난 대답할 말이 없는 사람이 질문 앞에 뛰어나올 때 그럴 것처럼 달아오른 얼굴로 숨마저 헐떡이며 편의점에 입장했다.

편의점에는 사람이 여러 명 있었고 그들의 시선이 한번 내 쪽을 스치기는 했다. 그러나 그뿐이었다. 남이 손에 쥔 것까지 잘 보지는 않으니. 그걸 깨닫고는 창피함도 겹쳐서 나는 본격적으로 이상하게 뚝딱거리며 음료수를 찾았다. 뭔가 따뜻한 것이 필요한데.

"음료수 어디 있어요?"

시선이 마주친 점원에게 물어보고 "저쪽요." 하는 답을 듣고, 실제로 찾고 있던 건 온장고였기 때문에 잘못 물어본 것에 자책하고 휘휘 둘러보기는 멈추지 않고, 온장고가 없는 것 같기에 그냥 유제품 및 주스 코너 앞에 서면서 나는 화끈거리는 얼굴 쿵쿵대는 가슴을 진정시키지 못했다. 뭘 사야 하지? 이온 음료, 녹차, 쌀 음료, 보리 음료, 옥수수, 헛개, 각종 주스와 발효유 음료, 콜라나 다른 탄산음료들, 식혜, 오미자, 그 외 온갖 설탕물들. 온장고가 없으니 전자레인지에 데워야 하고 그러려면 용기가 캔이면 안 되었다. 종이팩과

페트병은 괜찮은 게 맞나? 평소라면 음료를 데울 일은 없으니까 확신이 서지 않았다.

'그런데 요정에겐 뭘 먹여야 한담?'

막연히, 뭔가 자연에 가까운 것이라야 한다는 기분은 든다. 먹이면 안 되는 건 파, 양파, 초콜릿, 포도, 기름기 많은 거랑 양념 세게 된 거, 사람 먹는 과자……. 아니 이건 개에게 먹이면 안 되는 거고. 요정은? 요정이 뭘 먹더라. 이슬? 꿀? 편의점 꿀물 정말 꿀만 들어간 거 맞을까? 결국 작은 유리병에 든 100퍼센트 사과 주스를 골랐다.

"저기, 이거 저기 데워도 돼요?"

"주스를요?" 점원이 놀랐다.

"네. 뚜껑은 떼고 할게요."

"잠깐만요." 점원이 카운터를 열고 나왔다. 특이한 주문을 손님에게 맡겨 두기 불안한지 굳이 자기가 병뚜껑을 따고 주스병을 전자레인지에 넣었다. 아까 본 디지털시계의 숫자는 15:24PM에서 15:25PM으로 넘어갔다. 나는 멍하니 너무 긴 30초를 기다리며 어색하게 늘어뜨린 왼손, 코트 소매가 내려와 사람들의 눈길을 가려 준 내 요정을 심하게 의식하고 서 있었다. 살펴보고 싶은 마음이 굴뚝같지만 엄두가 나지 않았다.

"뜨거운지 잘 보고 조심하세요!" 작동 종료 소리에 다른 손님 계산을 해 주던 점원이 다시 신경을 써 주었다. 유리병이 심하게 뜨겁지는 않았다. 그래도 종이 냅킨을 대고 두 손으로 잡아 내느라 요정은 소매 위에 걸쳤다. 점원이 보았다. 나는 유리병만 보면서도 그가 봤다는 걸 알 수 있었다. 서서 먹는 테이블로 몇 걸음을 옮겨 가는 동안 점원의 시선이 줄곧 내 목뒤에 꽂혀 있었다.

입식 테이블에는 냉동 만두와 어묵탕을 거의 다 먹은 아저씨가 있었고 컵라면에 물을 부어 온 검정 파카가 나와 거의 같이 도착했다. 병은 들고 오는 동안 더 뜨겁게 느껴졌다. 그 안의 주스가 너무 뜨거울지 적당할지는 감 잡기 힘들었다. 예전에 할아버지가 앵무새 새끼에게 죽처럼 갠 모이를 먹이시던 생각이 났다. 뜨거운 물에 개어도, 조그만 대나무 숟가락으로 먹이자면 곧 식는다. 먹일 때 미지근해야 한다면 우선 뜨겁게 데워서 온도를 맞추는 편이 쉬운 것이다. 그런데 대나무 숟가락이 없는데……. 아, 아니, 아니잖아. 나는 속으로 혀를 찼다. 요정 소녀는 검은 속눈썹을 감아 내린 채 미동도 없다. 앵무새건 요정이건 정신을 잃은 동물에게 무엇을 먹인다는 것은 가능한 일이 아니었다.

3시 27분이었다.

거기서 어쩔 줄 몰라 한 건 10초도 채 되지 않았겠지만 그사이 어묵탕 국물을 후룩거리던 아저씨가 조용해졌다. 아저씨도 검은 파카도 보고 있었다. 요정을.

"그게 뭐예요?" 검은 파카가 물었다.

"요정이요."

"죽었어요?" 얼떨떨한 것은 나만이 아니었던 모양이다. 검은 파카는 으악 하고 놀라는 대신에 그냥 그렇게 물어보았다.

"아니요." 그런지 아닌지 알지도 못하면서 한 대답이었다.

"살은 거야?" 아저씨가 제대로 경악하는 소리를 질렀다. "아니, 이게 진짜 살은 거야? 이게 대체 뭐야, 아가씨?"

"저도 잘 몰라요. 오다가 길에 있어서."

"줏었다고?"

이때 아저씨의 목소리가 경각심을 불러일으켰다. 나는 괜히 주웠다는 소릴 했다고 혀끝을 깨물었지만 이미 엎질러진 물이었다. 아저씨는 검은 파카를 제치고 요정 위로 머리를 수그렸다.

"이게 정말 살은 건가? 세상에 이게…… 이게 진짠가?"

"건드리지 마세요!" 나는 손을 대려는 아저씨를 막았다. 과자를 고르고 있던 여자 두 명 일행이 어느샌가 다른 쪽 어깨 뒤로 다가와 있었다. 한쪽이 어머어머 탄성을 질렀다.

"아가씨 것도 아니라며. 가만있어 봐……." 아저씨는 어깨로 나를 밀며 요정을 집으려 들었다.

그때 검은 파카가 나를 도와주었다. "아저씨 손대지 마세요." 검은 파카는 아저씨가 나한테 한 그대로 아저씨를 은근히 밀치면서 요정을 보호해 주었다. 그러곤 나한테 물었다. "이거 먹이려고 산 거예요?"

여자 한 명이 혼잣말했다. "인형 아냐?" 다른 여자가 칭얼거렸다. "어머 어떡해 무서."

"데웠는데요, 의식이 없는 것 같아서……."

"어디서 주웠어요?"

"숨 쉬는 것 같애, 저거 봐 봐!" 칭얼거리던 여자가 말했다.

"길가 자동보도 근처에서요. 눈 속에."

"저게 진짜 산 거라고? 정교한 로봇 같은 거겠지." 다른 여자가 친구를 달랬다.

"숨 쉬어요?" 검은 파카.

"죽은 것 같은데?" 아저씨.

"모르겠어요." 하고 대답한 다음에 나는 요정의 그 얇고 투명한 까풀을 살짝 건드려 보았다. 손끝이 떨렸다. 요정의 몸은 아까와 똑같았다. 인형처럼 딱딱하진 않지만 그렇다고 솜처럼 보드랍지도 않고, 죽은 듯이 차갑진 않지만 그렇다고 새 새끼처럼 따끈따끈하지도 않고.

나는 요정의 다리를 만졌다가 너무너무 가늘고 섬세한 손가락들이 붙은 그녀의 조그만 손을, 내 손가락이 잘못 건드렸다간 으스러질 것만 같은 그 손을 아주아주 조심스럽게 어루만졌다. 손끝의 감각으론 뭐가 만져지긴 하는지 모를 정도였지만, 그 작은 손은 사람 손과 똑같이 굽혀지고 젖혀졌다. 그러나 손을 쥐고 흔드는 것과 같은 정도로 움직여 보았건만 그녀는 꼼짝도 하지 않았다. 곤충 날개처럼 얇은 뭔가에 싸여 다 들여다보이는 그녀의 몸이 추워 보여서, 추워 보일 뿐만 아니라 뚫어지게 들여다보는 사람들이 신경 쓰이기도 해서 나는 냅킨을 덮어 가렸다. 그러곤 짧고 선명한 머리칼을 손톱 끝으로 넘겨 매만져 주곤 정신을 잃은 조그만 얼굴을 빌고 싶은 심정으로 살살 쓸어내렸다.

"앗! 지금 눈을 깜짝였어!" 한쪽 여자가 기겁하고, "이야아……." 아저씨가, 흡사 동물의 왕국에서 근사하게 촬영된 고래의 교미 장면을 보았을 때 지를 법한 탄성을 올렸다. 검은 파카가 긴장하는 것이 팔에 느껴졌다. 나는 바들바들 떨리는 손으로 요정을 다시 톡톡 건드렸다. 일어나, 정신 차려, 정신 차려!

요정의 긴 속눈썹이 다시 한번 꿈찔 움직이더니 잠자리 날개처럼 파르르 흔들리곤 드디어 살짝 열렸다.

들여다보는 인간의 눈들 앞에 요정의 눈동자가 아주 조금 엿보였다. 깊고 짙은 푸른색 눈이었다. 맑게 갠 겨울 시골의 밤저녁 같은 짙은 흑청색이었다.

눈을 가늘게 떴을 뿐만 아니라 요정은 몸도 조금 움직였다. 손발 모두. 하지만 눈을 완전히 뜨진 않았고 자리에서 일어서지도 못했다. 그녀는 내 얼굴과 정신없이 들여다보는 커다란 사람 얼굴들을 한번 훑어보더니 곧바로 그 눈을 다시 감아 버렸다. 그녀는 도로 의식을 잃었다.

검은 파카가 곧바로 흥분을 억누르며 말했다. "따뜻하게 해 줘야 되겠는데요!"

아저씨가 말했다. "아가씨 어떡할 거야 이거?"

내 바로 뒤에서 점원이 말했다. "손에 쥐고 따뜻하게 해 주면 되지 않을까요?" 그때까진 점원도 와 있는 줄 몰랐다.

"이거 어디서 났어요? 이거 정말 살아 있는 거예요?" 여자 둘 일행은 이제야 나를 보고 뒷북을 쳤다.

"만져도 돼요?" 검은 파카가 말할 때까지 나는 그를 내 편인 것처럼 생각하고 있었다. 그래서 나는 안 된다고 말하지 못하고 그가 요정을 나만큼이나, 어쩌면 나보다도 더 조심스럽게 집어 드는 것을 그냥 보고만 있었다. 하지만 아저씨와, 나를 상대로 비로소 말문을 튼 한쪽 여자는 검은 파카가 요정을 들고 있도록 놔두지 않았다. 그들은 일단 내 손에서 다른 사람 손으로 넘어간 이상 자기들도 요정을 만져 볼 권리가 있다고 생각한 듯했다. 검은 파카는 처음엔 팔꿈치로 밀어내는 데 그쳤지만 나중에는 요정을 두 손에 감싸 쥔 채 성난 목소리로 아저씨를 공박하기에 이르렀다. "저리 가세요! 왜 이래요 아저씨!"

"한 번만 줘 보라니까."

"아저씨가 왜요!"

"이 쌍 니 거야? 한번 줘 보라니까!" 아저씨는 조바심을 치던 나머지 상욕을 내뱉었다.

난 팔이 벌벌 떨렸다. 끼여 있는 여자 한 명은 아저씨를 말리려 들지 않았다. 그 사람이 바라는 것은 요정이 검은 파카의 손을 떠나고, 그게 아저씨 손에 들어가지 않고, 자기가 그 틈에 그걸 가로채는 거였다. 시계가 눈에 들어왔다. 03:31PM. 나는 카운터로 달려가 그제야 발견한 온장고에서 캔 커피 하나를 꺼냈다가, 그 경황에도 두유를 발견하고 그걸로 바꿨다. 점원은 요정을 둘러싼 사람들 외곽에 서 있느라고 계산대는 신경도 쓰고 있지 않았다.

"저 여기 계산요!" 내가 소리 질렀다. 몇 초 후 한 손엔 따뜻한 두유팩을 쥐고 가방을 등 뒤로 넘겨 메고서 실랑이를 하는 남자들 틈에 뛰어들었다. "이리 내요!"

검은 파카는 멈칫멈칫하다가 나에게 요정을 뺏겼다.

"어떡할 거예요, 그거?" 겁내던 쪽 여자가 아까 벌써 한번 나왔던 질문을 해 왔다.

"병원에 데리고 갈 거예요! 아픈 모양이니까!" 나는 소리 질러 주곤 편의점을 뛰쳐나왔다.

아저씨는 아마 나를 뒤따라 나오려고 했던 것 같지만, 검은 파카에게 붙잡혔다. 유리문이 흔들리는 틈새로 다투는 목소리들이 새어 나왔다. 나는 죽어라고 눈밭을 헤집고 도망쳤다. 아저씨나 검은 파카나 여자들이나 점원이나, 그들이 아무리 요정에 관심이 가고 탐이 났다 하더라도 일단 내가 이만큼 뛰어나온 이상 나를 뒤쫓아와서 어쩌지는 못할 것이다. 그런다면 숫제 강도잖아.

깊게 쌓인 눈을 발로 긁으면서 나는 허겁지겁 나아갔다. 역은 아직도 멀었다. 270미터? 250미터? ……이제 200미터? 중간에 어쩔 수 없이 잠깐 멈추거나 발걸음을 늦추기도 했지만 역에 닿을 때까지 거의 쉬지 않고 줄달음질 쳤다고 해도 될 것이다. 요정을 주머니에 넣기 전에 한번 본 게 다였다. 그녀는 계속 기절한 채였다.

튜브웨이

튜브는 별로 붐비지 않았지만 나는 몹시 불편했다. 요정을 집어넣은 주머니가 눌리지 않도록 지켜야 했던 것이다.

'가방에 넣을 수 있으면 더 나을 텐데.'

3시 45분이 된 시계를 보면서 나는 그렇게 생각했다. 그러고 보면 가방 속엔 뭔가 요정을 안전하게 보호할 만한 게 없나? 필통이면 어떨까. 나는 왼쪽 손 하나만으로 가방 안을 뒤졌다. 필통은 막상 요정을 넣기엔 너무 작다는 걸 알 수 있었다. 하지만 퀼팅이 된 화장품 파우치가 있다. 그리고 노트도. 노트 속 두꺼운 간지를 뜯어 접으면 지지대 비슷한 걸 만들 수 있을지도. 그렇게 해서 파우치에 요정을 넣으면 안전하고 따뜻하겠지.

옆에 끼여 있는 두유팩을 보고서야 샀던 게 기억나서 그걸 꺼냈다. 요정이 들어 있는 오른쪽 주머니에 넣을까 했지만 그러기엔 코트 주머니가 작았다. 뜨겁진 않지만 직접 닿게 해선 안 될 것 같았다. 나는 왼쪽 주머니에 두유팩을 넣고 그 온기에 손을 녹였다. 일단 주머니를 따뜻하게 해서 요정을 그쪽으로 옮겨 담을 생각이었다. 하지만 얼마 안 가 주머니와 손이 따뜻해졌어도 나는 그 생각을 실천에 옮길 수 없었다. 사람들이 볼 것 같아서. 지금은 아무도 날 보지 않지만 그건 내가 볼 만한 것을 갖고 있지 않기 때문이다. 파르스름한 꺼풀에 싸인 예쁜 인형 같은 요정을, 축 늘어진 요정을 끄집어낸다면 한두 명은 분명히 보고 말겠지. 튜브 안에서는 도망칠 데도 없다.

'가방을 덥히자.' 나는 막연히 그렇게 생각했다. 옮겨 넣을 거라면 가방 쪽이 낫긴 하다.

3시 55분이었다. 목적지는 열 정거장도 더 남았다. 세어 보니 정확히 열네 정거장 남았다. 갈아탈 필요는 없었지만, 눈길이 저절로 노선도 위를 헤맸다. 갈아타고 가는 수도 있다. 우선 도강 3번 선을 탔다가 다시 도심선으로 갈아타고 가면 좀더 빠를지 모른다. 지도상의 거리론 확실히 그편이 짧다. 그렇게 가면 중간에 잠깐 화장실에서 요정을 옮겨 담을 시간쯤은 남을지도 모른다.

환승역의 계단과 에스컬레이터 들은 아이가 그린 크레파스화처럼 좍좍 내키는 대로 뻗쳐 있었다. 거쳐 가야 했던 거리가 상당하긴 했지만, 내가 도심선으로 갈아타기까지 걸린 시간은 그 탓은 아니다. 환승역의 화장실에서 덮개 뚜껑을 닫은 양변기 위에 앉아 눈을 내리감은 가엾은 어린 요정을 어떻게든 깨워 보려고 하며, 그녀가 죽지나 않았는지 걱정이 되어 그 작은 심장 고동 소리를 들어 보려고 하며, 금귤 껍질처럼 반질거리는 고운 머리칼과 말할 수 없이 정교한 그 몸매, 그렇게 작고 동그란 어깨며 불쌍하게 벗은 맨발을 두렵고도 경탄스럽게 들여다보며 나는 상당한 시간을 허비했다. 그녀의 손은 너무 얇고 손가락은 너무도 가늘고 여렸다. 그녀 몸을 덮어 감출 수 있을 정도인 내 손도 추위에 빳빳해 있는데, 요정의 한쪽 허벅지만큼 굵은 내 손가락도 차갑게 얼어 있는데. 저렇게나 작은 손발은 어떨까? 눈 속에 쓰러져 있었으니!

나는 화장품 파우치 안에 휴지를 잔뜩 넣고 그게 보온이 되기를 바라며 요정을 들어앉혔다가, 다시 꺼내곤 휴지를 전부 잘게 찢어 넣었다. 그래도 성에 차지 않았다. 휴지조차도 요정의 보드란 살결엔 너무 거칠 것만 같았다. 고급 화장지라야 하는데, 이런 화장실용 말고. 아니, 안경닦이라야 해. 나는 그렇게 생각했다. 안경 닦는 천, 그게 필요하다. 하지만 시력교정술로 나는 이제 안경을 끼지 않고, 당연히 안경집도 안경 닦는 천도 없었다.

"죽은 거 아니지?"

조그맣게 말해 보았지만 요정은 아무 반응도 없었다. 그녀의 숨결은 너무 미약해서 숨을 쉬고 있는지 안 쉬고 있는지 알기 힘들었다.

도심선 튜브에 탔을 때 시간은 4시 하고도 11분이 지나 있었다.

다시 환승역에 도달해 새로 갈아탔을 때의 시간은 4시 26분이었다. 가는 길에 사려고 했던 전지며 핀은 이미 살 수 없게 되었다. 이미 약속 시간에도 못 대게 됐으니.

한술 더 떠서 점점 사람들이 늘더니 어느새 튜브가 몹시도 붐볐다. 지상 교통이 거의 마비된 모양이었다. 역마다 새로 타는 이들의 옷엔 털어 내다 다 못 털어 낸 눈이 끼었고 그들에게서 차가운 기운이 훅훅 끼쳐 왔다. 나는 사람들과 찬기로부터 요정을 보호하기 위해 몸을 이상한 모양으로 움츠린 채 가방을 배 앞에 두고 지켰다. 그러면서 역마다 스쳐 가는 시계를 보았다. 26분, 28분, 31분, 35분…….

사무실 앞

목적지 역에 도착한 건 도중의 예상보다도 더 늦은 4시 49분이었다.

낭패한 심정으로 역을 나가 보니 도시는 더 이상 도시가 아니었다. 길 전체가, 어디가 자동보도이고 어디가 자전거길이며 어디가 비상도로인지도 구별할 수 없도록 눈에 덮였고 건물들은 침몰하다 남은 빙벽 같았다. 눈을 덮어써 하얗게 변한 차들이 똑같이 하얗게 덮인 찻길에 발발 기어가고 있었다. 전부 자동차들이었다. 중앙동력차는 나오지 못하게 묶인 것이다. 길에 꾸물거리는 꺼먼 사람 모습들은 모두 퇴로를 확보하려 눈을 치우러 나온 이들이다. 나는 어느 쪽으로 가야 할지 몰라서 잠시 두리번거리며, 어느 쪽으로 갈지 모르는 것보다도 더 눈에 압도된 것 때문에 멍청해져서 튜브웨이 입구에 멈춰 서 있었다.

십중팔구 이쪽이리라고 생각되는 방향으로 갈 수 있는 만큼 가고 나서 모바일을 켜 보았다. 레벨은 집을 떠났을 때처럼 낮은 수준이었지만 걱정한 것처럼 완전 불통에는 이르지 않았다. 도시의 실핏줄은 아직 웬만큼 살아 있었다.

귓전의 가까운 곳에서 눈 속의 고요를 실감케 하는 벨소리가 울렸다. 차 소리나 다른 소리들이 없었던 것은 아니지만 모바일의 벨소리를 듣노라니 주변이 굉장히 고요한 것처럼 느껴졌다.

"나야. 미안해. 늦었어. 지금 가는 중인데……."

거기까지 얘기했을 때 미루의 목소리가 따갑게 울려 나왔다. 소리치듯 하는 것을 보니 주변이 시끄러운 듯했다.

"아니 걱정 안 해도 돼! 나도 아직 도착 못 했어! 아마 딴 사람들도 마찬가질걸! 지금 어디니!"

"한 10분만 있으면 도착할 거야. 너 그쪽 사무실에 연락해 봤니?"

"사무실엔 못 했고! 윤 팀장이라고 그 비쩍 마른 아저씨 있지! 그 아저씨하고 통화했는데! 아직 광화문이래!"

"상호는? 상호도 오늘 오지?"

"상호는 총괄이니까! ……."

분명 그 뒤에 뭔가 얘기하려 했던 것 같지만, 미루와의 통화는 지직거림을 끝으로 거기서 끊어졌다. 깜박거리는 상태 표시 아이콘이 보통 통화가 더 이상 불가함을 알려 주고 있었다. 중요 통화의 가격을 보니 82원이었다. 여태까지 본 중에 제일 비싼 값이다. 사람들을 만난 뒤에 이 얘기를 해야겠다고 생각하며 기억해 두었다. 아마 오늘 저녁 뉴스는 재미있겠지. '오늘 서울에 내린 폭설로'라는 서두 뒤에 붙는 피해는 뭔가 으리으리할 것이다.

그러는 동안에도 주변이 조금 어두워진 것 같았다. 아니, 어두워진 것이 아니라 조금 더 무채색으로 바뀐 것이다. 전화를 걸 때까지 켜져 있던 광고판 하나가 문득 마저 나가 버렸다. 빨갛고 노랗고 녹색에 보랏빛인 색깔들이 사라진 자리엔 검은 영사 장치만이 희게 흩날리는 눈발 가운데 조용했다.

4시 54분이었다. 다시 통화를 시도하는 대신에 걷기 시작했다. 사무실에도 굳이 전화할 것 없겠지. 이제 다 왔고, 그리고 이런 날 늦는 것쯤 다들 양해할 테니까.

한 걸음 한 걸음 눈을 헤치고 나아가는 동안에 나는 요정을 거의 잊고 있었다. 정말로 싹 잊고 있었던 것은 아니지만, 요정을 어떻게 해야 한다는 쪽으론 생각이 돌지 않았으니 잊은 셈이다. 나는 약속 시간에 늦었고 오늘 약속은 정말 괜찮은 아르바이트와 연결된, 그리고 어쩌면 장래의 일로도 연결될지 모르는 중요한 약속이었으며 설사 그렇지 않다 해도 이런 날 밖에 나온 이상 용건이 무산된다는 건 너무 좌절되는 일이었다. 더구나 거의 다 왔는데 말이다. 늦은 건 괜찮다고 계속 생각하며 나는 발걸음을 재촉했다. 미루도 상

눈 속의 요정 **79**

호도 안 왔다지 않은가.

하지만 아무도 안 왔다면 회사 사람들이 우리를 어떻게 생각할까. 학생이라 책임감이 없다고 여기지나 않을까. 상호는 어쩌면 가 있을지도 몰라. 상호가 잘 얘기하면 좋겠는데. 하지만 이런 날 늦는 것 정도야 이해해야지. 그치만 그 사람들은 아침부터 사무실에만 있어서 잘 모를지도. 빨리 가야지. 빨리 가야지…….

어디서 맑은 차임벨 소리가 울리기에 고개를 들어 봤더니 예쁜 시계탑이 눈에 띄었다. 눈을 가득 인 문자판에 바늘이 가리키는 것은 정확하게 5와 12. 5시 정각이었다.

그 건물에 닿을 때까지 요정을 들여다보지도 못했던 것은 당연했을지도 모른다. 간신히 도착한 게 5시 8분이었던 것이다.

"아가씨 어디 가요?"

정신없이 뛰어 들어가려는 나를 누가 불러 세웠다.

"예 저……, 저 6층에 포천휠 테크놀로지 가는데요."

"포천휠? 거기 오늘 휴일인데?"

처음부터 고압적이었던 수위의 말투는 더한층 의심스러운 빛을 띠었다.

"네? 약속했는데요?"

"거기 있어 봐요. 인터폰 해 볼게. 그렇게 막 들어가면 돼?"

불만스럽게 말하곤 인터폰실에 들어간 수위 아저씨를 나는 그 자리에서 빤히 쳐다보고 있었다. 송수화기를 귀에 갖다 댄 부동자세가 길어질수록 내 초조감은 더해 갔다.

"안 받는데?"

결국 나온 말은 이랬다. 이어서 보안 시스템을 만지작거리던 수위는 다시 말했다.

"아무도 없는데. 아가씨 뭔가 잘못 알았나 보네."

"아니에요. 오늘 미팅하자고 그래서 약속하고 일부러 왔는데……."

수위는 그런 것은 자기 알 바 아니라는 얼굴을 했다. 업체의 사무실엔 아무도 없고 수위실로 온 연락도 없었다. 나는 오늘 같은 날 늦을 수 있다는 것은 이해했다. 그리고 사무실 동료에게 연락하는 것도 아니고 건물로 연락을 하려 했다면 막상 번호를 등록해 놓지 않았을 수 있다는 것도, 어쩌면 그런 연락이 10초에 82원이나 하는 요금을 지불할 만큼 긴급 사항이 아니라고 생각했을 수 있다는 것도 이해했다. 그래서 나는 거기서 기다렸다. 요정은 내 가방 속에 있었다.

기다림은 편치 못했다. 처음 한동안 수위실과 엘리베이터 사이를 서성거리던 내가 곧 비상계단 발치에 걸터앉은 건 아무래도 눈을 헤치며 걸어오느라 힘을 빼서였다. 피곤을 자각하진 못했다. 하지만 실제로는 진이 빠졌다. 마음은 걱정스럽고, 여러 가지 것에 심통이 났고, 그리고 기다리는 입장이기도 해서.

계단에 앉은 나를 몇 번이나 힐끔거리던 수위 아저씨가 결국 못 참겠다는 듯이 말을 던져 왔다.

"아가씨. 거기 앉아 있으면 어떻게 해? 사람들이 지나다닐 때 걸리적거리잖아?"

불시에 당한 기습이었지만 생각을 하기 전에 자동적으로 일어서고 있었다.

"그런 데 있으면 방해되잖냐고. 다 큰 학생이 꼭 얘기를 해 줘야 아나? 아가씨가 거기서 어정거리고 있으면 건물 사람들이나 볼일 있어 온 사람들이 어떻게 생각하겠어?"

나는 '그럼 어쩌란 말인데요? 어디 있으면 되죠?' 하고 물어보고 싶었다. 한숨 시간이 뜨고 내가 말했다. "그럼 어쩌면 되는데요? 어디서 기다려요?"

수위는 대답하지 않았다. 입으로 말하지 않은 문답이 전기처럼 오고 갔다. 우리 둘 다 질문과 대답을 알았다. 내가 물은 것이다, '위에 올라가서 기다리면 좋잖아요. 조금 있으면 올 텐데요.' 그리고 수위는 대답한 것이다, 그 완고한 얼굴로.

"나가서 기다릴까요?"

수위는 이번에도 얼굴만 가지고 대답했다. 그의 입술 속으로 뭔가 투덜거리는 구음이 있었지만 말은 아니었다.

울컥 화가 났다. 같은 순간 진작에 건물 화장실에 들러서 요정의 안부를 살폈으면 좋았을걸 하는 생각이 머릿속에 번득했지만 때늦은 일이었다. 나는 고개를 쳐들고 나왔다. 저열한 승리감으로 내 뒤통수를 쳐다보는 수위를 등지고 건물 앞에 나와서, 눈물이 날 것 같은 비참한 기분과 그 정도 일을 비참하게 느끼는 데 대한 당혹스러운 분노와 그리고 하등 쓸데없는 앙심에 범벅되어서, 나는 스산한 저녁 추위 속에 그때부터 반 시간을 더 기다렸다. 요정은 말없이 기척도 없이 내 가방 속에 잠들어 있었다.

일부러 돌아보지 않은 등 뒤의 건물 안에서는 로비의 조명과 가면처럼 험상궂은 수위의 얼굴이 내다보고 있었다. 나는 이쪽저쪽을 보았다가 한 지점에 멍하니 눈을 던져 두기도 하며, 발끝을 톡톡 쳐 보다간 계단의 눈을 지르밟아 옆으로 제쳐 두기도 하며 오래도록 그렇게 서 있었다. 마음속으로 이제 아무도 오지 않을 거라는 생각이 들고서도 한참이 지나 마침내 모바일의 벨이 울려 그 사실을 확인시켜 줄 때까지.

벌써 그럴 거라고 생각했던 대로였기에 별로 화가 나거나 섭섭하지 않았다. 튜브웨이로 돌아오는 길의 눈은, 당연한 일이지만, 아까보다 더 쌓여 있었다. 기다리는 동안에도 하나하나가 꽃잎만큼이나 커다란 눈송이가 계속해서 지고 있었던 것이다. 길은 괴괴했고 사람은 더욱 없었다. 이상하게도, 눈이 너무나도 쌓여 움직일 수 없을 것 같은(그리고 움직여 봐야 소용없을 것 같은) 자동보도가 깅깅거리는 묵직한 소음을 내며 가동되고 있었다. 아마도 쌓인 눈을 부수려는 듯했다. 보행로 쪽과는 달리 자동보도에는 내린 뒤 아무의 발에도 밟히지 않은 눈이 무릎을 넘게 쌓여 있어, 그게 움직이고 있다고 해도 거기 탈 생각은 들지 않았다. 나는 비교적 밟혀 다져진 보행로를 택해 튜브웨이까지 천천히 걸어 나갔다. 사람이 없는 것과 발이 젖어 들어오는 것까지 포함해서 아문센 같았다.

'이러다 죽을지도 몰라.'

나는 그렇게 농담 같은 생각을 했다. 쓸데없는 잡생각 이외 아무것도 아니었다, 물론.

'외롭다.' 하고도 생각했다. 이것도 잡생각에 지나지 않았다. 눈이 왔으니 길에 사람이 없을 뿐이다. 저녁 모임들을 취소시킬 정도로 내린 것이다.

'도착해서' 어디에 도착할지 모르는 채 나는 또 그렇게도 생각했다. '난로가 있는 카페 같은 데 들어가 훈기를 느끼면서' 나는 약속도 없는데 그냥 혼자 카페에 들어가는 습관은 없었다. '뜨거운 유자차를 마시면 탁 풀리는 기분이 들 거야. 참 좋을 거야.' 이것도 막연한 사념일 뿐이었다. 걷다 보면 머릿속을 스쳐 가는 그런 보람 없는 생각이다.

'요정.' 나는 그렇게도 생각했다, 다만 생각했을 뿐이다. 그리고 이상은 생각하지 않았다. 나는 그저 생각했다, '요정……'

튜브웨이 역에 도착한 시각은 6시 58분이었다.

중앙동력 셔틀

튜브에 탄 게 7시 1분, 집 역에 도착한 건 7시 55분이었다. 밤의 어둠 속에 천지는 부옇게 떠올라 보였다. 길은 백색 속으로 사라지고 없었다. 가로등이나 건물, 간판, 기타 이런저런 인공 조명들로부터 나온 빛은 차갑고 맥없어 보였다. 갑자기 가야 할 길이 너무도 멀고 막막하게 느껴졌다. 눈 속으로 걸어 들어가는 것이라고 나는 생각했다. 저 설원 끝에 집은 없을 것이다.

그런 생각은 싫었다. 걸어가고 싶지 않았다.

'자동보도는?'

이쪽의 자동보도는 움직이고 있지 않았다. 아니, 아예 구별도 되지 않았다. 차도는 그사이 차들이 지나간 덕택인지

제설 작업이 있었던지 그리 두꺼워 보이지 않는 눈 층 위로 타이어 자국이며 중앙차의 흔적들이 나 있었지만, 자동보도와 자전거길은 흡사 언제까지고 끝나지 않는 거대 생크림 케이크였다. 가로수들이 짧아 보였다.

'셔틀은?'

미적미적 생각할 때 마침 셔틀 한 대가 건너편 차선의 눈 위로 노랗고 푸른 헤드라이트 빛을 흘리며 와선 정류장에 잠깐 멈췄다가 떠나갔다. 그것이 구동하는 소리는 평소보다도 멀고 작게 들렸다.

'셔틀. 셔틀이다.'

길을 건너 셔틀 정류장에 도달했을 때 제과점 간판의 시계는 20:03이었다. 하지만 시간은 이제 의미가 없었다. 눈은 시간마저도 내리덮는다. 두려움은 마음속에서 점점 커졌다. 가벼운 눈이 쌓여 은근히 대지를 압박하듯이 내 정신도 눌러 오기 시작하는 듯했다. 안팎이 똑같이 어둡고 휑했으며 소리는 무엇에 막힌 듯 멀고 둔했다. 아문센이 죽을 때는 기쁘지도 슬프지도 않았을 것이다. 그는 얼어붙었을 것이다. 두려움과 추위 속에서 소리 없이. 나도 얼어붙을지 몰랐다.

아문센이 성냥불을 찾았을 것처럼, 나는 단말을 찾아 주머니를 뒤졌다. 그리고 가방의 존재를 깨달았을 때야 요정을 잊고 있었던 게 퍼뜩 생각났다. 튜브웨이를 나오기 직전까지만 해도 나는 기억하고 있었다. 잊어버린 것은 단 몇 분 사이의 일이다. 길과 흔적을 지운 눈이 텅 빔으로 내 마음을 채웠기 때문이다. 높은 가지에서 후두둑, 쌓였던 눈덩이가 떨어졌다. 서둘러 요정을 꺼내는 내 손은 떨렸다. 왼손으로 켠 모바일 단말의 연둣빛 불빛 속에 힘없이 늘어뜨려진 작은 다리와 팔은 생기 없는 순백색을 띠고 있었다. 살그머니 요정을 쥔 오른손이 쩌릿쩌릿했던 건 꼭 죽었을 듯한 기분 때문이었다. 죽은 것을 건드리는 건 꺼림칙하다. 죽음은 싫다, 죽음처럼 싫은 게 있을까. 기분 나쁘게 쿵, 쿵 흉곽을 두드리는 심장 고동을 삼키면서 나는 어설프게 손을 펴고 요정을 슬쩍 밀어 뒤집었다. 정신을 잃은 아름다운 얼굴 위로 아까보다 한결 창백해져 희끄무레한 노란빛으로 보이는 머리칼이 흐트러져 엉켰다. 새파랗고 투명하던 껍질도 색깔이 죽은 듯이 탁해져 있었다. 발갛게 얼었던 손발과 장미 꽃잎 빛깔의 입술을 나는 기억했다. 반딧불보다 크지 않은 모바일의 광선과 몇 점 들어와 있지 않은 흰 가로등 빛에 비친 얼굴엔 혈색이라곤 한 점도 없었다. 엄지손가락만큼 조그만 소녀의 얼굴에서는 꼭 감긴 속눈썹만 또렷이 검었다.

 가슴이 막혀 왔다. 나는 요정의 잿빛 입술 밑을, 턱을, 새끼손가락 끝으로 살살 건드려 보았다. 요정의 숨결을 느끼기 위해 코와 입 앞에 손가락을 대 보기도 했다. 그러나 요정의 가냘픈 숨결을 느끼는 것은 무리였다. 나는 등을 웅크린 채 그녀의 가슴이 움직이는지를 확인하려고 눈을 부릅뜨곤 한없이 들여다보았다. 하지만 내 손이 떨리며 움직이고 있었다. 내 쪽이 징그럽게 살아 있는 것이었다. 맥을 짚어 보고 싶었지만 할 수 없었다. 요정이 살아 있다는 증거는 어디서도 찾을 수 없었다. 그러나 이미 죽어 버렸다는 증거도 찾을 수 없기는 마찬가지였다. 요정은 더 차가워지지 않았고 딱딱해지지도 않았다. 내 입김이 요정을 덥히고 있었던지도 모른다. 겨울옷 속에서 눈에 둘러싸여 나는 숨을 가쁘게 쉬었다. 견딜 수가 없었다, 견딜 수 없다고 생각했다.

요정을 눈 위에 내려놓을 때, 눈시울이 조금 시큰하긴 했지만 눈물을 내지는 않았다. 혼잣말도 안 했다. '용서해 줘.'라고 말하고 싶었지만 생각해 보면 용서를 빌 이유가 없기도 하다, 내가 특히 잘못한 건 없으니까. 나는 요정을 발견한 것뿐이다. 그리고 요정을 살리고 싶었다. 아무것도 못 한 건 내가 그 정도라서다.

지금 요정은 다시 눈 속에 눕혀졌다. 나는 요정의 몸이 눈에 가라앉지 않는 것을 보았다. 그리고 너무 오래 굽히고 있어서 뻐근한 무릎을 펴고 일어서려 했을 때, 나는 그 이상의 것을 목격했다. 바로 요정이 숨을 거두는 것을.

그때 나는 요정의 생사를 확신하지 못했고 그래서 더 이상 견딜 수 없었던 것이었다. 그러나 길 저편에서 생각할 수 없을 정도로 조용히 셔틀이 이편으로 진행해 오고 그 불빛이 다져진 눈을 물들이고 내가 눈 속에서 몸을 일으킬 때 요정의 몸은 마치 잠자다가 뒤척이듯이 짧고 연약한 광채에 싸였다. 그리고 나는 요정이 죽었음을 알 수 있었다. 그 희미하고 맑게 명멸한 빛 속에서 그녀는 움찔 움직인 것 같았는데, 그 순간만은 귤빛 머리칼과 붉은 입술이 또렷이 돋보였다. 그리고 그 최후의 빛이 꺼짐과 동시에 그녀의 전신이 먼지 같은 잿빛으로 식어 버렸던 것이다. 아니면 그건 내 착각이었을까? 셔틀의 불빛이 눈에 비친 것이었을까? 아니다. 나는 아니라고 생각했다. 나는 착각하지 않았고, 이제는 죽은 요정을 식별할 수 있었다. 다시는 헷갈리는 일이 없을 것이다.

셔틀이 내 앞에 멎었기 때문에 나는 거기 오래 서 있지 않아도 되었다. 부드러운 소리와 함께 승강구가 열리고 오래도록 도시에서 살아온 습관에 따라 나는 성공적으로 탑승했다. 주웠다가 버린 요정으로부터 내 발로 도망치지 않아도 괜찮았다. 셔틀이 나를 집 쪽으로 싣고 달아나 주었다. 습관은 두려움이 파고들 틈을 주지 않는다. 셔틀을 타게 해 준 습관이 내리는 것도 도와주었고, 그래서 그것이 불빛과 습관을 가지고 떠난 후 버림받아 아무도 없는 길가에 세워진 채로도 나는 떨거나 질리지 않고 우두커니 그 고요를 견뎠다.

이제는 몇십 미터 저쪽의 집이 가는 끈으로 나를 끌어당겼다. 어느새 내 앞에 에스컬레이터가 있었다. 그것은 내가 접근해 온 줄을 알고 환영하듯 낮은 소리를 내며 가동하기 시작했다.

에스컬레이터

그 소리 때문이었을까? 등 뒤에서 난 또 다른 소리를 듣고도 위험하다고 생각하지 않았다. 나는 덤덤하게 돌아보았고, 그랬기에 그 소리의 주인공들을 또렷이 보고 말았다. 내가 멈춰 선 바람에 에스컬레이터는 헛되이 움직였다.

길 건너 눈밭 위에 분홍빛 어린 광채가 환히 일렁이고 있었다. 투명하고 커다란 빛의 장미꽃이 아무것도 없는 어두운 공중에서 피어나고, 거기서 뭔가 검은 형체들이 여럿 쏟아져 내렸다. 대략 새끼 고양이만 한 그 무언가는 날렵하게 뛰어내리고 뛰어오르며 가느다란 다리로 눈 위에 내렸다. 빛 속엔 그 거무스름한 것들 말고 다른 것도 있었다. 그것들 역시 빛이 나서 처음에는 큰 광채와 구분되지 않았지만 큰 빛이 좀더 희어지고 넓게 퍼져 처음처럼 밝지 않게 되자 비로소 작은 빛들도 눈에 띄었다. 푸르거나 연한 초록빛이거나 황금빛을 띠기도 한 그 무언가들은 검은 것들보다도 한층 작았다. 그러나 동그랗지는 않고 뭔가 삐죽삐죽하고…… 그들 역시 빛이 줄어들며 윤곽을 알아볼 수 있게 되어 갔다. 움직인다…… 살아 있다.

나는 숨을 들이마셨다. 나는 그게 뭔지 알 수 있었다.

요정들이 외치는 날카롭고 가냘픈 소리가 쌓인 눈의 막막함을 뚫고 들려왔다.

그리고 나는 처음의 거무스름한 짐승들이 고양이보다는 말을 더 닮았다는 것을 알아보았다. 역광으로 보았을 때와는 달리 광선이 퍼진 뒤엔 그 작은 짐승들은 그렇게까지 까맣지 않고 회색빛과 짙은 초록빛 또는 제비꽃 빛깔을 띠고 있었다. 검어 보였던 것은 요정과는 달리 빛을 내고 있지 않기 때문이었다. 그것들은 네발 외에 등에 뭔가를 가지고 있었는데, 그건 짐이 아니라 날개였다. 그 말들이 날개를 펄럭이는 것과 요정들이 말 등에 앉거나 선 채, 또는 말갈기를 잡기만 한 채 함께 날아 주변을 휘도는 것은 요정들의 몸에서 나오는 빛과 일대를 비추는 큰 빛에 비쳐 분명히 보였다. 자동보도와 자동차로와 중앙차로 여러 길을 사이에 두고도 나는 그 민첩한 이들이 눈 위를 스치듯 낮게 달리며(또는 날며) 서로 음악적인 고함 소리를 주고받으며 수색을 펼치는 것을 눈앞에서 보듯이 똑똑이 보았다.

그리고 나는 처음에 비쳤다가 넓게 퍼진 밝은 빛의 광원이 그들 중 하나의 것이었음을 뒤미처 알아챘다. 그 요정의 빛은 다른 요정들의 빛보다도 밝았지만, 그가 그 광원 자체인 것은 아니었다. 내가 알아차렸을 때 그는 빛을 하늘에 던져두고 땅으로 하강해 내려왔다. 회전하는 빛의 장미 꽃잎 사이로 날아내리는 그의 전신은 잠자리 날개에 비치는 빛처럼 무슨 색이라 말하기 어려운 무지갯빛으로 환했고, 그 속에 몸을 감싼 적자색과 흑자색 갑옷이(그렇다고 생각했다. 그러나 어쩌면 껍질이었을지도 모른다.) 번득이고 있었다. 그가 유난히 밝았기 때문에 상반신은 희고 하반신은 회색빛인 그의 말은 다른 말들보다도 또렷이 분별되어 보였다. 나는 그 말의 까만 눈과 얼음 같은 은빛 갈기마저 보았노라고 장담할 수가 있다.

요정들의 고함 소리는 높고 낮게 이어졌다. 나는 홀린 듯이 그 요정의 기사가 눈 위를 스치며 다른 요정들 전부보다도 더욱 열심히, 더 미친 듯이 찾는 모습을 바라보고 있었다.

에스컬레이터가 멈췄다. 그 소리가 꺼지자 부르짖는 목소리들 외에 쉬이익 쉬이익 하는 바람 가르는 소리까지도 들려왔다. 나는 화들짝 정신을 차리고 에스컬레이터 위에 올라섰다. 그러나 이미 그것이 내는 낮은 진동음은 내 귀에 들어오는 소리들을 막아 줄 수 없었다. 요정들의 말은 눈의 겉면만을 가볍게 찼지만, 가끔 그것들의 발굽이 서로 마주치기라도 하듯 따닥거리는 소리가 나곤 했으며 참새만큼이나 바쁘게 접었다 폈다를 되풀이하는 날개에선 작은 손이 손뼉 치는 듯한 소리가 이어졌다. 타닥, 쉬이익, 따가닥, 탓, 타닥, 타다닥, 쉬이이이익. 딱. 그리고 고함 소리들, 이오오오, 에오오오오, 이아이이이이, 오에오오오오. 그 모든 소리들이 뒤섞이자 묘하게도 음악적이었다. 살갗을 긴장시키고 속으로부터 떨리게 하는 음악이 되어 나를 사로잡았다. 내가 움직이고 있던 것은 중앙동력 덕분이지 내 다리의 움직임 덕이 아니었다.

그리고 에스컬레이터가 반쯤 올라갔을 때 내 귀로 다른 요정들의 소리 위로 한층 높게 솟아오른, 한층 더 맑고 더 또렷하고 더 폐부를 찌르는 울부짖음이 찔러 들었다. 그 요정이 울부짖고 있었다.

"아 레데 마나키이이이! 마나카이 아키아다 기에레 아이오에에에!"

나는 그 언어를 조금도 알아들을 수 없었지만 거기 담긴 감정만은 똑바로 날아와 박혔다. 상처를 자각하는 것과 같은 감각으로 나는 그 말을 완벽하게 이해했다. 그의 외침에 답하여, 요정들의 구슬프고 다급한 외침들이 높고 낮게 솟아오르며 서로 겹쳤다. 에오오, 에오오, 아이오에에에에. 레데 마나카이, 아키아다, 아키아다, 아키아다.

에스컬레이터는 2층 현관에 내 발을 밀어붙였다. 상승해 가는 동안 날파리 떼처럼 이리저리 오락가락하며 눈밭을 뒤지는 요정들의 빛나는 궤적은 점점 낮아지고 더 멀어졌다. 자줏빛 요정 기사는 어느샌가 한 지점에 멈춰 있었다, 그렇게 멀어졌지만 나는 그가 말에서 내렸다는 것까지는 알 수가 있었다. 그의 말은 은깃이 섞인 흰 날개를 크게 펼쳐 주인의 광채를 컴컴하게 구름장 덮인 하늘 땅에 흩뿌렸다. 그리고 기사는 그 옆 눈 위에 무릎 꿇었다. 그의 빛이 촛불처럼 타올랐다. 그곳은 길 건너는 데서 저편으로 꽤 거리를 둔 곳, 자전거길에서 자동보도 쪽으로 벗어난 위치였다.

거기가 요정이 쓰러져 있었던 곳임을 내가 스스로 깨닫는 것과 거의 동시에 기사의 부르짖음이 다시 한번 밤을 뚫고 전해져 왔다. 이번에는 가슴을 찢을 듯 애절한 외침 소리였다. 아니, 오히려 찢어진 가슴에서 뿜어져 나오는 외침 소리였다.

"아이아아아아, 아키아다, 아 메란 아키아다! 이오에에에에!"

나는 그녀의 이름이 아키아다였음을 알았다.

나는 기사가 그녀의 죽음을, 어떻게 해선지 깨닫고 말았음을 알았다. 사실 나는 그 울부짖음을 예상하고 있었다.

예상하며 두려워하고 있었다. 1초의 반의 반쯤 되는 짧은 시간 동안. 아니면 오늘 오후 내내. 나는 그가 울부짖고야 말리라는 것을 알았지만 아무것도 하지 않았다. 그래서 지금 기사는 부르짖었다. 뚫린 상처에 손가락을 집어넣고 헤집듯이 그 외침이 나를 만지고 나에게 알려 주었다. 그 소녀를 잃지 않을 수 있었다면 어떤 대가라도 치렀을 것이다. 그녀를 잃었음을 안 지금도 기사는 그녀를 되찾기 위해 어떤 기적, 어떤 염원과 존재하지 않는 희망이라도 움켜잡고자 한다. 그 고통의 소리에 위압당한 채 지금 나는 진심으로 그녀를 돌려주고 싶었다, 낙엽처럼 빛바랜 그녀의 시신을 기사의 팔 안에 돌려놓고 싶었다. 아키아다는 살았어야 했다, 그녀는 기사에게 구함을 받았어야 했다. 그러나 그녀는 죽어버렸다.

나는 에스컬레이터 앞에서 뒤돌아보지 말았어야 했다. 귀를 막고 현관으로 뛰어들었어야 했다. 하지만 그렇게 되지 않았고 나는 기어코 모든 것을 알았다. 더 이상 피하는 것이 소용없어졌어도 나는 달아났다. 12층은 조용할 것이라고 생각했다. 유리문을 밀자 건물 바닥은 변함없이 딱딱하고 찼고 나는 그 위로 찍히지 않는 발자국들을 남기며 달아났다. 아무튼 눈은 바깥세상에 머물러 있었고 나를 따라와 덮지는 못했다.

어두운 불빛이 내 귀가를 반겼다. 12층은 눈으로부터 안전하고 따뜻했다. 수많은 실핏줄을 포기한 도시는 여전히 짐승처럼 온기를 품으려 웅크리고 있었다.

생일을 축하

—콴, 짐카 궤도 아남바호(號). 수송선. 그리고 테게나 바드비스 복지관리부.

1.
"너희들 제발 수신 확인 좀 해."

자기 일을 미뤄 놓았던 주제에 음타나푸가 보채는 소리를 했다. 하기는 3일간 계속되는 '가위'의 놀자판이 막 끝난 마당에 제 일을 제때 하고 있는 사람이 누가 있으랴? 수릅은 워치를 보았다. 그녀도 4.3퍼센트 정도 저하되어 있다. 그러나 축제 뒤의 나른함도 축제의 행복을 구성한다, 틀림없는 사실이다. 조금쯤 떨어진다고 뭐가 어떻단 말인가?

"수릅, 수신 확인해."

"우웅."

음타나푸가 강제로 확인증을 밀어 보냈다. 이번 주기에 받은 메시지들은 하나도 특별할 게 없었다. 일지와 업무소(訴), 메모 수준의 메일들, 식단표, 건강 모니터, 시험 결과. 그리고.

"음타나푸."

"보히, 회선 열어. 이거부터 부탁해." 그녀는 입으로는 보히를 찾으면서 툭 튀어나온 까만 눈동자만 수룹에게 돌렸다.

"너와 보히, 언제 간다고 했지?"

"머리 박으러 말이야?" 음타나푸의 얄따란 입술이 길쭉하게 벌어지며 깨끗하고 커다란 이빨의 열을 한꺼번에 드러냈다. 그녀와 보히는 조만간 태군에 '머리 박으러' 가기로 되어 있다. "가트 132일 7시 반이야. 출발 시간은 그보다 늦겠지만."

수룹은 끄덕이고 확인증 맨 마지막에 붙은 수신메일에 핑크색 형광을 올렸다.

"이거 크사이 회번 말이야, 아직 수신 못 했는데."

"아, 그래. 이걸로 빼 줄께." 음타나푸는 보지도 않고 손목을 걸었다가 문득 다시 보았다. 부드럽게 반짝거리고 있는 메일의 발신처는 실타와 핀 공동이었다. 핀은 수룹의 호적지고 실타는 복지관리부 계산소가 있는 곳이다. 그 공동발신지가 암시하는 것을 감지하고 음타나푸는 수룹의 태도가 달라진 것을 눈치챘다. 그녀는 메일을 밀어 보낸 다음에 수룸에게 가까이 갔다.

"뭐야?"

음타나푸가 들여다보는 것을 수룸은 굳이 막지 않았다. 그녀는 어깨를 으쓱했을 뿐이다. 메시지는 그렇게 짧지 않았지만 내용은 짐작대로여서, 읽는 데 오랜 시간이 걸리지는 않았다.

"생일이야."

"어? 정말?" 고로가 말했고, 잠깐 사이에 모든 사람의 관심이 수룸에게 모였다. 그녀는 여덟 명의 동료들이 다 들을 수 있게 말했다.

"실타 관리부에서 메일이 왔어. 내 여섯 번째 생일이 이제 17일 남았대."

"17일? 맙소사, 음타나푸와 보히가 빠지는 시기와 겹치잖아." 도미가 신음 소리를 냈다. 수룸은 어깨를 붙잡고 메일을 들여다보는 음타나푸와 그 밖의 동료들에게 읽어 주듯이 메일의 내용을 말했다.

"심사지는 바드비스고 가트 130일부터 업무는 해제. 138일에 복지관리 지부에 부합하면 돼. 145일, 생일 전날 16시 심사 발표. 146일 결과 집행. 149일은 돼야 돌아올 수 있겠는데."

"다른 데로 가게 되지 않으면 말이지." 기퍼가 중얼거렸다. 약간 충격을 받은 듯했다.

"다른 데로 가게 되는 일은 좀처럼 없어." 보히가 말했다. "넌 몇 번이나 생일을 지냈지? 두 번인가?"

"세 번째 생일이 될 때가 멀지도 않지." 기퍼가 끄덕거렸다.

보히도 마주 끄덕거렸다. "등록이 늦었으니까. 기퍼, 헤덴 나이로 스물여덟쯤 되지 않았어? 출생시민 같으면 적어도 여섯 번째나 일곱 번째는 될걸."

"너희하고 같은 수송선을 탈 수 있겠구나." 수륩이 보히에게 말했다. "신청을 해 둘까?"

"되도록 늦게 해 봐." 도미가 말했다. "생일 파티를 하고 떠날 수 있게, 수륩."

"되겠어?" 수륩이 눈을 둥그렇게 떴다. "일은?"

"업무시간을 조금 까고 개인시간을 보태지." 리악이 제의했다. 거의 모두가 동의하는 데 수륩은 얼굴이 붉어졌다. 어디서나 그렇다고 할지도 모르지만 궤도선에서의 업무시간은 매우 중요한 것이고 개인시간은 그보다도 더 소중하다. 도미가 수륩에게 미소를 보냈다.

"널 위해서라면 그럴 만해, 친구. 넌 좋은 녀석이고 도움 되는 동료니까."

"생일은 특별한 거지." 보히가 맞장구쳤다.

"사람의 앞날이란 알 수 없는 거고." 기퍼가 말했고, 수룹은 모두에게 감사했다. 음타나푸는 수룹의 수신 확인을 잠깐 잊고 수송선으로 옮겨 탈 시간을 알아보기 시작했다.

2.

수룹은 광창을 앞에 둔 테라스 난간에 두 손을 얹고 서 있었다. 생일 파티의 짜릿한 행복이 아직도 핏속에 녹아 흘렀다. 오, 사랑하는 동료들—회상할 재료가 생겼음을 깊이 만족스러워하며 수룹은 눈을 스르르 감았다. 그들의 이름과 그들의 개성들이 고운 빛깔과 소리와 향기로 어제의 어스름 속을 떠돌았다. 기퍼, 리악, 놀, 음타나푸, 도미, 고로, 소아카…… 보히. 그들은 모두 수룹의 어깨를 꼭 잡았고, 손가락으로 턱을 꼭 짚었고, 그녀의 귀에 숨을 불어 넣었고, 농담을 했다. 그들은 수룹에게 과자를 가져다주었고, 또 얼린 피도 가져다주었고, 조금이었지만 비릿한 단맛이 나는 작고 물컹하고 끈적한 이처 균사 덩어리를 양보했다. 수룹은 끊임없이 웃었다. 그녀는 그것을 모두 함께 나누자고 오랫동안 주장했다. 결국 모두가 콩 한 낱 정도 크기의 맛 좋은 이처를 입에 넣고 수룹의 가치를 높이 칭찬했다. 그녀는 이전의 생일들을 기억하고 있었다. 생일 파티가 언제나 열리는 것은 아니었지만, 열린다면 대개 이런 식이었다. 얼마나 가슴 뭉클한 일인가! 그들은 세 시간 동안 비샤크[迷酒]에 취해 부끄러움 없이 삶과 꿈과 서로를 사랑했다. 소아카—네 번의 생일을 넘겼을 뿐인 그 젊은 아가씨는 수룹에 대한 애정과 존경으로 눈물을 머금기까지 했다. 꿀 같은 갈색 눈에 그렁그렁 눈물방울이 괴어 있었다. 왜 울어, 소아카? 왜 울어? 모두들 그녀의 눈물을 웃었다. 이전에 그렇게 그녀가 예쁘게 보인 적이 없었다. 얼마나 순진한 처녀인지! 그들은 웃었다. 소아카…… 소아카…… 소아카는 모깃소리처럼 작게 대답했다. ……모르겠어요. 미안해요. 오, 수룹! 당신이 얼마나…… 그녀는 말을 잇지 못하고 수룹의 어깨로 쓰러졌다. 수룹은 그녀를 감싸 안고, 입안의 매운 실균사를 씹어 삼키려고 열심히 우물우물했다. 두 사람을 둘러싸고 모두가 갈채를 보내며 웃었다. 오래지 않아 소아카도 수룹의 무릎에 바싹 매달려 앉은 채 눈물 대신 웃음에 휩쓸렸다. 웃음의 잔물결은 높아졌다 낮아졌다 하며 결코 끊이지 않았다. 기분 좋은 생일이었다.

"가장 뛰어난 제어자인 수룹을 위해서!"

"롱 리브 스윗 수룹!"

그들은 많은 비샤크나 오랜 시간을 소비하지 않았다. 그런데도 나른한 흥분과 행복감은 쉽게 올랐다. 금방 지난 가위의 덕택인지도 몰랐다. 리악은 술잔을 들고 수룹의 겨드랑에 한 손을 넣어 그녀를 일으켜 앉혔다.

"수룹, 생일이야, 지난 1년 동안을 회고해 봐……."

수룹은 회고했다. 얼굴을 빨갛게 물들이고서. 그것이 생각처럼 그렇게 일렀었던가? 아니면 거의 끝날 때였었나? 수룹은 지금도 혼자 얼굴을 붉혔다. 그 뒤의 시간은 효모엿처럼 몹시 길고 가늘게 늘어났다. 간간이 물결은 출렁였다. 모두의 눈은 비샤크에 젖었다. 그녀는 이만큼 황홀한 누군가의 생일이 있었던가 하는 생각을 했다. 자신이 아주 특별한 사람이라는 짜릿한 유쾌함이 온몸을 타고 흘렀다. 회고하면서 수룹은 나헤크에 대한 얘기를 했다. 음타나푸가 그녀의 머리칼에 입을 맞췄다. 거의 들리지 않는 속삭임이 수룹의 귓바퀴를 타고 흘러내렸다. "오 수룹 나헤크는 갔어…… 하지만 ……는 있어." 그때쯤에는 아무도 듣고 있지 않았다. 적어도 이야기를 듣고 있지는 않았다. 새의 울음소리에 귀 기울이듯 그들은 수룹의 고백을 들었다. 수룹은 보히의 옆얼굴을 보았다. 기퍼는 그녀의 손가락 하나하나를 만졌다. 도미는 소아카의 다리 사이에 머리를 기대고 그들 둘 다 수룹을 지그시 바라보았다. 세 시간은 안개처럼 길고 진했다.

수룹은 조용히 만족감을 음미했다. 쿡쿡 쑤시는 듯한 감동이 명치께에 왔고 좋은 추억과 좋은 컨디션이 그녀의 양쪽 어깨를 마사지했다. 오늘 아침 그녀는 40분쯤 바이올린을 켰다. 염수욕과 수영을 하고, 느긋하게 퍼즐류의 게임을 하고 두 시간쯤 공부를 했다. 수송선의 자료는 아남바호보다 훨씬 다채로웠다. 수룹은 평안한 기분으로 지식욕과 흥미를 만족시켜 주는 소논문들을 차근차근 이해해 나갔다. 그의 직업이 강요하지 않는 사실과 이치 들을 배우는 데 있어 수룹은 건실한 학습자였다. 마치 '학습체험'이라는 신이 있어 언제나 수룹을 은총하는 것과도 같았다.

"이야기 좀 할래, 수룹?"

보히였다. 팔꿈치를 올리면 닿을 정도로 뒤에 바짝 다가와서 목소리를 낼 때까지 그녀는 조금도 깨닫지 못했다. 난간은 그들 둘이 서기에 좁지는 않았지만, 수룹은 몸을 옆으로 조금 비켜 주어서 환영의 뜻을 보였다. 그 몸짓에 수룹처럼 브리지에 서 있던 남자아이—시민령(市民齡)으론 이제 겨우 두어 살, 헤덴 나이로 열세 살 정도 되었을 긴 갈색 머리의 꼬마가 깜짝 놀란 듯 흠칫했다. 보히가 수룹과 소년의 사이 난간에 옆구리를 기댔다. 어색한 얼굴이었다.

"긴장돼?"

"왜?"

"앞날이 어떻게 될지 모르잖아."

수룹은 웃었다. 누구든지 웃었겠지만. 무슨 소릴 하러 왔다지? 그녀는 될 수만 있으면 이렇게 반문하고 싶었지만, 애석하게도 아주 잘 알고 있었다. 수륩은 심상히 대답했다.

"언제나 그렇지, 앞날이 어떻게 될지 모르는 것은."

수륩은 얼핏 보히의 팔 아래로 긴 머리 꼬마의 화난 것 같은 눈을 봤다. 어디선가 저 애를 봤던가? 수륩으로서는 생면부지인데 쏘아보고 있는 것만 같다.

"수륩? 왜 눈을 피하지?"

"아니. 넌 언제?"

"아." 보히가 한 대 맞은 듯 쓴웃음을 지었다. "나도 머지않았어. 아마 700일 정도 남았을걸."

"코아의 1년을 북구(北區)에서 계산하기란 골치 아프지." 수륩이 동의했다. "북구뿐 아니라 일선에서 이리저리 옮겨 다니고. 하루의 시간도 그때마다 엉망이니 기억할 수가 있어야지? 나도 잊고 있었어, 이번엔."

"내가 듣기론 코아에서도 사람들이 자기 생일을 잊는다더군."

"흐응? ……하긴."

수륩은 가볍게 대꾸하고는 난간을 가지고 체조를 하듯 손을 쥐었다 폈다 장난했다. 잘못 본 것이 아니었다. 보히의 당당한 체격 때문에 잘 보이진 않지만, 긴 머리 꼬마는 수륩을 의식하고 있었다.

"오히려 더 그럴지도. 코아의 분위기는 외곽으로 떠돌아다

생일을 축하

니는 궤도선하고 다르니까…… 어디로도 갈 수 없는 꼭대기란 느낌이야."

그녀는 대화를 시작하려고 했다.

"난 처음부터 궤도선에서 복무했지만……."

"수륩, 헤이, 수륩."

보히는 갑자기 허리를 굽히고 난간에 기댔다.

"나는 사실 당신을 좋아해."

수륩은 보히의 옆얼굴을 보았다. 그 말은 짐작 못 했던 기습처럼 뒷머리를 빼개 왔다.

3.

모든 것이 전부 재배열되어 왔다. 꼬마는 똑바로 난간 앞을 보고 꼼짝도 하지 않았다. 보히는 그 말 한마디를 던져 놓고 처분을 기다리는 태세였다. 수륩은 마음속으로 한숨을 쉬었다.

"아, 생각 못 했어. 아니, 전혀 몰랐던 건 아니어도 나헤크가 간 다음에 좀 얼떨떨했던가 봐. 하지만 왜 말하지 않았지?" 수륩은 웃어 보였다. "말뿐 아니라, 전혀 아무 시도도 안 했잖아."

남자의 굳어진 옆얼굴에 홍조가 스쳐 갔다. 수륩은 그가 아름답다고 생각했다. 보히가 웃고, 말했다.

"나야말로 얼떨떨해 있었어. 사실 당신 생일이 아니었으면 아직까지도 얼떨떨해 있었을지도 몰라. 생일이라는 말을 듣고 충격을 받았지. 그사이에 한 번도 너와 개인시간을 보낸 적도 없고……"

"후후, 보히."

두 사람은 가볍게 키스하며 킥킥거리고 웃었다. 꼬마는 부동자세였다.

"당신과 자도 좋아." 수릅이 말했다.

"나는 당신과 살고 싶다고 생각해." 보히가 말했다.

"개인시간에 대한 아쉬움이 그렇게 심했어요?" 수릅은 팔을 굽혀 손바닥을 보히의 등 한가운데쯤에 짚었다. 보히의 팔은 그녀의 반대쪽 엉덩이까지 닿고도 남았다. "시간은 똑같은 거야. 개인시간이라고 부르든, 업무라고 부르든. 우린 벌써 오랫동안 같이 있었잖아."

그녀는 남자의 등을 한번 문지르며 덧붙였다. "나헤크와 같이 있었던 것보다 더 오래."

"믿어지지 않는데. 수릅, 나를 놀리는 거야, 아니면 네가 착한 건가?"

보히는 거의 감동할 정도로 흥분해 있었다. 그의 목소리는 조급함으로 떨렸다. "생일이 지나면 나와 살겠어?"

"놀리는 것도 그렇게 말해 주는 것도 아니야. 생일이 끝나면 입증해 주겠어." 수룹은 선언했다.

보히의 얼굴은 기쁨의 혈색이 퍼져 갔다. 수룹은 표정을 바꿀 때마다 얼굴의 근육 각각이 보이는, 그 미묘한 움직임 때문에라도 보히를 사랑했다. 그렇다, 수룹은 그렇게 생각했다.

"그때까지 기다려. 지금 대답할 수야 없지?"

보히는 고개를 끄덕였지만 불안한 표정을 감추지 못했다. 살며시 떨리는 입가의 근육, 따뜻해진 뱃속에서부터 찌르르하고, 그것이 솟구쳤다. 이제는 수룹의 심장도 기분 좋은 비트로 뛰기 시작했다. 수룹은 덧붙여 말했다.

"하지만 나도 부탁이 있어."

"음?"

그녀는 긴장했다. 웃음소리와 숨소리를 섞어 놓은 것 같은 음성이 그녀의 숨결을 보히의 귓가에 불었다.

"너하고 성교하고 싶어."

두 번째로 수룹은 말했고 그 뜻은 액면 그대로였다. 이해하는 순간 보히의 눈이 커졌다. 침을 삼키자 목이 아팠다―수룹은 보히의 감각으로 그것을 느꼈다.

"……슈루……"

보히가 똑바로 서 있으면, 수룹으로서는 발돋움을 해도 입술에 키스하기 어려웠다. 그는 엉거주춤하게 고개를 숙여 입맞춤을 당했다. 그 커다란 몸집이 인형처럼 흔들렸다.

꼬마는 난간에 눌어붙은 것처럼 꼼짝도 하지 않고 눈길도 돌리지 않으며, 온몸에서 불꽃이라도 내뿜을 듯 파르르 떨었다.

"어떻게 그렇게 할 수 있니?"

보히가 다시 침을 삼켰는데도 쉰 음성으로 말했다. 수룹은 가슴에 미세하게 싸늘한 감정이 파고드는 것을 감각하며 재빨리 성욕과 애정―또는 배려를 분리시켰다. 보히는 좋은 사람이다. 그래서 그녀의 말투는 그렇게 날카롭지 않았다.

"싫어?"

"어떻게 지금 그럴 수 있어……. 수룹! 싫다니, 그런 게 아니잖아. 당신도……"

수룹은 잠시 말없이 서 있었다. 보히의 얼굴에 복잡하게 퍼져 가는 감정들을 뒤쫓으며, 수룹의 생각은 그의 당혹과 억측 들에 절로 말려들었다. 보히가 제일 나쁜 억측을―설혹 그것이 제일 정확하다고 해도, 그 때문에 덜 나빠지지는 않을 것이다―입 밖에 내기 직전에, 도움은 재난의 형태로 왔다.

"하지 마!"

유리가 있었다면 박살 나고도 남았을, 째지는 소프라노였다. 보히처럼 전혀 예감하지 못하고 있었던 것은 아니었지만, 수룹은 그 목소리가 과연 적어도 열세 살은 된 남자아이의 성대에서 나온 것인지 순간적으로 의심했다.

그러나 소년이었다. 그는 눈가를 붉히고, 구기듯 힘 있게 누른 하얀 손마디를 파르르 떨면서, 다시 소리 질렀다.

"하지 말란 말이야!"

수룹은 웃음에 사레가 들려 이상한 소리를 냈다. 보히는 화를 내고 있는지 겁을 먹고 있는지 알 수가 없었다. 그러나 어느 쪽이었든 간에, 머리 긴 소년의 말문을 막은 것은 늠름한 성인 남자인 보히가 아니라 지금에서야 정면으로 소년을 마주 본 수룹이었다. 소년은 그녀의 웃음에 일격을 당한 것처럼 소스라쳤다. 최초의 격분 뒤로 한꺼번에 뒤섞여 무너지는 감정들과, 더하여 외부의 반응들에 치여서 소년의 얼굴은 순식간에 붉었다 창백해지기를 거듭했다.

"어, 어떻게 생일을 앞두고서…… 그런…… 그런 것……"

기이하게도, 수룹 역시 떠듬거리는 소년을 마주 본 순간 자신을 잃었다. 웃음이 그녀의 입가에서 사라졌다. 어쩌면 웃을 일이 아닌 것 같다고, 그녀의 귀밑머리가 속삭였다.

"어째서 해선 안 되지?"

유일한 타개책처럼 여겨지는 이 질문은 명예를 손상당한 여성답게 엄중했다. 그러면서도 어떤 호의가, 재미있어하는 듯한 미소와 질문을 던지는 진지함으로 거기 녹아 있었다. 보히는 움찔했다. 물론 수릅의 질문은 보히와 소년, 둘 다에게 던져진 것이었다. 두 손을 뻗어 움켜잡아야 한다는 것을 그는 느낄 수 있었다. 하지만 소년의 침입은 수릅의 제의에 허를 찔린 이상으로 그의 기분을 망쳐 놓았고, 비록 그녀에게 대답할 말이 있다 하더라도 꼬마 난폭자 앞에서 해명할 생각은 들지 않았다. 불쾌감이 이겼다. 보히는 어른답지 못한 적의를 보이지 않기 위해 수릅의 팔을 잡았다. 하지만 가자는 말을 입 밖에 내기 직전에 말은 다른 입을 빌려서 그들 가운데로 추락했다.

"아이를 배잖아. 심사에서 아이를 배고 있다니, 나쁜 짓이야."

놀랍도록 순진한 말투였다. 소년도 그것을 깨닫고 얼굴을 확 붉히며 욕지거리로 뒤를 대었다. 수릅으로서는 정확히 뜻이 짐작되지 않는 별난 언사에 덧붙여, 그는 이렇게 뱉어 댔다.

"눈 밑에 주름살이 잡힌 주제에! 더럽고 치사해! 비겁한 여자야."

……'아이'가 아니라 '감정'이겠지만, 그것이 보히가 하고 싶었던 말임이 틀림없었다. 수릅은 소년에게 고마움을 느꼈다. 친절한 요정, 보히 대신 말해 주기 위해 나타난. 그리고 수릅이, 보히에게 반문하기보다 훨씬 편하게, 아름답게, 자

유롭게 말할 수 있게 해 주려고 나타난.

  수룹은 소년의 어깨를 양쪽 손가락 마디로 짚었다. 소년의 나이는 수룹의 절반에도 미치지 못할 테지만, 키는 그녀의 어깨를 넘었다. 그래서 그들은 수룹과 작아진 보히처럼 한 쌍으로 마주 보고 설 수 있었다.

"만약에 그렇대도 아이는 내가 밴 줄 모르지 않아? 반드시 태어나야만 해? 나나 너라도."

  고운 갈색 머리를 드리우고, 소년은 불안스러운 눈을 들었다. 다른 욕설을 생각해 내기에는 경황이 닿지 않는 것뿐일지도 몰랐다. 그러나 예뻤다. 그래서 수룹의 눈에는 보히에 대한 애정과 비슷한 것이 담겨 있었다. 그녀의 목소리는 가벼웠다.

"내가 심사에 합격되지 못할 거라 생각하니?"

4.

  보히와 마주 서기 전에 수룹은 스스로를 보호하기 위해 마음을 냉담하게 굳혔다……. 굳힌다고 생각했다. 말로도 마음으로도 감정은 소모하지 않을 수 있을 것 같았다. 갑주 같이 둔하고 거북스러운 용기(勇氣)는 그럭저럭 얼마간 지탱되었다―보히와 눈이 마주칠 때까지는. 순간 그녀는 자기 자신에 대해 과신했다고 깨달았다.

이것은 용기와는 상관없는 역사(歷史), 처음부터 지게 되어 있다고 느끼면서 그녀는 문을 등으로 조금 밀었다.

보히는 상처 입은 듯한 태도로 천천히 가까이 왔다.

보히의 몸은 오랫동안 그 정점에 머물러 있었다. 그는 이미 어리지 않지만, 조금이라도 쇠퇴의 길로 접어든 기색은 신체 어느 구석에서고 보이지 않았다. 얇은 바닥의 실내화가 바닥에 자박, 자박 하고 가벼운 소리를 낼 때마다 그의 잘 짜인 몸은 훌륭하게 움직여, 비록 그가 어떤 슬픔을 느끼고 있더라도 조화롭고 건전한 육체의 명예로 그 슬픔을 지워 없애는 구실을 했다.

수룹은 문을 가리려는 몸짓을 했다. 그러나 보히는 들어가려 드는 것이 아니었다. 문안을 들여다보려고조차 하지 않고, 그는 한두 걸음 앞에 멈춰 섰다.

"금방 애를 달랬어. 피곤하니까 나중에 비난해 줘."

그녀는 불쑥 말했다. 그랬는데도 놀랍게 보통 목소리가 나와 주었다.

"비난하다니."

보히에게서라면 뻔한 반응이지만 조금 늦고 있었다.

"괴롭힐 생각은 없어. 수룹. 나는 다만 사과하고, 잠깐 얘기할 수 있으면 좋겠다고 생각해서."

수룹의 마음은 움직였다. 쓸쓸한 감정은 남아 있었지만

그녀는 보히가 원하는 대로 얼굴을 들었다.

"기분을 상하게 해서 미안해. 내가 이해하지 못했어."

"괜찮아." 그녀는 방어적으로 덧붙였다. "미안해."

"저 애 일이라면…… 당연해. 내가 거절한 거나 마찬가지가 되었으니까, 너는 미안해할 필요 없어. 내 책임이야. 솔직히 말하면."

수룹은 보히의 말을 막지 않았다. 이렇게 되고 있지만, 어차피 이렇게 될 수밖에 없을 것이다. 반나절 동안이나 수룹은 소년에게 그녀의 신경 대부분을 소비해 버려, 지금은 보히와 예민한 말싸움을 벌일 기분이 들지 않았다. 그래서 보히는 천천히 자기 속을 털어놓았다.

"솔직히 말하면 놀랐어. 내 생각엔 생일을 앞두고 누군가와…… 좋아하는 사람과 잔다는 건 두렵거든." 보히는 고개를 저었다. "두려워. 당신 앞에서 이런 말 하면 안 되겠지. 하지만 나는 너를 사랑하기 때문에, 만약에……"

수룹은 한숨을 내쉬었다.

"저 애랑 똑같은 얘기야."

"수룹, 말해 봐. 그냥 남자와 자고 싶었을 뿐이야? 나쁜 예감이라도 들었나? 우리가 다시 만나지 못하게 될 때, 나……"

"그.러.면. 네 기분 같은 건 아무것도 아냐."

수륩이 보히의 말을 잘랐다. 순간적으로 혹독한 감정의 칼날이 입술로 튀어나왔다. 보히의 얼굴이 잿빛에 가깝도록 질렸다.

"이것도 저것도 이젠 됐어. '남자'와 자고 싶냐고? 응, 최소한, '어린애'하고 자고 싶진 않아. 음타나푸한테나 가!"

"수륩."

"도대체 생일을 맞는 게 너야, 나야? 왜 당신이 앞질러서 상상하고 걱정하고 겁을 내지?"

"수륩! 넌 솔직히……"

"집어치워!"

그녀는 소리를 질렀다. 수륩도 보히도 위험을 느꼈다. 그녀가 폭력을 행사할 가능성이 있었고 그 결과의 심각성을 가늠하기 어렵다는 점이 두 사람의 머릿속에 동시에 스쳤다. 보히가 한 걸음 물러섰다.

수륩은 숨을 내쉬었다.

"같이 타는 게 아니었어. 빌어먹을…… 멋진 생일 주간이군."

보히의 입술이 떨렸다.

"괴롭힐 생각은 없었어."

"짜증 낼 생각은 없었어, 나도! 그러니 내가 심사 때문에 비정상이니 어쩌니 하는 때깔 고운 상상 같은 거 전부 말아들고 꺼져. 그리고 신경 쓰지 마."

보희의 얼굴 표정은 한동안 잊히지 않을 것 같았다. 하지만 만약 생일이 구제해 준다면, 상관없을 것이다! 쓰디쓴 웃음을 창처럼 꼬나 잡고 수룹은 앞에 있는 것들을 모조리 찔러 떨어뜨릴 수 있을 것같이 느꼈다. 뒈질!

5.

소년은 윗도리만 입고 있었다. 수룹은 등 뒤로 문을 힘차게 닫았다. 부끄러움으로, 소년은 벗은 다리와 그사이에 쓰러진 성기를 가리지도 못하고 어색하게 자세를 굳혔다. 하지만 불과 30분 전의 발작적인 상태는 이미 지나간 뒤였다. 수룹이 받은 타격이 그를 회복시킨 것 같았다. 다만 스스로를 방어하며 머뭇거리고 있을 뿐이었다. 그 꼴이 보기 싫어서 수룹은 머리칼이 얼굴에 늘어지게 놔뒀다.

"그 남자죠?"

잠시 후에야 소년이 물었다. 수룹은 대답하지 않고 몸을 일으켜서 음료대로 갔다.

"그 남자…… 좋아해요?"

"좋아해."

음료대마다 준비되어 있는 크고 둥근 컵에 과즙을 받으면서 수룹은 쏘아붙이듯 말했다. 그녀가 마시고 나서, 다시 한 잔을 따라 가지고 침대에 앉아 있는 소년에게 가져올 때까지 그는 시선을 깔고 있었다.

"아, 내 관리번호로 해 주세요."

"과즙 한 잔 정도 상관없어. 마셔."

소년은 잔을 입술에 가져가면서도 눈은 수룹에게서 떼지 않았다.

"아줌마는 굉장히 우수한 사람인가 보죠." 조심스러우면서도 건방진 말투였다. 수룹은 구겨진 시트를 침대 밑으로 걷어 치우고 그 자리에 털썩 누웠다.

"난 이트카의 대기소에서 왔어요. 거긴 후졌어요. 이거…… 마라지 과즙은 굉장히 비싸서, 모성(母星) 떠난 뒤론 한 번도 먹어 보지 못했죠."

"지금 먹으려무나." 그녀는 천장을 멍하니 올려다보았다. "이트카라고…… 너 몇 살이지?"

몇 초 후에 대답이 돌아왔다.

"열세 살이요."

그럴 거라 생각했었다. 그녀는 몸을 움직여 모로 누웠다.

"모성에서 마라지가 난다면, 펜나?"

소년이 움찔 놀랐다.

"어떻게 알아요?"

"펜나……." 수룹은 투명하고 얇은 컵 밑에 가라앉은 진한 색깔을 쳐다봤다. "히글리에 3년 정도 있었지." 소년은 모르는 것 같았다. "우주기지야. 펜나에서 나오는 산물이 거쳐 가는 곳이지. 나는 세 살 때부터 — 헤덴 나이로 치면 아마 그때가 열다섯 살인가 열여섯 살이었을 거야 — 궤도선에서 일했어. 히글리였지, 맨 처음이. 거기서 마라지에 맛을 들였었고."

"행성 소개(行星疏開) 같은 거에 관여했어요?"

"했으면 어떻게 할래?" 수륩은 반문하고 고개를 저었다. "그 정도는 못 돼. 행성소개 조정작업은 정말 뛰어난 사람들이 배치되지. 소개당하는 입장에서 부딪치는 일선근무자만 보면 무분별한 폭력자로 보이겠지만. 너도 소개이주민이지?"

수륩은 소년의 눈에서 반항의 불꽃을 발견했다. 너무 확실해서 우습기까지 했다.

"나 때문에 그 남자와 잘못된 건가요?"

소년은 말을 돌렸다. 이젠 미안한 생각이 들지 않는 모양이었다.

"그 남자 이름은 보히야. 내 이름은 수륩이고. 대명사로 지칭하지 말아 줘."

"수륩." 그는 엄숙하게 자기 이름을 댔다. "나는 쿠드이안이에요."

"너 때문에 잘못되었다고 하면 좋겠지? 그치만 그렇지 않

아. 보히와는 서로 신경전만 벌이게 되거든. 예전부터 그랬지. 어쩌면 이렇게 잘못돼버리는 게 나을 거야. 나헤크가 떠나 버리기 전에도 보히는 내처 머뭇거리고만 있었어. 아무것도 확신하질 못하는 상태로. 잘못돼서 잘됐어."

"하지만 기분은 안 좋지요."

수룹은 쏘아붙여 주었다.

"잘난 척할 수 있어? 결국 네가 나와 잤잖아?"

"미안해요."

미안해요? 화가 치밀었다. 수룹은 몸을 번쩍 일으켜서 아이를 찍어 누르듯이 들여다보았다. 그리곤 이를 갈듯한 목소리로 말했다.

"쿠드이안. 네가 뭐가 될지 모르겠지만, 상대방에게 미안하다고 말하는 따위는 정말 저질이야."

처음으로 소년이 한풀 꺾여 들었다. 적어도 사람의 말을 알아들을 수 있고, 동시에 비굴한 웃음에도 순진한 구석이 있다. 열세 살. 수룹의 눈썹도 주름살을 폈다.

"생일이 언제예요?"

"가트 146일. 기원(紀元)*은 프라 싸쉬탄 미로비드 28700(앗씨만다뿌) 크사이 루핌."

---

* 기원이란 구역(행성), 시대, 역법, 환산기준치, 오차보정치가 덧붙여져 어떤 식으로든 환산할 수 있는 출생년월일의 등록표기를 말한다.

"용케 외우네요."

"출생시민이니까."

"그럼 심사 같은 건 문제없겠네요." 쿠드이안의 목소리는 묘하게 비어져 나갔다.

"이봐." 수룹이 웃었다. "그만하지 그래. 심사는 점수를 매기는 것이라고 생각하는 꼬마는 확률의 묘미를 몰라."

"출생시민은 좋은 확률*을 적용하죠."

"그건 사실이지."

"이주민의 확률은 불리하고요. 사상 문제가 있으면 확률은 거의 완전(100퍼센트)에 가깝죠." 쿠드이안은 똑똑한 아이처럼 단언했다. "결국, 그들이 정하는 거예요. 모든 것을."

"누가?" 수룹의 물음에 그는 볼을 붉혔다.

"그들이죠 ─ 티오트의 이른바……"

"출생시민들? 하지만 0퍼센트는 없어."

"0.2퍼센트가 0퍼센트하고 달라요?"

"0.25퍼센트야." 수룹이 정정했다. "그리고 단 한 명뿐이고, 자기가 정한 것도 아냐. 또 0퍼센트하고는 절대로 다르지. 적어도 이 문제에서, 네가 생각하는 대로 불공평할지는 모르지만 부정은 없어. 신크라(생명정지제)만큼이나 공정해."

---

* 생일의 도태 확률은 개인의 자연사 확률과 당위사 확률의 평균에 비례한다. 그 비례치를 결정하는 것은 사회 전체의 자원 수지다.

소년은 다시 수룹이 알지 못하는 욕설을 퍼붓는 것으로 대답해 왔다. 수룹은 침대에 다시 누웠다가 몸을 모로 일으켜서 음향을 껐다. 그때까지 들리는 줄도 몰랐던 부드러운 배경 음향이, 스르르 스러지는 것이 아니라 자른 듯이 뚝 나가고 나자 흡사 완전한 정적처럼 여겨졌다.

"들어 보면, 이것(수송선)이 움직이는 소리가 들린다. 그편이 마음이 편해."

"지랄하네. 웃기지 말아요. 들릴 리가 없잖요."

수룹이 대꾸하지 않자 그는 다시 말했다.

"웃기지 마요. 아무렇지도 않은 것처럼 하면 모를 줄 알고? 아깐 신경질을 내 놓구선! 여잔 할 수 없어. 마라지 한 잔 정도로 사람을 구슬리려고 그러지 말라고요. 그 남자 — 보히하고 자고 싶다고 그러는 것도 자기 생일만 생각하고 그러는 거 아니에요? 혼자 생각만을 하고……"

"한 잔 더 마시려면 마셔도 좋지만." 수룹은 관찰하는 눈이 되었다.

"마라지 따위!" 쿠드이안은 열다섯 살이 넘은 어떤 소녀의 다리보다도 아름다운, 어리고 흠 하나 없는 매끈한 다리를 드러내고 음료대로 뛰쳐나갔다. 금방, 입속에 침이 괴게 하는 좀 괴상한 향기의 액체가 수룹의 눈앞에서 요동쳤다.

"네 권리가 마라지까지 가능해?"

그는 그다지 서투르지 않은 솜씨로 음료대에 자기 아이디를 체크했다. 자존심이 상한 얼굴이었다.

"이따위 것, 몇 잔이라도 가능해요." 소년의 입가가 딱딱하게 굳어졌다. 그리고 가볍게 떨리며 다시 벌어져, 스스로는 커다란 비밀이라고 생각해 온 한마디를 툭 내뱉었다. "나도 생일이니까."

수룹의 눈에서 생각만큼 큰 놀람의 빛을 찾지 못하자 쿠드이안은 금방 가시를 세웠다.

"난 고분고분 취급에 따르지 않을 거예요. 난 반항할 거라고요. 난 도망칠 거고 아무 질문에도 대답하지 않을 거예요! 그들이 날 죽일 수는 있겠지만, 날 맘대로 하진 못해요." 소년은 흥분에 입술을 떨며 비장하게 고개를 저었다. "누구도, 결코, 날 맘대로 하진 못해요."

수룹은 물끄러미 쿠드이안을 보았지만 오래 응시하지는 않았다. 그녀는 푹신한 베개에 턱과 입을 묻고 생각했다. 전혀 새롭지는 않지만, 너무나 오래되어 그립게 느껴지는 냄새가 났다. 삶이 과거에는 보다 생기 있었던 듯한 기분이 들었다. 소년이 부서지는 것은 보고 싶지 않다고 생각했다. 그래서 시선을 돌리고 있었다.

느릿하게 오르내리는 숨소리와, 그리고 만약 들린다면 수송선이 움직이는 소리만으로 몇 분이 지났다. 엉덩이에 손이 닿았을 때, 그녀는 놀랐다. 놀람은 가볍게 부풀어 딸기의 맛 같은 기쁨으로 튀어 올랐다. 소년의 순진한 손은 실용적으로 솟아오른 둔부의 부드럽고 탄력 있는 정점을 만져 왔다. 만지고 싶은 것을 만지는 노골적인 순진함과 그 만지고 싶은 것이 정점에 있다는 눈물 날 정도의 귀여움이 수룹의 마음을 건드렸다. 그녀는 키득거렸다. 직물과 살갗이 스치는 가벼운 소리가 났다.

6.

수송선에서의 나머지 사흘 동안, 수룹과 쿠드이안은 애인처럼 지냈다. 그녀는 두세 번 보히와 마주쳤고 언제나 언짢은 기분이 들었다. 보히와 그를 상처입히는 것 양쪽이 그녀를 언짢게 했다. 그런데 쿠드이안이 모든 코드를 그녀에게서 빼 버리는 것은 얼마나 희한한 일인지! 그들은 마음 내키는 대로 마라지를 마셨고 대부분의 시간을 수룹의 개인실에서 보냈다. 어쩐지 당연한 듯 자연스레 진행되어 갔기에 놀라고 있을 틈이 별로 없었지만 수룹은 새삼스레 시간을 내서 은근히 놀라워했다. 단지 그의 어림, 귀엽다고 할 수 있는 용모, 혹은 타고나는 신체적 조건 이런 것들로 미처 설명될 수 없는 칵테일 효과가 있었다. 쿠드이안의 기질은 발전한다면 여자들과 남자들을 속 터지게 만들리라는 것을 수룹은 예견할 수 있었다. 자연에 부어져 나온 그의 본성은 가장 비열한 인간형, 이상도 동정심도 양심도 어떤 다른 흔들림도 없이 단지 자기 생존만을 욕구하는 파괴자, 약탈자, 지배자의 면모를 숨겨 갖추고 있었다. 하나 그것은 희망의 후광으로 그의 미래를 둘러싸고 있을 뿐, 조금도 그의 현재를 더럽게 만들지 않았다. 마음속 깊이 증오할 만한 어떤 요소들이 이 소년 안에서 아직은 아름답게 반짝거렸고, 수룹은 질투심 없이 쿠드이안을 껴안고 그에게 반했다. 가능한 것보다도 훨씬 더. 그런데도 모든 것이 밝고 편했다. 그것은 그가 아직 자기 가치를 몰랐고, 그것이 그의 가치를 유지시켜 주기 때문일 것 같았다. 그는 살아남을 것이다. 수룹은 확률이 아니라 운을 믿었다. 틀림없이 쿠드이안은 티오트를 정복할 것이다. 그녀 자신에 대해서는 희미한 미래가 그 아이에게서는 명료해 보였다. 이런 인간을 건지려고 '그들'은 소개이주민을 받아들인 게 아닌가? 그러니 쿠드이안의 비상한 각오는 웃음과 찬사로 떠받쳐 줄 만한 한 낭비였다. 수룹은 미소를 짓고, 축복을 하고, 고마워했다. 그리고 바드비스에 내릴 생각을 했다. 운반선은 구식이었지만 내부는 좋았다.

그사이 쿠드이안은 두 번 다시 수룹에게 실언을 하지 않았다. 단 한 번으로 그는 말을 완전히 알아먹었던 것이다. 더

하여 두 번 다시 그의 폭발을 달랠 필요도 없었다. 그는 동정을 잃은 것만으로 다른 억압들—모성의 관습과 생활 방식, 사람을 뿌리내리게 하는 그런 모든 것들을 한꺼번에 취소시켰다고 생각하고 있는 듯했다. 쿠드이안은 침대에 사지를 척 늘어뜨리고 누워서 몇 분 동안이나 낄낄거리고 웃었고, 진지하게 그녀와 얼우었다. 수룹이라는 사람과 미소로 가득 찬 그녀의 '반함'을 제쳐 두고라도, 자신의 몸이 도달할 수 있는 새로운 상태에 그는 몰두해 있었다. 뭔가 추구할 새로운 주제, '안다'는 걸로 이겨야 할 새 게임이 바로 그에게 돌파구였던 것인지도 몰랐다. 수룹을 위안한 것과 마찬가지로 그도 위안을 받은 셈이었다. 그들이 바드비스 톤곤 정류장에 도착하던 사흘째의 아침에 그는 사흘 전과 똑같은 말을 했다.(그사이에는 그 화제에 대해 말하지 않았다.) 그러나 그의 태도는 아주 달랐다.

"난 고분고분 따라 주지 않을 거예요. 그들이 날 죽일 순 있겠지만, 길들이진 못할걸요." 이 말을 하고 수룹과 함께 쿠드이안은 씩 웃었다. 갈색 머리가 곱게 늘어진 어깨는 누르스름한 갈색으로, 아직 발육 중인 빗장뼈 밑은 오목했다. "여차하면 도망칠 테니까, 보이는 대로 깨부수고 말이에요."

이 미묘한 차이이자 커다란 전환 앞에, 수룹은 소년이 남자로 보인다고 생각했다. 어쩌면 이 애가 그녀를 획득한 것일까?

"보히 생각하죠?"

쿠드이안이 물었다.

수룹은 눈을 찡그렸다.

"보히한테 가지 않아요?"

그녀는 짧게 도리질했다. 쿠드이안은 몇 초 동안 쳐다보다 간 나지막이 말했다.

"만약에 아줌마가 임신을 하더라도, 나라면 괜찮을 거예요. 낳든, 낳지 않든, 낳지 못하게 되든, 그들이 말하는 것처럼 할 수 있을 거예요."

'임신'이라는 말에서 목을 꿀꺽 울리긴 했지만 그는 이 말을 의젓하게 마쳤다. 수룹은 눈가의 주름을 느끼며 쓴웃음을 짓고 그에게 키스했다.

"나도 '그들'이야, 쿠드이안, 귀염둥아."

쿠드이안이 엄숙하게 그의 키스로 답했다.

"오래 사시길 바라요, 아줌마. 좋은 확률로요."

그리고 수룹은 그의 마지막 인사의 심각한 유치함을 용서할 수 있었다. "……다시는 못 보더라도, 가끔 저를 기억해 주세요."

"마라지를 마실 때라든가." 이것이 수룹의 인사였다.

7.

바드비스에서 심사를 받는 사람들을 만나게 되는 것은 별로 신기할 것도 없었다. 생일인 사람들이 대부분 그렇듯이 그들도 서로 별로 많은 이야기를 나누지는 않았다. 이상하게도 톤곤에서 일단 바드비스 운반선을 탄 다음에는 안정이 되었다. 생일을 맞은 사람들의 무리 속에서 그녀는 안정된 쪽 그래프의 어깨를 짚고 서 있을 것이다. 생일이 아니라 타인의 존재가 신경질의 원인이었다는 듯이! 사실 보히와 헤어질 때 수릅은 당당하고 냉정할 수 있었고, 음타나푸와 헤어질 때는 두 사람이 다 모범적으로 당당하고 냉정하고 명랑했다. 음타나푸는 수릅의 목을 깨물듯이 입을 맞추고 우스운 말이 쓰여 있는 동그란 메달을 선물로 주었다. 보석처럼 보이는 몇 가지 간섭무늬를 만들 수 있고, 해골과 '최고의 날/그리고 마지막 날'이라는 글귀가 부어 만든 것 같은 자체로 가장자리를 장식하고 있었다. 농담치고는 점잖은 선물이어서 수릅은 그것을 귀환한 다음에 달라고 하는 대신 받아 간직했다. 아남바호에서 구할 수 있는 물건들과는 조금 차이가 있어서 수릅은 음타나푸가 그것을 어디서 샀는지 궁금했다. 그러나 다른 배로 갈아탄 다음에 물어볼 수도 없다. 비록 수릅이 저쪽 배의 도약통신원의 자리에 앉아 있을 보히를 호출해서 '음타나푸에게, 해골 메달을 어디서 샀는지 알고 싶어.'라는 내용을 보내는 짓궂은 상상을 해 보기는 하더라도. 그 상상은 그녀의 가슴을 조이면서도 킬킬거리는 웃음이 터지게 했다. 부서진 작은 소리들이 입 주위로 흩어져 갔다.

"한 대 하겠어요?"

모범적으로 보이는 나이 든 남자가 미소를 띠면서 파이프를 건네 왔다. 수륩도 물담배 형식으로 사용하는, 비샤크 계통이 아닌 마약류에 대해 알고는 있었다. 일반적으로 유통되는 것은 아니다. 생일이어도 불법이라고 생각하면서 그녀는 미소 띠며 그것을 받았다. 위안이 필요해서라기보다는 지루함을 덜기 위해서. 두 모금을 깊이 빨자 비로소 첫 모금의 효과가 머릿속에 확 퍼졌다.

"나는 가트 146일에 열두 살이 된다오."

수륩은 멍하니 웃으면서 중얼거렸다. 이미 노곤한 환희가 그녀의 사지를 타고 흘렀고, 색채와 모양이 일렁거렸다.

"저와 같네요. 전 여섯 살이 돼요."

그는 반가워했다.

"내가 여섯 살 때는 생일을 즐길 줄을 몰랐소." 그가 말했다. "십삼 점…… 칠일 퍼센트였는데. 생일이라고 하면, 지레 긴장을 해서 그야말로 거룩하게 지냈었지. 술도 마시지 않고 말이오. 하지만 이제는 즐길 수 있지. 50퍼센트를 넘은 다음에는 말이오." 지금 보니 그는 왼손에 꽤 오래되어 보이는 종창을 앓고 있었다. 이야기하면서 그는 나직이 웃었다. 수룹도 함께 웃었다.

"그때는 밤에도 쉽게 잠들지 못하고 여러 가지 일들을 생각하는 사이에, 어느새 아침이 되기도 했지. 그럼 옆에 잠든 아내를 쳐다보면서 만감이 밀려드는 거요. 나중에는 어서 생일이 되길 바랐소. 그때는 심사지가 가까워서 나흘인가 닷새 동안을 집에서 기다렸거든."

그는 물담배를 받아서 깊숙이 빨고 나서 수룹을 건너다보았다. 그의 눈은 자주색이었고 다정했다. 수룹은 갑자기 그게 진짜 자주색인지 궁금해졌다. "아가씨는 애인이 있나?"

수룹은 고개를 끄덕였다. 별로 감정이 일어나지 않는데 갑자기 눈이 흐려지더니 눈물이 주르륵 흘러내렸다. 눈물이 나온다고 당황스럽지는 않았다. 이미 아가씨라고 불릴 나이는 지났고 그런데도 그는 수룹을 아이처럼 대했다. 눈물은 조용히 끊임없이 흘러내려서 턱에서 옷 위로 툭툭 떨어졌다. 남자는 한동안 그녀를 들여다보고 있다가 고개를 저으면서 알아들을 수 없는 말로 중얼거렸다. 수룹은 그가 가기 전에 말하려고 목소리를 가다듬었다.

"보히."

그녀는 눈을 깜박거려 그를 제대로 보려고 했지만, 감각의 혼란과 쾌감이 방해했다. 그녀는 열심히 말했다. 단어들이 떠듬떠듬, 한숨에 섞여 입 밖으로 나왔다.

"보히라고 해요, 그 사람은요. 아저씨, 저희들은 아직 어린 애랍니다. 저흰 궤도선에 있어요. 짐카 궤도예요. 그 사람은 절 좋아해요." 그녀는 목소리를 크게 내려고 노력했다. "돌아가면 우린 함께 살 거예요." 그녀는 고개를 끄덕거렸다. "같이 살 거예요."

남자는 그녀 옆에서 고개를 끄덕거리고 있는 것 같았는데, 다시 보니 없었다. 수룹은 사람들이 한가롭게 오가는 것을 바라보며 혼자 환각에 떠돌고 있었다. 그녀는 마음속으로 되뇌었다. 생일이 지나면, 같이 살 거야. 보히. 생일, 심사, 같이, 궤도선의 일. 어린애, 보히. 보고 싶다. 보히. 같이 살아. 생일, 중요한 날. 엄숙하게, 생일, 과거를 되돌아보면 ─ 나헤크. 어쩌다 그와! 마라지 과즙. 궤도선. 헨나. 일. 여섯 살. 생일, 생일, 생일, 생일, 생일을 축하…….

그녀는 불빛들을 보았다. 어떤 것은 눈부시게 밝고 어떤 것은 어둠 속에서 가물거렸다. 그녀는 가물거리는 빛을 더 잘 보려고 눈을 가늘게 떴다. 밝은 빛을 피하려고 눈을 가늘게 떴다. 그녀는 두려웠다. 볼 수 있는 어떤 것도 무섭지 않았지만, 한 작은 두려움이 그냥 덩어리져 손가락들 사이에 걸려 있는 것 같았다. 그녀는 손가락들을 내려다보았다. 입술 사이로 웃음이 비어져 나왔다.

연기처럼 희끄무레한 어머니라는 존재도, 틀림없이 그녀처럼 자궁을 가진 살아 있는 여자였다. 아버지도 언제 어디서였든, 제대로 기능하는 불알과 자지를 가진 남자였음에 틀림없다. 그의 육체 속에는 분명히 어떤 마음이 젖어 있었을 것이다. 그들의 육체가 그녀의 육체를 만들어 냈다. 그들의 마음은 거의 잊혔지만 약간은, 육체에 깃든 만큼의 조화와 슬픔은 그녀의 육체에도 넉넉히 담겨 남아 있었다. 살아 있는 것은 살아 있는 것에게 그것들을 전한다. 수룹은 조용히 손바닥으로 얼굴을 감쌌다. 그녀는 태어났고, 다시 태어나려고 했다. 이제 여섯 번째로 다시 태어날 것이었다. 심사는 이미 진행되고 있는지도 몰랐다. 누군가가 말없이 지켜보고 있는지도 모른다. 그녀는 문득 그렇게 생각하고, 이전에도 언제나 그렇게 궁금해했던 것을 기억했다. 그녀는 미소 지었다. 미소 지을 수밖에 없었기 때문이고 또 미소 지을 만하기 때문이기도 했다.

8.

아침 8시부터 심사였다. 복지관리부로 걸어가는데 밝고 노란 태양이 마침 이 조그만 위성의 완만하게 굽은 지평선 위로 솟아오르는 것이 보였다. 차폐막은 커다란 미녀의 눈꺼

풀처럼 아주 천천히 스르르 닫혔다. 인식표를 긁고 나서 둥근 복도를 4분의 1가량 돌아가야 했다. 복도나 로비나 차분한 조명이 보기 좋은 색조를 만들어 냈다.

심사 방법은 1년 전이나 거의 비슷했다. 워낙에 다섯 번째 생일과 여섯 번째 생일은 별로 차이 나지 않는다. 기분은 편했다. 생일 전에 범할 수 있는 터부는 전부 범해 보았기 때문이라고 할 수 있었다. 그녀는 사랑의 약속을 했고, 애인을 괴롭혔고, 소년을 안았고, 성교를 했고, 놀았고, 깜짝 놀랄 양의 마라지를 마셨고, 마약을 빨았고, 모르는 사람에게 고백을 했다. 그 정도면 좋았다. 웃음도 눈물도 지나갔다.(애정과 짜증도 물론.) 보히는 말굽자석처럼 이전과 이후를 끌어당겼다. 하지만 지금은 아니었다. 지금만은 자유로웠다. 적당한 피곤과 적당한 안이함이 평안을 가져왔다.

그 모든 검사들은 가장 긴 섹스보다는 짧았다. 첫 한 시간 동안 그녀는 대부분의 검사 결과를 확인했지만 곧 성가시게 느껴져서 그만두었다. 기계들은 수룹의 몸에 귀를 기울였다. 그녀의 몸은 정중하게 다루어졌다. 마음 같은 것이 있든 없든. 수룹은 잊고 있었던 자신의 형체, 세상에 생존하고 있는 한 사람의 윤곽이 거울에서 김이 걷혀 가는 것처럼 천천히 부상하는 것을 응시했다. 다른 사람들과 별다르지 않을 모든 수치들의 미묘한 진동이 수룹이라는 인간의 살아 있는 신체를 그려 내고 있었다. 그녀의 유일무이함은 그런 식으로 이루어진 아름다운 잔물결무늬로 존재했다. 그 모든 절차와 느낌 들은 이전의 생일들과 마찬가지였다. 자신이 과거의 자신에서 달라졌고, 다시 돌아갈 수는 없다는 무겁고 불변할 사실까지도 낯익었다. 절차들 사이의 짤막하고 영원한 무의 공간에는 성스러운 어떤 것이 있었다. 수룹은 1년 전과 마찬가지의 가벼운 감상에 젖었다. 살갗에 비해서 약간 서늘한 기계 말단의 감촉들이 필요한 만큼만 닿아 왔다.

방이 그녀의 머리털을 쓸어내렸다. 머리털의 성질과 나 있는 모양, 개수, 상태와 손질 상태를 파악하고 빠진 머리털을 세밀히 관찰해 그 결과들을 보충했다. 그 모든 평가와 수치들은 이전의 생일 때의 수룹과 대조되며, 또한 모든 사람들과 대조되었다. 눈썹과 겨드랑의 털과 거웃이 같은 계통으로 취급된다. 살갗에 난 짧고 가는 체모는 피부 상태와 감각 말단과 함께 분석된다. 털의 성분 분석은 떨어져 나온 조직과 분비물 들의 분석과 마찬가지로 약간 시간이 걸린다. 검사 중에 채취된 분석 재료들은 1미터쯤 떨어진 분석기로 전달되었다. 방은 그녀의 눈을 들여다보았다. 그녀의 얼굴 근육들을 매만져 보았다. 가끔 일어나는 눈가의 경련이나 관자놀이의 뻐근함을 방은 읽었다. 그녀의 귀를 들여다보았다. 콧속과 입안을 들여다보고, 거기를 통해 그녀의 가슴속과 뱃속을 무한히 가늘고 긴 흡반 달린 더듬이로 샅샅이 뒤졌다.

가늘고 섬세한 방의 촉각들이 그녀의 팔꿈치와 손가락들을 가볍고도 솜씨 있게 매만졌다. 방은 그녀의 가슴통을 더듬었다. 등 뒤로부터 그녀의 내장들에게 말을 걸었다. 복막과 살갗 사이에 든 비계층을 하늘의 구름처럼 그것의 꿈속에 빚어냈다. 방은 그녀의 요도와 음문과 항문을 들여다보았다. 그녀의 대장과 자궁과 방광이 그 호출에 답했다. 방은 그녀의 고관절과 골반의 통증을 알아들었다. 방은 그녀의 대퇴골에 살과 노동이 붙은 모양을 정확하게 읽었다. 방은 그녀의 복숭아뼈와 발가락 들에 남은 가장 편한 신발과 좋아하는 신발의 흔적을 어루만졌다. 방은 그녀의 발톱과 손톱 들을 가져갔다.(분석기가 그것을 먹고 밤저녁의 괴괴함 속에 수룹의 모양으로 둔갑할지도.) 방은 정맥혈과 오줌과 똥과 눈물과 땀을 핥아 냈다. 모기처럼 아주 조금씩만 빨아냈으므로 아픔은 구별해 내기 어려웠다. 방은 그녀의 심장에 손가락을 얹고, 허파에 귀를 기울이고, 모든 관절을 움직여 보고 모든 근육을 검사했다. 방은 그녀를 애무했지만 침범하려 들지는 않았다. 수룹이 눈을 감고 있는 동안 방도 눈을 감고, 그녀의 혈행(血行)을 짚었다. 단 몇 시간 동안에 방은 수륩의 몸이 노새처럼 말없이 복종해 온 한 해를 냉정한 측정으로 위로하고, 잊혔던 주부(主婦)처럼 반투명하고 더펄더펄하게 찌그러진 몸을 세세히 일깨워 실체화했다. 몸이 얌전히 대답하는 동안 수륩은 말[言語]을 잊을 지경이었다. 그 담화가 고작 두 시간 반 동안의 일이었는데도 그랬다.

신체검사와 체력검사에 속하는 조금 거친 의식들이 지나갔고, 질병 진단, 기능 검사들이 차례로, 혹은 한꺼번에 부드럽게 진행되어 갔다. 방 안에서나 밖에서도 아무도 보고 있지 않다는 것을 수륩은 알고 있었다. 방이 있을 뿐이고 방 밖에 없었다. 그것이 비밀히, 또 머뭇거림 없이 다가올수록 수륩은 방 자체와 장치들을 친근하게 느꼈다.

검사로 그녀 안에서 일깨워진, 아니 어쩌면 검사를 따라 외부에서 흘러들어 온 가볍고 맑은 에테르가 그녀를 감싸고 소용돌이를 그렸다. 무형의 성수는 샘처럼 약동하며 황홀감을 불러일으켰다. 갑자기 그녀는 아무도 듣고 있지 않은 곳에서부터 소리 없이 깔깔거리고 웃었다. 방과의 밀월이 주는 숙연한 감동이 갑자기 장난스러운 기분으로 확 떠올랐다. 모든 생각은 확률로 모이기에 수륩의 새로운 감정도 복잡한 파장을 그리며 두개골 속을 윙윙 퍼졌다. 가슴이 두근두근했다. 그러나 힘과 짜증이 넘치는 상태로 심사를 맞이하기보다는 훨씬 낫지 않은가? 수륩은 힘차게 이 생각을 복창했다. 기분에나 확률에나 다행한 일이리라! 아직 심사가 끝나기 전에 벌써 수룝은 앞으로의 생일들도 다 이럴 것 같은 기분이 들었다. 그녀는 미소 지었다. 미소는 쿠드이안을 끌고 떠올랐다. 더 큰 미소가 뒤따랐다. 마침내 수룝은 킬킬 웃었다. 쿠드이안, 네 첫 번째 생일을 즐기고 있니? 어때? 응? 널 맘대로 못 하게 한다고 했지! 그녀가 웃자 기계 팔이 오른쪽 젖가슴 아래 흉곽에서 얼른 손을 뗐다. 기침으로 오인한 모양이었다. 아니면 웃음도 비정상적인 호흡으로 간주하도록 되어 있을까?

"괜찮으니까 짚어 봐."

수룝은 소리 내어 말했다.

"난 폐병 같은 건 없다고."

기계 팔은 대답하듯 작은 쉿 소리를 냈다.

식사는 번잡스럽지 않았지만 맛있었다. 수룝은 항상 검사 중의 식사에 고기를 넣지 않는 것을 속으로 비웃었다. 우리가 싸우려면 우리는 용맹스럽게, 용맹스럽게…… 그녀는 손가락으로 부드러운 갈색이 나는 굳은 묵의 스틱을 튀겼다. 국물 속으로 안개구름 같은 것이 뭉글뭉글 대류하고 있었다.

이어지는 다른 검사들은 수룝에게 대답을 요구했다. 거기도 사람은 없지만, 수룹은 늘 그랬듯이 옷을 입었다. 그녀는 종교 따위에 마음이 끌리는 사람이 아니었다. 그녀가 기계를 의인화한다고 해도, 그건 오히려 이 전능한 기계실을 가볍게 받아들이는 셈이었다. 같은 방이 어떤 사람에게는 수신(獸神)과 같았다.

수천 개의 눈으로 윙크를 던지듯이, 작은 불들이 명멸하며 흘렀다. 수룹이 자리를 잡기 전에 그것들은 물론 전부 꺼지고, 마음을 평온하게 해 주는 부드러운 회색빛의 듬직한 벽면만이 남았다. 1년 만에 다시 만난 감회로 그녀는 먼저 다정하게 인사를 건넸다. 비슷한 다정한 대답이 돌아왔다. 모든 것이 준비되어 있었다.(하려고만 한다면. 모든 경우의 대화가 벽의 마음속에 가라앉아 있었다.) 그러나 벽과 수룹은 의좋게 시작했다. 검사들: 간단한 지능테스트, 조금 복잡한 지능테스트, 조건반사, 사고 범위 검사, 즉각적인 상황 대응 검사, 사상 검사. 그녀는 견과를 까듯 요구들을 하나씩 톡톡 까 나갔다. 대답들은 짧고 쉽고 즉각적이었다. 잘된 검사 시스템이다. 수룹은 잘된 검사 시스템을 좋아했다. 아까 그려진 육체의 이미지 위에 마음이라든가 정신 같은 것이 천천히 지리하게 덧발라지며 수룹이라는 여섯 살 된 조정자의 형상에 숨을 불어넣어 생령의 모습을 이뤄 갔다. 그 생령은 하도 세밀하고 정확해서, 그것이 이뤄져 가는 동안 수룹은 거기

응시당하는 불편함을 잊기 위해 생각을 무아에 놓고자 노력했다. 질문들이 그녀를 도와주었다.

"다른 곳으로 가고 싶은가요?"

수릅은 그렇다고 답했다. 수백 개의 질문들은 수백 조의 업무처럼 간단하고도 쉬웠다.

"읽은 자료를 시로 불러 보겠어요?"

수릅은 불렀다.

"어떤 행성을 소개시킬지를 결정하는 기준은 어느 선이 되어야 한다고 생각합니까?"

질문들은 흡사 그녀의 영혼에서 나와서 그녀의 입술에다 대답을 요구하는 듯했다. 수릅과 수릅의 천연색-입체-생체 그림자는 서로를 뒤쫓아 빙빙 돌았다. 그 원은 점점 작아져 갔다.

"기존의 근무처로 돌아가기를 바랍니까?"

수릅은 대답하는 데 힘들이지 않았다. 물론 돌아가고 싶었다. 보고 싶은 보히. 수릅과 그림자는 이제 서로가 동일해졌다는 사실을 깨닫고 마주 보고 섰다. 두 쌍의 눈동자가 자기 자신과 구별할 수 없는 객체를 응시했다. 손바닥이 맞닿으면서, 스무 개나 되는 손가락들이 얽혔다.

9.

생일 카드는 부드러운 젖빛이고, 안쪽 표면은 가슬가슬했다. 은테가 둘린 겉쪽은 매끈하고 엷은 광택이 났다. 수룹의 이름과 기원과 이번 생일의 날짜가 작은 글자로, '6'이라는 회차는 그보다 크고 알아보기 쉽게 우아한 자체로 쓰여 있었다. 그리고 안쪽에는……

십육 점 삼이 퍼센트. 16.32퍼센트, 숫자들은 귀엽게 한쪽으로 쓰러지고 있었다. 아주아주 조금이었지만 수룹은 그게 기울어져 있다는 데 내기라도 걸겠다고 순간 생각했다. 그러자, 첫 번째 생일 때 만났던 에레라는 소년 생각이 났다. 전부 같은 지역에서 온 여섯인가 일곱 명의 첫 생일들이 있었는데 모두들 어느 사이엔가 모여 있게 되곤 했다. 그들 중 반은 부모와 함께 살고 있는데도 혼자 온 아이들이었지만, 그는 수룹이나 마찬가지로 혼자였고 17퍼센트를 받았다. 다른 아이들은 얼마쯤이었던가? 아마 십오에서 십육 사이였다. 그를 빼놓고는 십육 점 일구 퍼센트를 받은 수룹이 제일 높았다. 에레는 한쪽 눈이 나빴다. 하지만 잘생긴 소년으로, 자기 퍼센트를 노래로 바꿔 불렀다.

씹칠, 씹을 칠, 씹팔보다 낫다.

다음엔 네 걸 나한테 줘.

어른들의 시선과 다른 아이들의 종알거림 사이에서, 에

레는 씩 웃으면서 수룹에게 눈짓을 했다. 돌아갈 때, 에레와 수룹은 손을 잡고 뷔페 테이블에 왔다 갔다 하는 어른들에게 각각 상스러운 별명을 붙이면서 놀았다. 돌아올 때는 아이들이 서로 모이지 않았지만, 분명히 한 명이 줄어 있었다. 에레는 수룹의 귀에다 대고 가만가만 말했다.

"여자를 먹는 데는 두 가지 방법이 있어. 그래서, 제일 맛없는 애부터 죽는 거야." 그다음에 그는 말소리를 낮췄다. 수룹은 들으려고 귀에 신경을 집중했다. "……뭐라고?"

"왁!"

에레는 귓속에다 대고 소리를 지르면서 동시에 숨을 훅 불어 넣었다. 당연한 결과로 수룹은 질색하며 그 애를 밀쳐 버리고 일어났다. 에레는 수룹의 손등에 눈을 얻어맞았고, 벌떡 일어나서 아직도 멍멍한 수룹의 귀를 오목하게 한 손바닥으로 기술적으로 귀가 울리도록 때렸다. 그들은 치고받고 싸웠다. 어른들이 말리러 왔다. 에레는 얼음 수건을 피가 나는 코와 부어터진 입술에 얹고, 창백한 얼굴을 힐끔힐끔 수룹에게로 돌리며 어깨를 떠밀려 자기 방으로 돌아갔다. 수룹은 아픈 귀에 손을 대고 숨을 몰아쉬며 멍하니 쳐다봤다. 누군가가 뺨에 할퀸 상처에다 연고를 발라 주고 그녀도 방으로 쫓아 보냈다. 배에서 내리기 전에 에레는 화해하고 싶은 표정으로 몇 번 수룹을 훔쳐봤지만, 수룹의 광대뼈 위에 험상궂게 남은 멍 자국이 그녀의 표정을 왜곡시킨 것 같았다. 수릅은 그 이후로 먼발치서 한 번인가 두 번 그 애의 모습을 보았다. 에레의 앞니는 부러진 것이 아니었든지, 그게 깎아 먹은 생존확률로도 별 지장 없이 이후의 생일들을 치렀든지 둘 중의 하나일 것이다. 수릅은 몰래, 그녀가 때렸기 때문에 에레가 다음 생일을 넘기지 못할 것이라는 상상에 사로잡히곤 했다. 그러나 결국 그와 다시 이야기해 보지도 못했고 에레가 도태되었다는 소식은 접하지 못했다. 세 번째 생일이 지난 다음에 그녀는 히글리로 나갔다.

"좋은 생일 되세요."

아름다운 은테가 둘린 생일 카드를 보고, 자줏빛 돌탁자 저쪽에서 사무원이 미소 지으며 인사를 건넸다. 수릅도 마주 웃어 주었다. 입구에서 엇갈려 지나가는 남자가 그녀에게 비켜 주는 듯한 몸짓을 하며 머리를 약간 숙였다.

"신탄신(新誕辰) 경하(慶賀)합니다."

그는 하루 먼저 인사를 하고 있었다. 그녀도 목례로 답했다.

"고맙습니다."

고리타분한 인사였지만 웃지는 않았다. 바깥은 밝았다. 이렇게 해서 경건한 하루가 남게 되는 것이다. 진정한 생일이란 지금부터 내일 아침까지를 말하는 게 아닐는지? 16.32퍼센트, 수릅은 복지관리부의 계단을 한두 단 내려가서 맑고 푸르스름한 하늘을 올려다보았다. 어디선가 가냘픈 새소리 같은 것이 들려왔다. 청명하고 온화한 오후였다. 숙소까지 천천히 걸어간다면 즐거울 것 같았다.

그래서 수룹은 그렇게 했다. 돌아가서 무엇을 하지? 이곳 바드비스의 학습체험은 수송선보다 다채롭지 못할 것 같다. 그렇지만 뭔가 특이한 것을 발견할 수 있을지도 몰랐다. 이제까지의 경험상, 수룹은 그런 것을 찾을 수 있으리라고 기대했다. 걸음이 약간 빨라져 왔다. 아니, 하지만 날씨는 정말로 좋다. 천천히 걸어가는 편이 좋아…… 그리고 만약에 바이올린을 켤 수 있으면 좋겠는데, 여기서 바이올린을…….

흰색 술이 달린 나붓한 얇은 복숭아색 꽃잎들이 3미터가량 되는 수목으로부터 만개해 있었다. 어이없을 만큼 민감하게 미풍에 한꺼번에 움직이는 바람에 수룹은 생각을 멈췄다. 손바닥만 한 크기를 하고 있으면서도 아주 얇았으며, 화심으로부터 노란색과 주황색이 짧고 가는 선을 이루다가 단번에 흰 꽃잎에 퍼져 환상적인 색깔로 엷어졌다. 약간 통통한 꽃술들은 네 개씩 대칭을 이루어 미완의 아치를 그렸다. 꽃들은 구름이나 깃털처럼 천천히 가볍게 흔들리기를 멈추지 않았다. 물기를 머금은 비목질의 선명한 자색 줄기는 사람의 상박 정도의 굵기로, 손가락들 같은 꽃대들이 보기 좋은 포물선으로 뻗어 나와 있는 것이 언뜻언뜻 보였다.

마침내 꽃잎들이 소곤거림을 듣는 듯이 미미하게 떨다가 움직이기를 멈췄을 때 수륩은 자기도 모르게 숨을 죽이고 그 완벽한 정태를 들여다보았다.

그녀가 숨을 내쉬자 꽃잎들은 다시 춤을 추었다. 같은 종류의 나무들이 갈색 지의류의 아름다운 새순들 사이로 3, 4미터 간격을 두고 띄엄띄엄 서 있었다. 그녀는 다시 걸었다.

바이올린은 관리실에 등록해서 빌리면 될 것이다. 그렇게 하면 관리번호를 쓸 필요가 없다. 어차피 방에서 연주하려고 생각하지는 않는다. 어딘가, 여기나 숙소의 뒤뜰로 들고 나가는 편이 좋겠지. 거기도 이 꽃이 있으면, 연주는 즐거울 것이다. 6번, 133번, 241번. 수륩은 그 곡들을 번호로 부르는 것이 좋았다. 133번, 그 운율을 음미하는 사이에 마음속으로 멜로디가 흐르며, 저녁의 냄새 속으로 이름 모를 꽃이 천천히 흔들렸다.

아직은 밝은 오후였다. 숙소가 멀리 보였다. 그리고 귀에는 바이올린 소리 대신 자동보도의 낮고 부드러운 진동음이 들렸다. 한 번도 들어 보지 못한 새로운 16.32의 곡조가 재빨리 무의식 저쪽으로 메아리치며 꺼져 들어갔다.

10.
"정신 차리세요!"

뭡니까? 왜 그래요? 이봐요! 어이, 어이! 소리들 가운데서 단박에 한마디의 또렷한 목소리가 튀어나오며 의식을 흔들었다.

"정신 차리세요!"

입술을 반쯤 벌리고 있어도 수룹은 눈에 띄지 않았다. 그 아가씨는 그녀를 흘끗 쳐다보면서 붙잡고 있던 남자의 어깨춤을 끌어 올렸다. 수룹은 중얼거렸다.

"미안해요, 일반조정 노드가……"

남자는 굳이 말하자면 수룹과 비슷한 나이일 테지만 불거진 골격을 덮은 꺼칠한 살갗, 적갈색 얼굴빛을 볼 때 시민령을 짐작할 수 없는 이주민 타입이었다. 큰 귀 브로치를 한 그녀가 붙잡고 있는 손을 놓으면 바닥에 나둥그러질 것이다. 그는 발을 힘없이 버둥거리면서 뭐라고 웅얼거리는 소리를 냈다.

"출입성(出入星) 말이에요?" 보라색 귀 브로치에 사선으로 줄 지은 숨은 반사핵들이 거미줄에 붙은 이슬방울들처럼 일순 영롱하게 반짝거렸다. 그 아가씨는 턱짓을 했다. "저기서 조회하세요. 관리얼개는 조정에 접근할 필요 없어요. 요청만 하면 풀려요."

"에, 예, 그렇지만 출발 허가가……"

"예?" 그녀는 여기서 비로소 수룹을 제대로 쳐다봤다. "당장 가려고요? 무슨……"

수룹은 어색하게 웃었다. "아니요, 일은 없어요. 그냥 빨리 출발하는 편을 교섭해 볼까 하고……"

"생일이었죠? 신탄신 축하합니다. 생일은 열두 시간 안에 통지가 나가요." 수룹도 알고 있었다. "왜요, 오늘 만찬에는 참석 안 하시려고요? 긴급이 아니면 일반조정으로 교섭해 봤자 결국 그냥 기다린 거나 비슷할 텐데요."

그녀는 진지하게 가르쳐 주었지만, 수룹은 자신이 바보같이 느껴져서 얼굴을 붉혔다. 짧게 잘린 옆머리 다발이 귀 브로치를 살짝 스치며 그녀는 권고로 말을 맺었다. "만찬 하시지 그래요? 다음 생일은 이제 한참 남았잖아요. 맛있는 것도 많을 거예요. 최근에 저해도행성에서 들어온 콘테이너들이 있었거든요. 란드루스 근방의 뭐라든가, 잔틴? 찬친? 삼줄기나 수지(樹脂), 큰 괄태충 같은 게 있다더군요."

그녀는 세련되게 만찬의 의식적 성격에 대해서는 말하지 않고 있었지만 수룹은 저해도행성 출신 풋내기 이민자로 취급받은 기분이었다. 하기야 히글리에 3년이나 있었다. 아무리 땅과 우주기지가 까마득히 멀리 떨어져 있어도, 산물이 지나가는 이상은 어느덧 물들고 만다. 궤도선 근무자들은 어디서부턴가 준(準)이민자처럼 되어 버린다.

발버둥을 치던 남자는 갑자기 여자를 의식한 듯, 멍한 눈

생일을 축하 **147**

으로 그 보라색을 올려다보더니 절반도 채 알아들을 수 없는 말을 중얼중얼대며 그녀의 손을 붙잡았다. 수릅은 얼굴이 화끈 달았다. 그 이주민 남자도 생일이든지 생일이었으리라는 생각이 비로소 머릿속을 스쳤다. 그 남자의 얼굴이 분명 본 적이 있는 얼굴이라는 생각은 창피한 생각 때문에 한순간 늦었다. 수릅은 뒷걸음질 쳤다. 그 남자는 보라색 귀걸이 여자에게 매달린 채 수릅과 눈이 마주친 반 초 정도 손에 힘을 빼고 있었는데, 이어지는 동작으로는 여자가 억지로 잡았던 손을 뿌리치듯이 자기가 붙잡은 여자의 손을 휙 뿌리쳐 버렸다.

"어머나!" 보라색 귀 브로치가 주인을 대신해 화르르 빛나며 웃었다. 여자는 웃지 않았다. 이주민 타입의 남자는 바닥에 손을 짚고 일어나려고 했지만, 어디가 잘못된 사람처럼 볼썽사납게 비틀거렸다. 수릅은 복도 벽까지 물러서 있었다. 어쩌면 아무도 보고 있지 않겠지만, 신경도 쓰지 않고 있을 수도 있겠지만, 수릅은 벌거벗은 것같이 굳었다. 태연한 구경꾼인 척하는 가장을 유지하려고, 그녀는 다른 사람을 보지 않고 그 남자에게 시선을 못 박았다. "어머나." 친절한 여자는 다시 손을 내밀어 남자를 돕는 대신 이 소극의 멋진 조연으로서 손을 늘어뜨리고 관객과 함께 그를 관람했다. 그래서 이제 남자는 혼자 역할을 플레이했다.

그는 일어서서, 그 여자에게 공통어로 말했다.

"미안합니다. 고맙습니다."

그의 산산이 상처 입은 위엄이 그 말마디들에 부스러기 파편으로 묻어 나왔다. 일어서면서 벌써 그는 울고 있었다. 많지 않았으나 7, 8명으로 충분히 티오트를 대표하는 관객들은 '이런 극은 흔해 빠졌어.' 하는 무언의 혹평으로 그를 위로했다. 땀구멍이 핀으로 찌른 것처럼 우둘두툴한 얼굴을 시뻘겋게 붉히고, 입술을 실룩이면서 그 남자는 울었다. 살아난 감격을 주체 못 하는 그의 목숨과 함께 서서, 엉망으로 망그러진 그의 자존심, 어쩌면 이제까지의 그의 인생, 다른 인생의 위엄이 울었다. 그는 먼 데서부터 이곳에 오고 여러 시간에 걸친 검사를 겪고 만 하루를 기다렸다. 아마도 그들과 다른 인생을 살아온 그를 의연하게 여길 수 있으리라. 그의 인생에서 죽음이란 길들지 않았을 것이며 그는 여기서 피에 주린 악귀와 한 침대에 눕도록 강요당했다. 그는 견디어 냈다……. 그는 소리 지르지도 벽을 때리지도 침을 흘리고 미치광이 짓을 하지도 않았다. 피와 부패와 절망에 산발한 죽음이 그에게 키스하려 할 때, 만일 그래야 한다면 그러도록 하겠노라고 그는 그녀를 인정했다. 그런데 그리고 나서, 뜻밖에도 그 끔찍한 여자가 그를 버리고 내보냈다. 피에 주린 방은 그의 정확한 퍼센티지를 가상의 주사위에 적어

굴렸고, 그 결과 도살의 쇼크는 발생하지 않았다. 그는 아무 일도 없이 들어갔던 죽음과의 신방에서 나왔다. 그것이 이제 그를 하나도 변한 것 같지 않은 잘 구획된 복지관리부의 복도 바닥에 무너지게 만들었던 것이다.

그는 뱃속에서 나오는 것 같은 끄으윽 소리를 내며 안간힘을 썼다. 그치지 않는, 그러나 청아하게 흘러넘치지도 못하는 울음이 그를 비틀어 짰다. 복도와 사람들과 바드비스와 테게나와 우주가 그를 미치도록 무섭게 했다. 그는 절망적으로 울었다. 그는 정말로, 죽는 편이 나았다…….

그의 절망으로 겨우 수룹은 자기 자신을 그와 떼어 놓았다. 정말로 다행, 그녀는 출생시민이고 절망 같은 것은 몰랐다. 그런 것으로 자신을 속이기에는 수룹을 키우고 수룹에게 봉양받고 있는 세계령(世界靈)의 손이 충분히 따뜻했다. 이제 수룹은 그와 분리되어서, 망설이는 웃음과 적절하고 정당한 동정에 곁들인 미묘한 반감을 다른 통행인들과 공유했다. 그의 절망이 그들 모두의 닫힌 창문에서 돌아서고, 그도 또한 콸콸 흘러넘치는 보이지 않는 피로 바다를 흥건하게 적시면서 자기 상처를 틀어쥐고 그들 모두의 생존하는 육체로부터 돌아서 걸어갔다. 자존심이 무릎에 있기라도 한 듯 그의 걸음은 절룩거렸다. 잠깐 멈춰 섰던 그들은 관객석을 떠나 다시 그들의 실시간으로 들어갔다.

수룹도 그들의 커다란 실시간, 그녀의 것이기도 한 티오트의 실시간으로 미끄러져 들어갔고, 그 시간이 움직이는 작은 소리에 친숙함을 느꼈다. 만찬까지는 아직 시간이 있었다. 마지막으로 그녀의 머리를 밟고 간 기억은 그 이주민 남자의 얼굴을 아마도 학습체험에서 봤으리라는 추측이었다. 그러나 그가 누군지는 생각나지 않을 것 같았다.

11.

　떠나기 전에, 수룹은 눈에 띄지 않게 숫자를 세어 보았다. 가트 146일과 145일이 생일이었던 사람들 가운데 일곱 명이 없었다. 그들을 제외한 마흔 명이 저녁에 고기를 먹고, 실타를 떠나는 배를 탔다.

　진정한 잔치로서의 만찬은, 어떤 곳에서는 관례였고 어떤 곳에서는 그렇지 않았다. 어느 쪽이든 숫자만은 틀림없었다—확률이건, 점수건, 아니면 권리건. 수룹은 노인을 찾았다. 그는 아마 파우더로밖에 가공될 수 없었을 것이다. 저녁 식탁에서 그가 있을 만한 접시는 단 한 개—효모묵에 약간의 육부산물을 첨가해서 어린애의 주먹만 한 크기로 부드럽게 굳힌 푸딩뿐이었다. 사람들은 각자 손가락 두 개 정도 크기의 정육과 피부와 국물을 먹었다. 푸딩은 별로 인기가 없어 마지막까지 몇 조각이 남아 있었다. 수룹도 한 개 이상

먹으려고는 하지 않았지만, 한 개는 남김없이 먹었고 그에 대해서 기억했다. 마약의 달콤한 물결 속에 그의 다른 개성들은 다 이지러졌고, 그녀는 그의 접근만을 고맙게 생각했다.

세례식은 끝났다. 모든 중대하게 여겨지던 것들이 빛바래어 어둠 속으로 가라앉았다. 다음 생일이 그것을 열어 너풀거리는 생각들을 도로 끄집어낼지, 아니면 그대로 영원히 먼지 속에 잊힐지 그녀는 얼핏 궁금해했다. 그런데 그녀는 이제 여섯 살이었다. 일도 남자도, 수롭이 떠난 자리에서 기다리고 있을 것이다.

공녀님은 기사가 되고 싶어서

본작은 돌베개 출판사가 2021년 펴낸 앤솔러지
『교실 맨 앞줄』에 처음 실렸으며,
돌베개 출판사의 배려로 재수록할 수 있었습니다.

제국기사학교가 몇십 년에 한 번뿐인 특별반 모집을 발표한 건, 미드라코가(家)의 17공녀 비크로니아 엘 베임 미드라코가 열다섯 살이 된 해의 일이었다. 제국이 공인한 공신귀족가 109가의 자손으로 13~18세여야 한다는 입학 조건은, 이 6개월짜리 단기 과정이 실은 황위 후계자의 '친우'를 뽑을 목적으로 개설되는 것이라서다. 가을이면 제국이 기다려 온 후계자 지명이 있을 것이다. 친우가 되면 황위 후계자와 함께 앞으로 몇 년간 제국의 미래를 이끌어 갈 인재로 교육받는다. 엘은 운명을 느꼈다.

"뭐, 잘됐구나. 엘은 원래부터 기사가 되고 싶어 했으니, 반년쯤 원 없이 경험해 보는 것도 괜찮지."

가주인 백부님께서는 아리송한 미소를 띠고 지원을 허락해 주셨다. 백부의 친딸인 12, 14공녀 언니들도 바랐던 기회인 걸 아는 엘은 표정 관리를 하며 얌전히 물러 나왔다. 그러나 가슴은 흥분과 기대로 터질 듯했다.

3월 초, 수도 동문 근처 별관에 모인 학생은 모두 80명. 예상대로 그리 많지 않았다. 같은 시기에 예비문관학교, 신관학교, 마법학교에도 특별반이 열리기 때문이다. 이쪽이 인기가 덜한 만큼 선발도 겨우 대여섯 명일 것이라 이 숫자도 만만하다고 볼 순 없었다. 체격이 크고 무예에도 익어 보이는, 벌써 청년티가 나는 사람도 더러 보여 긴장이 됐다.

"나는 라타노이아 에페타 아자임 키올코야. 에피라고 불러도 돼."

문득 말을 붙여 온 목소리에 돌아보자, 첫눈에도 호감이 가는 또래 소녀가 엘을 보고 쌩끗 웃었다.

"먼저 인사해 주니 고맙네, 분위기 서먹한데. 난 데레라고 해."

엘이 미처 답을 하기 전에 옆에 있던 남자애가 스륵 끼였다.

"난 엘이야. 엘 미드라코." 엘도 인사하고, 에피와 데레와 악수를 나눴다.

"있잖아, 우리 정말 행운이지 않니? 6개월 동안 제국 수도에 와서 살 수 있잖아! 친우가 되면 더 오래 머물 수 있고."

"응?⋯⋯⋯⋯⋯⋯⋯으응."

"나는 늘 수도박물관이 가 보고 싶었어. 전에 딱 한 번 가 본 적 있는데, 한 시간도 채 못 봤거든. 반년이나 있을 거니까 실컷 가야지! 진짜 매일 갈 거야. 휴일엔 레브강에서 백조 배도 타 보고."

동부의 산지에서 온 에피는 경쟁 생각보다 수도 생활에 대한 기대에 한껏 들떠 있었다. 그나마 데레는 기사 수업에 조금 더 관심이 있어 보였다.

"잘할 것 같은 사람 많네. 너 칼 솜씨 좋아?"

"그냥 기본은 해. 너는?"

"난 검술은 괜찮은데 공부가 걱정이야. 신법학(神法學) 어려운데. 외방어(外邦語)도 해야 한대."

"외방어는 내가 잘해. 필요하면 도와줄게. 어, 저기 저 사람들, 그레코 가문 자매 맞지? 빨간 기장 단 언니들. 그레코가(家)가 왔으면 외방어는 저이들 거네. 난 가만있어야겠다."

에피가 움츠리는 시늉을 하며 웃었다.

"보기만 해도 누군지 알아?"

"그럼! 동부에선 중서부 귀족가들에 관심이 많거든. 노란 옷이 알게리코가(家), 그 옆에 키 큰 사람이 위코가(家) 차기 가주. 저기 단발에 귀걸이 단 쌍둥이는 라메노가(家). 너도 북성의 라메노가 정도는 알지? 근데 같이 얘기하는 애는 누군지 모르겠네. 우와, 저기 민소매 입은 애들 팔 근육 좀 봐. 쟤들이 테미도가(家) 삼형제일 거야."

"저 사람은?"

아까부터 은근히 신경 쓰이던 사람을 가리키며 엘이 물었다. 수수한 복장에 열여덟 살 밑으로는 보이지 않는 청년인데, 침착한 태도로 보아 상당한 실력자일 것 같았다.

"몰라. 어느 집안이지? 옷도 칙칙하네. 학생 맞나?"

하긴 저런 차림이면. 엘이 약간 실망했는데, 데레가 일어났다.

"나도 저 사람 궁금하던걸. 실력 있을 것 같은데, 가서 인사해 볼까?"

그렇게 말하더니 서슴없이 그쪽으로 갔다. 대담함에 놀란 두 소녀가 잠시 후 쫓아갔을 때 데레는 이미 자연스럽게 통성명을 하고 있었다.

"아, 어서 와. 이분은 레과이코 가문이시래, 이름은 트로반. 여기 이 공녀분은 키올코, 이쪽은 미드라코예요."

"레과이코면, 그 옛날 3년 공성전에서 저희 시조 루빈과 나란히 싸우신 미모 레과이코 경의 후손이시군요?"

눈을 크게 뜬 엘을 보고 청년은 의외라는 듯 짧은 웃음을 흘렸다.

"800년 전의 인연을 잘 기억하고 계시군요. 지금은 한미해진 가문이지만, 한때 귀가의 시조와 함께하는 영광을 누렸습니다."

"당치 않아요. 대대로 황가의 자손들을 보위하는 중임을 맡아 오셨는데요."

 고개를 깊이 숙여 경의를 표하면서도, 엘의 머릿속엔 여러 가지 생각이 들었다. 그렇구나. 가세 확장을 금기로 두고 조용히 명맥만 잇고 있는 레과이코가 같은 데서도 친우 모집이 있으면 자손을 보내는구나. 아니, 가만히 있어도 황가 경호가 업인 집안에서 왜 굳이 경쟁에 낀담? 아니면, 이 청년이 집안의 뜻을 거스르고 출세를 노리는 걸까?

*

 레과이코가나 트로반의 속내가 뭔진 몰라도 나의 굳은 결심 앞에서는 한낱 먹잇감이 되고 말리라. 엘은 남몰래 투지를 불태웠지만, 정작 수업이 시작되자 느슨한 분위기에 놀라고 말았다. 엘이 보기에 다른 학생들은 별로 경쟁심이 있는 것 같지 않았다. 오히려 열의를 보이는 건 촌스러운 짓이라는 분위기가 지배적이었다.

 100년 이상 평화가 지속된 판이니 해이해진 것도 어쩔 수 없는 일. 당장 미드라코가에서도 기사의 길을 간 건 차기 가주인 5공자 오빠와 또 한 명 해서 딱 둘뿐이었다. 엘은 17공녀로 태어난 시점에 이미 가주 경쟁에 끼여 볼 기회를 잃었는데, 그와 함께 기사가 될 가망도 없어진 셈이었다. 설령 조르고 졸라 기사학교에 진학했대도, 졸업하면 아무도 불러 주지 않아 기사 타이틀만 가진 백수가 되었을 것이다. 근면 성실한 미드라코가에서 그런 낭비는 용납되지 않았다.

즉, 엘에게는 이번 특별반이 유일한 기회였다. 황태자 또는 황태녀의 친우로 뽑히기만 하면, 그때는 길이 열린다. 설령 제국에 기사 자리가 딱 스무 개만 남는다 해도 그중 한 자리는 엘의 것이 될 것이다. 그렇게만 되면 엘은 제2의 루빈 미드라코가 되어 보일 자신이 있었다.

첫 달 성적은 만족할 만했다. 병참학, 지리학, 전쟁론, 기사도, 신법학, 외방어로 구성된 필기 과목들에서 엘은 4등을 했다. 목표대로 5등 이내 최상위권이다. 마상무기술과 검술 대련으로 가린 실기 쪽은 11등이었지만 앞으로 끌어올릴 수 있을 터였다.

'이대로 쭉 가면 돼. 학과는 이 페이스를 놓치지 말고, 실기만 잘 올려 보자.'

학과와 실기 모두 5위 안에 들자는 것이 엘의 결심이었다.

"엘, 너 정말 아무 데도 안 나가고 학교에만 있으려고?"

에피는 다짐했던 대로 수업이 끝나면 거의 매일 외출했다. 수도박물관 외에도 몇 군데 미술관과 유물관을 알게 되어 이쪽저쪽으로 부지런히 다녔다.

"응, 공부해야 해서. 재미있게 다녀와."

"하루쯤은 괜찮지 않아? 메리코의 진품 「기사와 요정」을 직접 볼 수 있는데. 4월 딱 한 달만 공개한다고, 보고 나서 차와 크림아이스 먹고 들어오자, 기분 전환이 될 거야."

수도의 4월은 아름다웠다. 강과 운하에 차오른 물에도 봄빛이 어리고, 가로수의 연녹색 잎들을 배경으로 공원의 꽃나무들이 터뜨리듯 일제히 꽃을 피워 냈다. 고향에선 접해 보지 못한 수도만의 세시 행사와 절기 음식 들이 있었고, 기사학교 자체 행사뿐 아니라 외부에 동원되거나 초청받을 기회도 많았지만 엘은 다 사양했다. 다른 학생들이 하루 종일 놀고 흥분에 달아오른 얼굴로 크게 떠들며 기숙사로 돌아올 때 엘은 자기만 조금 더 노력했다는 게 뿌듯했다.

하지만 두 번째 시험에서 결과는 예상을 좀 빗나갔다. 학과는 3등으로 처음과 비슷했는데 실기는 쭉 밀려나 19등이 되었다. 정신을 바짝 차리고 대책을 강구했다. 집에 편지를 써서 조언을 구하고, 학교와 상담해 마상무기술 보강을 받기로 했다. 또, 최종 시험에 추가된다는 전술실기 구두시험 대비로 정규반 스터디그룹에 가입해 시연용 전술 탁자 쓰는 법을 익혔다. 그렇게 한 달간 각고의 노력을 한 결과, 3회차에서 엘은 학과 10등에 실기 17등을 했다.

학과 등수가 떨어진 것도 충격인데, 조금밖에 회복 못 한 실기가 더 큰 부담으로 다가왔다. 이미 특별반 과정도 절반이 지났다. 남은 건 3개월뿐. 그리고 엘은 이미 전반 3개월을 정말 열심히 했다. 그 노력의 결과가 이거라면, 후반 3개월에 아무리 애를 쓴들 종합 10등 정도가 고작이지 않을까? 그 정도로 과연 친우에 뽑힐 수 있나? 성적만으로 선발되는 건 아니라지만 혈통, 나이, 용모 등 다른 고려 조건들은 애초에 바꿀 수도 없다. 할 수 있는 건 노력뿐인데.

"싫어. 시간 없어."

명기사의 강연이니 시험에도 도움 될 거라며 둘이 함께 와 외출을 꾀는 에피와 데레를, 엘은 퉁명스럽게 물리쳤다. 생각보다 더 매몰차게 말이 나왔다.

"너, 기사는 인맥이 아예 필요가 없니? 그렇게 혼자 공부만 파서 친우는 어떻게 하려고 그래?"

에피가 기분이 상해 쏘아붙였고, 데레는 유들유들 엘을 달랬다.

"너무 죽어라고 하면 오히려 안 늘어. 쉬기도 해야지."

미안하고 자괴감이 들면서도 울컥 짜증이 났다. 둘 다 꼴 보기 싫어서 그 자리를 도망쳐 나왔다. 트로반을 찾아가고만 건 스트레스로 정신이 살짝 돈 탓이었으리라.

"어떻게 수련하면 좋을까요? 어떡해야 느나요?"

다짜고짜 매달린 엘을 트로반은 놀란 듯이 바라보았다.

"전 꼭 친우가 되고 싶어요. 레과이코 공자만큼은 못 된다

해도 조금이라도 올라가지 않으면 안 돼요. 이길 방법을 가르쳐 주세요."

"수련은 꾸준하게 하는 수밖에 없어요. 조급하면 다칩니다."

정론을 말하던 트로반은 엘의 절박한 표정에 마음이 움직인 듯했다.

"현실적으로, 남은 3개월 사이에 미드라코 공녀의 검술이나 마상무기술이 크게 늘 가능성은 낮습니다. 전술실기를 주로 파세요. 지상검술과 마상무기술은 최선을 다하는 걸로 만족해요. 친우 선발은 무술 대회 1등에게 주는 포상이 아닙니다. 황태자에게 평생 쓸모 있는 벗이 되어 줄 사람을 찾는 것이 목적이죠. 성적을 올리는 것도 중요하지만, 그것만 쫓느라 더 중요한 것을 간과하진 마십시오."

"감사합니다."

역시 뾰족한 수는 없구나. 엘도 몰랐던 건 아니었다. 힘이 쭉 빠지면서 정신이 들자 아무리 그래도 경쟁자인데 너무 앞뒤 없이 달려들었다는 자각이 왔다. 뒤늦게 민망해 물러나려는 엘을 트로반이 주춤, 잡으려다 말았다. 멈춰 서자 이번에는 그가 조금 얼굴을 붉혔다.

"음, 실례가 될 것 같지만…… 미드라코 양이 원하신다면 연습을 봐 드릴 수 있습니다. 당분간이라도요."

"정말요?" 엘은 눈이 휘둥그레졌다. "그러면 저는 신법학과

병참학을 가르쳐 드릴게요! 앗……"

기쁜 나머지 덥석 말해 놓고 뒤늦게 혀를 물었지만, 트로반은 기분 나빠 하지 않고 웃음을 터뜨렸다.

"제가 어느 과목에 약한지 잘 알고 계시군요? 하지만 꼭 그러지 않으셔도 됩니다. 제가 과연 보탬이 될지 어떨지도 아직은 모르는 일이니까요. 다음 시험 등수가 오르면 그때 보답해 주세요."

엘은 그에게 감사의 눈길을 보냈다. 거기에는 검술 최상위권자를 향한 감탄도 섞여 있었다. 얼마나 여유가 있고, 또 얼마나 너그러운지! 트로반은 호리호리한 체격이지만 키가 크고 어깨가 넓어 신체 조건이 좋았다. 꽤 올려다봐야 하는 얼굴이 원래 이렇게 잘생겼던가 하는 생각이 들자, 오래 쳐다보고 있을 수 없었다.

*

트로반은 약속을 지켰다. 약 20일을 엘은 매일 한 시간씩 그와 함께 연습했다. 첫날은 마상무기술과 검술 양쪽을 다 함께 했지만, 다음 날부터는 검술에만 집중했다.

"검 쪽이 가망 있어요. 마상무기술은 토너먼트의 대진운이나 타게 될 말의 컨디션도 영향을 미치니까요. 미드라코 공녀의 검술은 좋은 수준입니다. 기초도 탄탄하고 소질도 있으시군요."

그렇게 말한 트로반은 잇따라 몇 가지 요령을 지도해 주었다. 교수와는 또 다른 관점에서 해 주는 지적에 엘은 눈이 트이는 기분이었다. 며칠 지나지 않아 학교 수업에서도 전과는 달라진 느낌이 났다. 특훈을 한 시간만 하기가 감질 났다.

"에피, 나랑 검술 연습해 줄래? 한 시간만."

"외방어라면 같이 공부해도 좋아. 검술은 사양." 에피는 딱 잘라 거절했다. "검술이라면 라메노 쌍둥이하고 하지 그래? 아니면 데레한테 부탁해."

아닌 게 아니라 그들 쪽이 등수가 가까웠다. 지금까지 공부만 하느라 데면데면했지만 얼굴에 철판을 깔고 우선 라메노 쌍둥이에게 물어보러 갔다.

"아, 미안. 우린 우리대로 계획표가 있어서. 괜찮다면 나중에, 최종 시험 전에 대련해."

티리 라메노가 말했다.

"트로반 레과이코와 연습하고 있지 않아? 우리보다는 그쪽이 훨씬 도움 될 텐데."

다미 라메노가 말했다.

'하긴, 트로반은 워낙 잘하니까 상관 안 해도 비슷한 경쟁

자끼리는 꺼려지기도 하겠지.'

데레도 십중팔구 거절할 거라고 생각하고 그다음 부탁 상대를 고르면서 물어보러 갔는데, 데레는 뜻밖에도 단박에 승낙했다.

"좋아. 내일 아침에 봐."

당연히 특훈 후에 만나기로 한 거였건만 다음 날 데레는 트로반과 나란히 연습장에 나왔다. 엘만 놀랐지 데레는 뻔뻔했다.

"두 시간이나 연습을 했다간 아침부터 너무 지쳐. 다음 날까지도 지장이 갈걸? 트로반도 같은 생각일 거야."

"같은 생각입니다. 미드라코 공녀, 오늘은 빈크라고 군을 상대로 해 보십시오. 남부식 3단부터, 자."

약이 올랐지만 어쩔 수 없었다. 다만 훈련 내용은 좋았다. 함께 해 보니 데레는 검도 사람처럼 싹싹했다.

"고마워. 도움이 됐어."

"나도 즐거웠어. 다음에 또 같이 하자."

과연 데레는 다음 주에 정말로 한 번 더 아침 연습을 같이 했다. 트로반과 얘기를 했는지 엘이 부탁할 필요도 없이 어느 날 불쑥 나왔다. 엘이 잘 못하는 부분에 집중한 그날의 연습도 알찼다. 얘기를 들은 에피는 엘의 얼굴을 뚫어지게 보았다.

"너는 아무 감이 없니?"

"무슨 감?"

"데레. 너한테 관심 있는 거잖아."

엘은 그만 웃고 말았다.

"관심은 무슨. 데레는 누구한테나 다 그러는걸, 자기 쪽에서 선뜻 다가가고."

"비크로니아 엘 베임, 네가 깜깜이인 거야. 딴 사람 눈에는 뻔히 보인다고. 네가 트로반에게 폭 빠진 것처럼 데레는 너한테 반했어, 첨부터."

"헤, 내가 보기엔 널 좋아하는 것 같던데?"

그렇게 받아치고 넘어갔지만, 엘은 다른 이유로 가슴이 쿵 내려앉았다. 트로반에게? 그게 보였나? 아니, 그냥 매일같이 연습하니까 넘겨짚은 거겠지. 고마움과 호감을 착각하는 게 아닐까 스스로 의심해 봤지만, 하루하루 지날수록 설레는 감정은 없다고 할 수 없게 되어 갔다. 심지어 조금씩 커져 가고 있었다.

'지금은 이런 마음 가질 때가 아니야. 기사부터 되고 나서 생각해.'

설명을 듣거나 할 때 조금조금 트로반의 얼굴을 훔쳐보다 정신을 다잡곤 한 엘이었지만, 티를 냈다고는 생각 못 했다. 하지만 에피가 넘겨짚은 것이 아니고 실제 티가 났다는 게 밝혀졌다. 3주 가까이 계속해 온 아침 훈련을 마무리하던 7월 초 시험의 전날이었다.

"노력한 만큼의 성과가 있을 겁니다. 수고했어요. 시험 후엔 더 다양한 상대에게 연습을 청해 보도록 하세요. 저도 언제든 또 도와드릴 테니."

"정말 고맙습니다. 레과이코 공자께 감사한 마음은 말로 다 할 수 없어요."

아침 연습을 그만하게 되는 것도 아쉬웠지만 다른 의미로도 아쉬움이 컸다. 엘은 딴마음을 들킬까 봐 애써 아무렇지 않은 척을 했다. 그러느라 트로반의 태도가 평소와 다른 것을 미처 눈치 못 했다.

"미드라코 양. 지금이 이런 청을 드리기에 적절한 때는 아닌 줄 압니다만."

돌연 낯설어진 목소리에 엘은 놀랐다. 처다보니 트로반은 평소 같지 않게 흔들리는 눈빛으로 미간에 살짝 주름을 잡고 있었다.

"싫지 않으시다면, 7월의 대축일 때 저와 춤추어 주시겠습니까? 검술 성적이 오른다는 조건하에라도 괜찮습니다."

세상 심각하게 말을 하고선 애써 농을 곁들이는 그를 보면서 엘은 마음속으로 입을 틀어막았다. 설마? 진짜로? 트로반도 나에게 마음이 있었던 거야? 지금 이거 그거 맞지?

하지만 기쁨은 순식간에 뒤집히고 다시 뒤집혔다. 엘은 망설였다. 아마 한 1초쯤 너무 길게 망설였다. 눈길을 떼지 않던 트로반이 알아채고 스스로 물러날 만큼 길게.

"아, 부담을 드리려던 건 아닙니다. 미드라코 공녀는 그런 행사는 좋아하지 않으시죠. 괜한 얘길 했군요."

"그런 건 아니에요. 물론 무도회는……."

"시험 후에 얘기해도 됩니다. 일단 시험에 집중해요."

트로반은 어느새 평소 모습을 되찾고 있었다. 그날 밤 엘은 갖은 상념에 잠을 설쳤다. 생각이 꼬리에 꼬리를 물다 답답해 잠시 울기까지 했지만 그래도 가슴이 후련해지진 않았다. 어떡해야 했을까? 지금이 사랑을 할 때일까? 마음의 움직임이란 어쩌면 작은 틈새로 새어 드는 빛처럼 어느 한 순간의 기회밖에 없고 그 기회를 잡아야만 하는 걸까? 회복할 수 있나, 나중에? 나중에, 과정을 마치고 친우가 되든 못 되든 결과가 분명해진 후에…… 과연 그렇게 편리하게 미뤄 뒀다 시작할 수 있는 일일지 엘은 알 수 없었다. 아침에 바로 트로반에게 달려가 승낙하고 싶지만 실제 그러지는 않을 자신이 한심했다.

*

그런 기분으로 치른 시험인데도 성적은 눈에 띄게 올랐다. 실기가 종합 11등. 검술 덕이 컸다. 게다가 학과도 7등으로, 오히려 좀 회복되었다.

시험 후에도 엘은 트로반을 찾아가 무도회에 가자고 청하지 않았다. 결국 엘이 그에게 느낀 감정은 지금 당장 교제를 시작할 정도로 열렬하진 않았던 셈이다. 만약 트로반 쪽에서 한 번 더 청해 주었다면 무도회 한 번쯤 어때 하는 기분으로 응했을지도 모르지만, 트로반은 엘에게 부담을 주었다는 것 자체로 자책한 듯 다시는 말을 꺼내지 않았다.

7월 둘째 주는 대축일 앞뒤로 건국전쟁 기념일, 성소(聖所) 축일, 백색마법절, 민간의 명절인 '붉은 꽃의 날' 등이 붙어 있어 학교도 일주일간 수업을 쉬었다. 이 기간에 수도에 남아 놀러 다니는 학생들도 있었지만 반수 정도는 본집에 돌아가 절기를 지냈다. 엘은 기숙사에 남았다. 집이 먼 에피도 남아 있었기 때문에 쓸쓸하지는 않았다. 대축일에 에피는 제비꽃색 드레스를 입고 멋진 신흥귀족 청년을 파트너 삼아 무도회를 한껏 즐기고 돌아왔고, 밤늦게까지 엘에게 아름다웠던 조명과 실내장식 이야기를 재잘재잘 들려주었다. 엘은 만약에 트로반과 함께 무도회에 갔다면 어땠을까 상상했다.

대축일 연휴가 끝나자 뜻밖의 전개가 뒤따랐다. 복귀하지 않은 학생들이 있었던 것이다. 주로 하위권들이었지만, 마상무기술을 잘해 늘 5, 6위는 하던 메릭 위코도 있었다. 위코가에서 무언가 정치적인 판단을 한 모양인데 어쨌든 엘에게는 예상치 못한 이득이었다.

"아, 나도 다시 못 올 뻔했어. 본가에서 잡는 바람에."

데레도 복귀가 늦어서 엘과 에피가 걱정했는데, 며칠 결석 후에 와서는 태연히 말했다.

"왜? 너희 집안에서는 친우 되는 것 반대야?"

"아니. 반대까진 아닌데 굳이 끝까지 하려고 그러느냐, 그쯤 했으면 됐잖냐고 그러시더라고."

"옛날에도 특별반은 많이들 중간에 관두고 그랬대. 중간 밑으론 어차피 수료하나 마나니까."

다미 라메노가 말했다.

"그리고 이번엔 친우 뽑혀 봤자 별거 없을 거래. 책봉은 결국 지토 황자일 거라더라."

티리 라메노가 말했다.

학생들은 어느새 연휴 동안 어른들에게서 얻어들은 추측들을 서로 전달하며 의견 교환을 시작했다. 제국 황실의 후계자 선정은 109가와 마찬가지로 동 세대 자손 모두를 대상으로 하지만, 황제의 친아들이면 아무래도 유리한 법이라 올해 스물한 살로 일반적인 책봉 연령을 한참 넘은 8황자 지토가 아직 입에 오르내렸다.

"지토 황자가 될 거였으면 6년 전에 됐겠지. 그 후로 판도가 달라진 것도 아니잖아? 적령기 황손들 평판도 멀쩡한데."

"벨탄, 에곤, 레더레릭, 아르티 선에서 결정되겠지? 누가 될 것 같아?"

"아르티 황녀 지지하는 사람들도 많아. 마법에 재능이 좀 있는 정도가 아니래. 마법사회에서도 주목한다고 그러더라."

"레더레릭 황자는 아무 데도 고개를 안 내미네. 책 읽는 것만 좋아해서 틀어박혀 지낸다더니."

"내가 듣기론 무술 수련에 푹 빠졌다던데 얘기가 다르네."

데레가 싱긋 웃고 엘에게 물었다. "너는 누가 되는 게 좋아, 엘?"

"누구라도 상관없어. 지토 황자가 되셔도 괜찮아. 내가 기사가 되어서 섬길 수만 있으면."

엘의 소감은 그랬다.

"오직 기사. 의지 하나는 감탄스럽네. 제국기사학교는 뭐 했나 몰라, 엘 미드라코가 열두 살 때 뽑아 갔어야 했을걸."

엘을 포함해 모두 함께 웃었다. 트로반은 여느 때와 같이 다른 학생들과 거리를 두고 혼자 좀 떨어져 있었다. 여러 날이 지났지만 엘은 그를 보면 여전히 마음이 아렸다.

*

그런 가벼운 애상 따위 싹 지워 버릴 만한 충격이 5회차 시험에서 닥쳐왔다. 인원이 좀 빠지기도 했고 대축일 연휴 내내 굴하지 않고 노력한 것도 있어 엘은 이번에야말로 실기 10위 내 안착을 목표했다. 운이 따른다면 7, 8등까지 할 수도 있지 않을까 생각했다. 그러나 그렇게 되지 못했다.

 사실 정리된 성적을 받기 전부터 이미 엘은 마음의 균형을 잃고 있었다. 최종 시험의 리허설인 셈으로 이전보다 격식을 갖춰 진행된 토너먼트에서 데레가 갑자기 두각을 드러냈기 때문이다. 지난달 데레의 실기 성적은 엘과 비슷하거나 약간 낮은 정도였다. 하지만 이번에 그는 돌연 빼어난 솜씨를 내보이며 파죽지세로 상대를 꺾어 10등 이상씩을 뛰어올랐다. 전술실기는 엘과 동위, 마상무기술이 3등, 검술에서는 트로반 다음으로 무려 차석을 했다. 그러고 보면 데레야말로 엘을 10위 밖으로 밀어낸 장본인이었다.

"축하해."

그것밖에, 뭐라 다른 말이 나오지 않았다.

"운이 좋았지, 뭘."

데레는 엘의 안색을 살폈다. 추한 표정을 읽히기 싫어 엘은 그를 피했다.

"……내가 너무 순진했어요. 데레가 실력을 숨기고 있다는 생각은 미처 못 했어요."

어쩌다 이렇게 됐는지 몰라도, 엘은 또다시 트로반과 나란히 앉아 속마음을 털어놓고 있었다.

"낙심하지 마요. 나는 최종 시험을 보지 않을 겁니다. 데레도 아마 사퇴할걸요? 힘을 내세요, 미드라코 공녀."

웃음이 깃든 것 같은 음성에 엘은 얼떨떨해졌다.

"왜요? 왜 여기까지 와서 그만둔다는 건가요?"

"친우 선발은 새 사람들이 황태자와 만날 수 있게 하려는 겁니다. 레과이코가에서 굳이 한 자리를 가져갈 리 없잖아요? 저는 기사학교 정규 과정을 다니지 않았기 때문에 어느 정도 객관적인 평가를 받기 위해 특별반을 이용한 것뿐이지요. 각자의 사정입니다."

역시! 부끄럽지만 안도감이 몰아쳐 왔다.

"그럼 데레는 왜요?"

"글쎄요, 빈크라고 군의 속마음을 알 도리는 없지만, 선발되는 게 목적이었으면 제 실력을 발휘하는 건 마지막에 가서 했겠지요. 그편이 다들 방심할 거고." 트로반은 어깨를 으쓱했다. "그쪽도 이번 한 번은 제대로 해 보여야 할 이유가 있지 않았을까요."

꽤 그럴싸해 바로 믿어 버리고 싶은 이야기였다. 하지만 그건 트로반의 감일 뿐이고, 실제 데레가 최종 시험을 치지 않으리라는 보장은 아무 데도 없었다. 그리고 직감이라면 엘에게도 있었다. 엘의 직감은 데레야말로 친우감이라고 외치고 있었다. 상당한 실력에다 튀지 않는 자기 통제, 누구와든 쉽사리 어울릴 줄 알고 스며들어 가듯 가까워지는 친화력. 데레라면 설령 가문이나 나이가 조금 층이 진다 해도 불리하지 않을 텐데, 심지어 가문도 나이도 꼭 적당하다. 만약 자신과 데레가 모든 면에서 동점이라면 친우가 되는 것은 데레일 것이라고 엘은 믿었다.

우롱당한 것 같은 기분에 배신감만 해도 처리하기 버거운데 이글이글 타는 시기심이 엘을 녹초로 만들었다. 차마 데레를, 그리고 같이 친한 에피도 마주할 자신이 없어 엘은 며칠 동안 일부러 둘을 피했다. 에피가 잘 때까지 기다렸다 방에 돌아가거나 먼저 침대에 들어가 있기도 했지만, 어느 날 저녁 에피는 자는 척하는 엘의 침대 가에 와 베개를 잡아뺐다.

"일어나 봐, 비크로니아 엘 베임. 너 요새 너무 심해. 말해 봐, 내가 뭘 잘못했니?"

엘은 3초간 그대로 있었지만 결국 꾸무럭꾸무럭 일어나 앉았다.

"그런 건 아니야. 미안."

"그럼 데레야? 걔 성적이 올라서? 너보다 위로 올라가니 보기 싫고 그래?"

"아니. 내가 창피해서 그래."

참으려고 해도 주르르 눈물이 나왔다.

"창피하긴 뭐가?"

"걔는 그냥 슬슬 하고 있었는데 난 아무것도 모르고 아등바등했던 거잖아."

"공부는 네가 더 잘하잖아! 병참학도 외방어도 신법학도!"

"공부만 잘해 가지고는 안 되잖아!" 엘은 베개를 끌어안고 웅크렸다. "나는 기사가 될 거라고. 기사로서 친우에 뽑히려면 검술도 마상전투도, 골고루 다 잘하지 않으면 안 돼."

에피는 한동안 엘을 노려보다가, 한숨을 쉬며 엘의 머리를 끌어당겨 안아 주었다.

"너무 열심히 하느라고 살짝 돌았구나. 기사가 뭐라고. 그리고, 요즘 세상에 무예 뛰어난 기사가 그렇게 많아? 행사 때 뵈었던 선배 기사님들 생각 안 나? 늙어 가지고 배불뚝이에 걸음도 간신히 걷던데."

몸이 닿은 채 쿡쿡 웃는 에피 때문에 의도치 않게 엘도 웃음이 나왔다.

"데레는 데레대로 사정이 있는 거야. 일부러 널 골탕 먹이려고 그런 건 아니라고 생각해. 자세한 건 몰라도……" 그렇게 입을 뗀 에피는 몇 번을 망설이다가 결국 비밀을 말했다. "있지, 우연히 알게 돼서 나도 고민했는데, 본인한텐 알은척

하지 마. 데레는, 실은 빈크라고가 아니야."

"뭐?"

"빈크라고 가문과 가까운 사람에게 들었어. 데레라는 공자는 없다. 물론 데레가 멋대로 가문명을 사칭한 건 아닐 테니 빈크라고가(家)에서 한 짓이지. 우선 특별반에 보내 놓고, 친우로 뽑힐 경우 입적하겠다는 걸 거야. 출생 서열이나 입적 시기는 적당히 위조하고 있을 수도 있는 일이잖니."

그러면 데레는 평민인 걸까? 아니면 지방 소귀족이나 토호의 자식인데 검술이 뛰어나 빈크라고가에서 눈여겨봤는지도 모른다.

이 일은 명백한 규칙 위반이었다. 친우는 엄연히 109가의 자손 중에서 뽑게 되어 있었고 양자를 들인다든가 하는 꼼수는 인정받지 못했다. 만약 이 사실이 밝혀진다면 데레는 자동으로 후보 탈락이다.

친우만이 기사가 될 방법이라고 목을 맨 자신보다도, 알고 보니 데레가 더 벼랑 끝에 서 있었던 거구나 엘은 생각했다. 태연한 척하지만 실은 데레에게도 특별반은 어떤 유일한 기회였겠지. 빈크라고가에서 건 조건이 어떤 것이었을지 엘로서는 상상만 해 볼 따름이었다. 그걸 위해 데레가 무릅쓴 게 무엇일지도.

이것만큼은 트로반에게 상의할 수 없었다. 그럴 필요도

없다. 선발이 되든 되지 못하든, 추후의 일은 빈크라고가와 데레 본인이 감당해야 할 터. 엘이 할 수 있는 일은 가만히 상관하지 않아 주는 것뿐이었다. 데레가 우월한 처지에서 자길 비웃는 것 같은 환상에서 겨우 깨어나 엘은 비로소 다가올 전투를, 최종 시험을 마주했다.

*

일주일 전까지만 해도 덥던 날씨가 갑자기 산뜻해지면서 특별반 일정도 마무리를 앞두었다. 시험이 끝나면 이틀 후 성적 표창과 함께 졸업하게 된다. 친우 부분은 공식적인 것이 아니라, 추후 연락이 있을 것이라고 했다.

최종 시험은 장장 일주일간 치러졌다. 학과 시험에도 황실의 높은 분들이 참관하러 와 보를 씌운 긴 탁자에 앉아 시험 진행을 지켜보셨다. 태도 점수가 있다는 풍문에 학생들은 허리를 꼿꼿이 세우고 문제를 푸는 동안에도 귀족다운 품위를 보여야 했다.

실기 시험은 더욱 성대하게 준비되어, 일부는 시험이라기보다 공연같이 되었다. 열한 살짜리 예비 생도 아이들을 다섯 명씩 거느리고 전쟁놀이로 하는 전술실기 시험 제1부가 특히 그랬다. 색색으로 물들인 갈대 화살과 조약돌이 들어간 털실 폼폼 탄약이 무기로 주어지고 많은 수의 구경꾼에 음악과 다과까지 곁들여진 이 공연이 4일간 산만하게 진행되는 가운데, 한편으론 천장 높은 회의실에서 전술 탁자를 앞에 두고 좀더 자격이 있는 참관인들을 모신 제2부 구두시험도 병행되었다. 엘은 스터디그룹을 계속한 보람이 있어 전술 탁자에서 제대로 실력 발휘를 해냈고, 정원의 모의전에서도 기대만큼의 결과를 수확했다.

셋째 날, 마상무기술과 검술 대진표가 나오면서 비로소 최종 불참자가 확인되었다. 황제가 친람하시는 가운데 일대일로 지는 모습을 보이고 싶지 않아서인지 앞 시험을 봐 놓고도 이름을 뺀 학생들이 꽤 있었다. 하지만 10위 안쪽에서는 안 그랬다. 최상위권에서 빠진 건 트로반뿐. 데레도 두 과목 모두에 멀쩡히 이름을 올렸다.

엘의 마음속, 중앙의 통제가 닿지 않는 변두리 어두운 한 구석에서 이름 모를 악당들, 불량배들이 참언을 지껄이고 음모를 획책했다.

'진짜 빈크라고도 아니면서.'

'어떻게 해서라도 기사가 되고 싶었던 것이라면, 평민에게도 열려 있는 좁은 관문을 통과해서 제국기사학교 정규반에 들어갔어야지. 왜 특별반엘 와? 사기를 치면서까지?'

'아무리 높은 등수를 차지한대도 사실이 밝혀진다면 데

레는 친우 선발에서는 제외될 거야. 아니, 사전에 밝혀진다면 아예 시합에 나서지 못하겠지.'

'그런다고 소동이 벌어지진 않을 거야. 데레가 벌을 받을 것도 아니고, 이름을 빌려준 빈크라고가의 체면을 보아 스스로 불참한 걸로 무마될걸. 애초에 그 정도 위험부담은 감수하지 않았겠어?'

엘 마음속의 비겁자들은 심지어 데레를 엘이 직접 고발하는 부담조차 지지 않아도 된다고 나불거렸다. 익명의 투서. 아니면 에피에게 맡길 수도 있다. 고발이 아니라, 엘을 비롯한 유자격자들의 자리를 괜히 빼앗지 말라고, 끝까지 가서 문제를 만들지 말고 스스로 물러나라고 설득해 볼 수도…….

엘은 그놈들을 한 놈 한 놈 마음속에서 모조리 잡아 죽였다. 그 목소리들은 죽여도 죽여도 버섯처럼 뽁뽁 고개를 내밀곤 항변해 댔다. 말싸움을 해 이길 자신은 없었기 때문에 엘은 귀를 틀어막았다.

마상무기술에서 엘은 데레와 마주치지 못한 채 10위로 시험을 마무리했다. 그리고 검술에서도, 마상무기술 상위권자들의 대결을 마지막 날 황제께서 친람하실 수 있도록 대진이 변경된 덕에 엘은 데레뿐 아니라 데인 테미도나 몰 그레코와도 만나지 않은 채로 4강에 올랐다.

4강이라니. 트로반이 빠진 걸 감안해도 커다란 행운이었다. 이미 이전의 어떤 시험보다도 높은 등수를 확보했다. 과목 점수를 합산하면 실기만도 7등 정도는 될 것이고, 학과 시험 결과가 예상에서 크게 빗나가지만 않는다면 평균해 5등이란 최초의 목표도 달성했을 가능성이 컸다. 가능권이다!

그건 즉, 만약 여기서 더 나아간다면 안정권이라는 뜻이었다. 단 한 번이라도 더 이긴다면.

노력과 요행과 시운이 한데 모여 엘의 욕망을 여기까지 떠받치고 올라왔다. 그 세 가지 외에 더 필요한 게 있다면 엘은 요정의 꽁지깃이라도 뽑을 마음이었고, 그 집념에 변동은 없었다.

4강 첫 경기에서 엘은 몰 그레코에게 졌다. 3, 4위전이 남았다. 테미도 형제의 맏형이 데레를 이겼을 때, 마치 모든 게 다 정해져 있었던 것 같은 느낌이 들었다. 그러나 묘하게도 더 이상 동요는 없었다. 아직까지 작게 찍찍거리는 목소리들을 마저 눌러 죽이면서 엘은 마음속 집념이 뭔가 의지 같은 것으로 승화된 걸 느꼈다. 경기장에 나설 때 엘의 정신은 칼날처럼 고요하고 단단했다.

귀빈석에 앉아 있는 분들 중에 알 수 있는 건 황제 폐하뿐이었다. 옆에 있는 사람들도 황가의 중요한 분들이겠지만 엘은 몰랐다. 마지막 순간이기 때문인지 오히려 엘은 이 대결에 무엇이 걸려 있는지를 잊었다. 칼이 마주쳤고, 미리 길이 정해져 있기라도 했던 것처럼 유려한 궤적을 그리며 비켜 흘렀다. 전진, 후퇴, 한 박자 넘기고, 방어. 반격 시도, 방어, 우회 공격.

데레와 시선이 마주친 곳에서 칼날이 서로 만난 듯이 반짝, 불티가 튀었다. 데레도 이 대결에 즐거움을, 투지를 느끼고 있었다. 별안간 엘의 가슴은 기쁨에 찼다. 데레의 시선, 그것이 누구의 어떤 말보다 더 큰 칭찬으로 다가왔다.

고맙다는 말을 대신해, 엘은 완벽한 타이밍의 찌르기를 선사했다. 솔직히 한 수 위인 상대에게 바치는 최선의 경의이자, 그의 여유를 잠시나마 흔들 만한 날카로운 공격이었다. 엘의 검 끝이 데레의 방호복 올을 조금 뜯었다. 그런데,

"인정합니다."

약간 볼썽사납게 옆으로 비켰던 데레가, 칼을 세우며 그대로 물러났다.

"승리, 비크로니아 엘 베임!"

엘은 믿어지지 않았다. 밀린 것이지, 패한 건 아니었다. 왜 자진해서 패배 선언을?

다른 사람들은 별생각이 없어 보였다. 패배를 인정하는 게 좀 빠르긴 했어도 그럴 만하다고 보는 분위기였다. 하지만 직접 검을 나누던 엘로서는 느닷없이 얼굴에 물을 뒤집어쓴 듯했다.

호명에 따라 황제 앞으로 나가 승자에게 주어지는 리본을 받으면서도 엘은 미소를 지을 수 없었다. 새로운 여기사 후보를 기특하게 눈여겨보는 선배 기사들의 시선도 거의 의식 못 했다. 한 무릎을 꿇고 감사를 표하는 요식행위를 마치자마자, 결승을 지켜볼 생각도 없이, 엘은 바로 회랑으로 뛰어들었다.

*

정말 태연한 애였다. 이 상황에도 뱃심 좋게 엘이 올 게 뻔한 대기실 뒤 중정을 어슬렁거리고 있다가 마주치자 얼굴 가득 웃음을 지었다. "여, 승자!"

"왜 그랬어?"

차가운 태도에 데레는 눈을 끔벅였다.

"에피가 무슨 얘기 했어? 내가 안다는 거 알았지?"

"알다니, 뭘?"

"너 평민인 거." 폭탄 같은 한마디가 그대로 떨어졌다. "넌 빈크라고가 사람이 아냐. 어떻게 109가의 가문명을 달고 특별반에 들어왔는지 몰라도 그만큼 절실해서였겠지. 끝까지 버틴 건 친우 선발을 받아 내려고 그런 거 아냐? '적어도 실력으론 내가 적격자다.'라는 걸 입증하려고 한 거잖아? 그런데 왜 물러나?"

놀란 얼굴로 멈춰 버린 데레 앞에서 엘은 맨 밑바닥 말까지를 기어코 털어냈다.

"내가 일러바칠까 봐, 네가 나를 이기는 날에는 폭로하고 나설까 봐 져 준 거지?"

데레의 표정이 새롭게 굳었다. "그런 생각은 하지 않았어." 서로를 탐색하는 엘과 데레의 시선이 팽팽하게 맞섰다. 조금 전 검을 맞댔을 때만큼이나 치열했다.

"그럼 왜인데?"

데레는 어깨를 으쓱했다.

"그냥…… 네가 누구보다 집념을 가지고 기사가 되려고 하니까, 기사 친우는 너 같은 애가 되면 좋겠다 싶어서."

"너는 안 돼도 되고?"

"나는 안 돼도 돼." 데레가 별안간 표정을 풀고 평소같이 싱글거렸다. "기사 정도는 꼭 너를 누르지 않아도 될 수 있어. 그렇잖아? 괜찮은 성적으로 특별반을 수료하면 정규 과정으로 편입할 수도 있고. 친우가 되는 것만이 길은 아니지."

그건 그랬다. 학비야 좀 들겠지만, 데레가 평민이라고 해서 그게 곧 가난하다는 뜻은 아니다. 누구나 다 같은 처지는 아니니까. 하지만 그러면 빈크라고가는?

혼란에 빠진 엘의 귓전에 시험장 방향에서 환성, 음악, 소란이 날아와 시험 종료를 알렸다. 우승자가 탄생했구나. 생각해 보면 3위냐 4위냐 하는 건 다른 사람들에겐 그렇게 큰 문제일 것도 없다. 1점이 아쉬운 엘에게나 중하지, 남들 시선은 어차피 1등에게 쏠릴 거였다. 심지어 데레조차도 엘이 혼자 상상했던 것과는 달리 별것 아닌 양보를 했다는 식이니. 이런 상황에 혼자만 수긍 못 하겠다고 나서는 것도 유난한 짓이겠지.

하지만.

형체 없는 적에 맞서 얼굴이 새빨개진 엘을 데레는 신기한 듯이 들여다보았다.

"나도 하나 묻자. 넌 기회를 원했고 지금 거의 얻었는데 뭐가 불만이야? 친우로 뽑히는 게 목표 아니었어?"

"아니야, 나는, 기사가."

목이 꽉 막혀 와 엘은 말을 할 수 없었다. 막힌 것을 꿀꺽 삼킨 뒤 겨우 목을 가다듬었다.

"배려해 줘서 고마워. 하지만 기사는 그래선 안 돼. 나랑 같이 등수 정정하러 가."

데레는 쿵 하고 콧바람을 불어 냈다.

"이제 와서? 그리고, 최종 시험의 중대성을 좀 과소평가하고 있는 것 같네. 학교에 말하는 걸로 끝이 아니야. 황제 폐하한테서 리본을 받았잖아? 1, 2, 3등을 바꾸려면 폐하께도 아뢰어야 해."

"그럼 폐하를 뵈어야겠네."

"진심이야?"

깜짝 놀란 데레 앞에서 엘은 고개를 끄덕였다. 다시 둘의 시선이 대결을 벌였고, 이번에 데레가 물러난 건 양보가 아니었다. 패자는 몸을 돌리며 투덜거렸다.

"못 말리겠네. 진짜로 가?"

"가."

"넌, 기사 될 기회를 걸 정도로 기사가 되고 싶은 건 왜야? 요람에 있을 때 기사의 요정이라도 만났어?"

"맞아."

화들짝 돌아본 데레가 반신반의하는 표정인 게 우스워 엘은 더 활짝 웃었다.

"요람에 있을 때는 아니고 다섯 살인가 여섯 살 때, 어느 날 오후에 나무에서 내려와 빛나는 가루를 묻혀 주고 갔어. '제국의 믿음직한 검이 되거라.' 하고 말해 줬어."

엘을 응시하며 데레는 웃지 않았다. 오히려 조금 더 믿는 쪽으로 기운 듯 눈빛에 살짝 경외마저 어렸다.

겉으로는 아무렇지 않은 척했지만, 이 얘기가 비웃음을 사긴커녕 거의 사실로 받아들여진 데에 엘 자신도 꽤나 놀랐다. 꿈이 아니면 혼자 공상해 낸 기억일 거라 생각해 남에게는 한 번도 한 적이 없는 이야기였다.

*

데레가 성큼성큼 앞장선 바람에 엘은 어디로 가는지도 모른 채 따라갔다. 옆 건물의 중정을 거쳐 반 층 위 복도로 올라선 데레는 이리저리 길을 꺾어 평소에 출입할 일 없던 구역으로 접어들었다. 방 하나와 문 두 개를 통과하자 품격 있게 꾸며진 전실이 나왔다. 건너편으로 긴 창들이 여럿 있어 한결 밝은 큰 방이 보였고, 반대쪽 회랑에서 열두어 명 되는 어른들 일행이 지금 막 그 방으로 들어서는 참이었다. 그쪽까지 또렷이 들릴 만한 큰 소리로 데레가 불렀다.

"폐하, 레더레릭입니다. 잠시 드릴 말씀이 있어 왔습니다." 상대편 일행 모두가 이쪽을 보았다. 엘은 눈을 깜박였다. 그중 한 분은 분명히 아까 뵌 황제 폐하셨다.

"무슨 일이지?"

"여기 미드라코 공녀가 저와 나눈 승부에 이견이 있다고 합니다. 공녀의 의견에 따르면 제가 일부러 양보했기 때문에 자신이 거둔 승리가 정당하지 못하다는 겁니다."

어른들의 낮은 웃음이 귀를 달구었다. 큰 방 전체가 엘의 눈앞에서 기우뚱 기우는 것 같았다. 이게 무슨 얘기지? 데레가? 황제와? 무슨? 황망 중에 엘의 시선은 황제 일행을 수행한 젊은 기사 한 명에게 붙들렸다. 트로반! 트로반은 왜 여기에?

살짝 고개를 숙이며 물러서는 그에게 정신이 팔려 있다 보니 황제는 엘을 주목하고 계셨고, 옆에서 특별반 교수님이 무슨 말인가를 황제께 귀띔해 드렸다. 엘은 뒤늦게 고개 숙여 절했다.

"오, 미드라코 공녀. 검술뿐 아니라 전체적으로 우수한 성적을 거두었더군. 많은 노력을 했겠어, 치하하네."

"감사합니다……"

"저 녀석이 하는 말이 무슨 소리지? 둘이 다투었나? 아니면 성적을 내리고 싶은 까닭이 있나?"

"그런 건 아니에요. 성적은 정말 올리고 싶습니다. 저는 꼭…… 정말 꼭 선발되고 싶으니까요." 너무 정신이 없어 엘은 무슨 말을 하는지도 몰랐다. "하지만, 제 것이 아닌 승리를 차지하고 싶진 않습니다. 그, 제가 반칙을 한 것은 아니지만, 데레가, 빈크라고 공자가." 결국 말이 꼬여 엘은 새로 심호흡을 했다. "……어쨌든, 정당하지 못한 이득을 말없이 얻고 싶진 않습니다."

다시 한번 잔잔한 웃음소리가 일었고, 엘은 열 살짜리 어린애가 된 기분이었다.

황제는 엘을 향해 고개를 끄덕였다.

"젊은 나이에 시비를 고집하는 패기는 좋은 것일세." 그러곤 흘긋 데레를 스쳐 보았다. "하지만 승패는 다시 따질 수 없는 법. 양보든 주저든 패배는 패배야. 이번 기사학교 특별반 지상검술의 3위자는 미드라코 공녀가 맞네."

어떻게 물러 나왔는지 몰랐다. 분명히 절을 했겠지만, 설마 박차고 뛰어나오지는 않았겠지만 그 부분 기억이 하얬다. 충분한 것 이상으로 한참을 도망쳐 나온 뒤에야 엘은 무릎을 잡고 한동안 숨을 몰아쉬었다.

"미안. 너무 갑작스러웠지?"

쫓아온 데레도 숨이 가빴다.

"너, 황자였어?"

"평생의 인맥을 알아볼 기회인데, 잠행의 유혹을 떨치긴 어렵잖아."

평소처럼 유하게 어깨를 으쓱하는 데레였지만, 조금은 눈치 보는 티가 났다.

"그럼, 네가 황태자가 되는 거야?"

데레가 차기 황제. 그렇다면 데레야말로 엘이 친우로서 보위하고 함께 성장해야 할 사람이자, 장차 기사로서 평생 섬기게 될 주군이었다. 눈앞에 폭죽이 연속으로 터지는 것처럼 계속해서 아찔하기만 할 뿐 좋은 건지 싫은 건지도 분간

되지 않았다.

정작 데레는 아무렇지 않아 보였다. "황태자가 될지 어떨지는 아직 몰라. 아르티 누님도 있고, 지토 형님도 있는데. 그건 마지막 순간까지 알 수 없는 일이야. 하지만……" 말하면서 데레는 엘과 시선을 맞췄다. "기사학교에서 누가 친우가 될지는 대충 알 것 같은데?"

잠행 나왔던 황자의 의견이 묵살될 가능성은, 없지. 사실상의 친우 확정. 충격파 속에 비로소 기쁨이 조그맣게 실감으로 싹텄다.

그걸 포착해 낸 데레는 자기가 더 크게 벙글거렸다.

"만약 황태자가 안 되면……?"

"너와 같아. 기사가 되어서 제국에 봉사해야지, 황제의 신하로서. 그때는 동료가 될 테니까, 어느 쪽이든 우린 앞으로도 자주 보게 될 거야."

마음 놓고 신이 난 데레 뒤로 엘은 저만치 뜰 입구에 얼굴 하나를 알아챘다. 지켜 주는 요정이기라도 한 것처럼 비상사태를 감지한 에피가 엘을 찾아낸 거였다. 시선이 마주치자 에피는 걱정스러운 표정으로 눈짓을 보냈다. '나 그쪽 가도 돼?' 정작 엘의 판단은 헷갈렸지만, 푸드덕거린 손동작을 적절히 해석할 만한 분별이 에피에게는 있었다. 에피의 존재를 알아채지 못한 채 데레가 말했다.

"내 정체는 조금 더 숨겨 줬으면 좋겠어. 가능하면 책봉식 때까지. 괜찮지?"

"에피한테도?"

"에피한테는 내가 따로 말할게. 실은 그게…… 너, 비밀 지킬 수 있어?"

엘이 고개를 끄덕이자, 데레는 몸을 앞으로 살짝 기울여 귓전에 입을 가까이 했다.

"잠행을 나온 게 나 혼자가 아니거든. 지토 형님은 문관학교에, 아르티 누님은 마법사 학교에 가 있어."

엘은 눈이 휘둥그레졌다.

"아니, 너는 그렇다 쳐도 지토 황자는 얼굴도 잘 알려져 있잖아?"

"당연히 그 얼굴 그대로 간 건 아니지. 아, 그리고 지토 형님은 학생으로 가장한 거 아니야. 학교 급사 노릇을 했어. 재미있지? 아르티 누님은 프릴투성이 드레스를 입고 성격 나쁜 세도가 딸 연기를 제대로 했나 봐. 신분 만들어 준 친구들도 같이 들어가 있었는데 온갖 무용담에 침이 마르더라고."

수십 년에 한 번뿐인 제국 4대 학교의 특별반들이, 다수의 위장 신분이 판치는 가짜 소굴이었다니. 엘은 속으로 통절히 반성했다. 아무리 나이가 어리다지만 나는 병법학도로

서 너무 순진했어. 이래서야 앞으로 어떻게 큰 기사가 된담?

"······역시 정규반을 다녔어야 했어. 친우 되면 공부 진짜 열심히 할 거야."

"미래의 주군으로서는 고맙고, 미래의 동료로서는 위협적이군."

반은 웃고 반은 찡그리면서 데레는 손을 내밀어 악수를 청했다. 엘이 그 손을 잡자 진지하게 두 번 흔든 다음, 손을 놓기 전에 엘 뒤편을 눈짓했다. 그 눈빛에 장난기가 비쳤다.

"그럼 책봉식 때 봐. 그리고, 짐작하겠지만, 트로반은 날 수행하느라 특별반에 들어왔던 거야. 아마 너를 기다리고 있을 것 같네. 그쪽도 해야 할 변명이 있을 테니까 말이지."

즉각 뒤를 돌아보자, 저만치 말소리가 안 들릴 만한 거리에 청년도 충분히 몸을 숨길 만한 조각 기둥이 있었다.

갑자기 쿵쾅대기 시작한 심장을 어쩌지 못한 채, 엘은 갈팡질팡했다. 에피의 시선에 잡힌 채로, 돌아선 데레와 뒤편 기둥을 번갈아 가리켰다. 이거. 황자. 나, 친우, 된 것 같아. 근데 잠깐, 기다려 줄 수 있니? 금방 갈게. 저기. 금방 다 얘기해 줄게. 에피의 얼굴에 서서히 떠오른 미소와 짓궂은 눈빛이 허락을 내려 주었다. 엘은 나비처럼 날아갔다.

진화 혁명:

디벤둑 상급지식체화소의 강의 소묘

"이 학생인가? 이번의 편입생이……"

"네, 카인 심트시바셀르크레바이마믄입니다."

카인은 교수의 눈을 바라보며 인사했다. 그는 약간 당황스러웠다. 교수는 비록 후줄근한 겉모습이지만 생각보다 훨씬 젊었다. 구인류에 대해 관심이 쏠리고 있는 요즈음 그 위험한 주제에 대해 명강의를 펼친다는 명안 교수는 필경 4세대 정도의 나이 든 사람일 거라고 추측하고 있었기 때문이었다.

"잘 왔네, 카인. 이전에 구인류 강의를 들은 일이 있나?"

"아니요."

"이 강의를 중간에 따라가려면 힘들 텐데. 편입생이라면 왜 초기 신인류사 쪽으로 가지 않았나? 그쪽이라면 자료를 등록시키기도 쉽고 학교 당국과도 별문제 없을 텐데. 구인류에 대해서 개인적으로 자료를 갖고 있나?"

"없습니다, 기관에서 배운 것 말고는요. 하지만 알고 싶습니다. 초기 신인류사는 언제 어디서든 배울 수 있는 거니까요. 전 지금이 아니면 배울 수 없는 것을 배우고 싶습니다."

명안 교수는 유쾌한 듯이 보였다. 그는 자료전송기를 쥔 손으로 카인의 어깨를 툭 건드렸다. 구인류식 몸짓일까? 낯설었지만 그가 호의를 표시한다는 것은 이해할 수 있었다. 사실 명안 교수의 생김새는 아주 흔히 볼 수 있는 인종은 아니다. 얼굴색은 검었고 광택이 없었다. 시커먼 구멍같이도 보이는 인상이었다. 물론 그의 생각과 행동의 특이함에 비한다면 용모의 차이쯤은 아무것도 아니다.

"배우려는 의지는 지능 진화의 원동력이지. 자네가 강의를 따라갈 수 있도록 같이 노력해 보세."

"카인은 구인류의 책들을 꽤 많이 읽었어요." 앞줄에 앉은 녹색 눈이 동그란 말김이 두둔했다. 카인은 머뭇거리다 말했다.

"하지만 그것들은 다 20세기의 책들이에요. 진화혁명 당시에 대한 것은 전혀 없습니다. 여기저기서 30권 정도 모았지요. 위험하다는 것은 알고 있습니다만……. 만약 선생님이 원하시면 지금 복사해 드려도 좋습니다."

명안은 미소를 지었다.

"고맙지만 내겐 압축복사장치가 없네."

카인은 약간 충격을 받았다.

"그럼 전적으로 주(主) 기억에 의존하고 계십니까?"

"내장형 기억장치는 내게는 그리 필요치 않거든. 모든 것을 다 활용할 수 있다는 게 그리 큰 도움을 주진 못하지. 체화되지 않은 자료는 책장에다 꽂아 놓으면 되는 거고……. 하지만 언제 그 자료들을 검토해 본다면 좋겠군. 보여 주겠나?" 카인은 물론 그렇게 할 생각이었다. 명안은 화제를 돌렸다. "진화혁명 당시의 1차 기록을 접한 일이 없다면, 강의 전에 먼저 진화혁명 중기 30년간에 대한 자료를 보면 어떨까?"

카인은 눈을 번쩍였다. 이것이야말로 다른 데서 접할 수 있는 자료가 아니었다.

"네, 부디……"

강의 3분 전이고 학생들은 거의 다 모여 있었다. 명안은 일동을 돌아보았다.

"여러분, 여기 편입한 카인 심트시바셀르크레바이마믄이 우리 강의에 오늘부터 합류합니다. 강의를 시작하기 전에 잠시 시간을 들여 그와 함께 진화혁명 중기의 1차 자료들을 봅시다. 카인에게뿐 아니라 우리 모두가 오늘 토론할 예정인 진화혁명을 좀더 이해하는 데 도움이 될 거라고 생각하는데……?"

지금 강의실에 들어와 있는 학생들은 명안 교수의 팬이나 다름없었으므로 동의를 구하는 것은 쉬웠다. 교수는 압축된 자료를 그들의 전송기로 간단히 건네주는 대신 지금 그것을 검토하도록 화면에 띄웠다. 그리고 숫자와 통계자료 들은 해당 영상자료가 나올 때마다 전송해 주었으므로 아무도 한눈을 팔 수가 없었다. 명안 교수는 학생들을 공부하게 만드는 데는 구두쇠처럼 꼼꼼했다.

하지만 오늘의 자료는 카인에게만이 아니라 다른 학생들 대부분에게도 관심을 끄는 내용이었다. 카인은 처음부터 굳어져 버린 듯이 모든 신경을 연달아 떠오르는 귀중하기 이를 데 없는 자료들에 쏟아붓고 있었다. 이제까지 구인류에 대한 기록들은 극히 빈약하고 그나마 초기 신인류를 미화시키느라고 왜곡된 것들밖에는 볼 수가 없었다. 그러나 명안은 그 방면의 전문가답게 휴대용 자료박스에서 환상적이라고 할 정도로 생생한 진화혁명 당시의 자료들을 틀어 주고 있었다. 카인은 특히 구인류와 신인류 사이에 처음 전쟁의 불똥이 튄 네케시스섬의 반란과 쑹취엔 12일 사태를 구인류 입장에서 기록한 자료들과 긴 전쟁을 신인류의 승리로 결말지은 교대전쟁에 그의 관심을 집중시켰다. 그는 눈에서 금속성의 광채가 날 정도로 비상한 열의를 보이며 검토를 계속했다.

이 같은 자료를 처음 보는 학생들은 적지 않은 혼란을 일으킨다. 명안은 묘한 미소를 띠고 열중해 있는 카인의 눈을 보았다. 그 자신도 처음에는 몹시 분개했었다. 구인류를 학살하는 초기 신인류들, 구인류들의 상상 이상의 저항, 그리고 그에 비해서는 너무도 허무한 최후의 멸절과정, 나약하게 사육되다가 소멸해 가는 구인류들, 그리고 그들과 모습만 다르지 광기에 찬 태도는 오히려 더한 초기 신인류들. 어쩌면 멸망 즈음의 구인류는 초기 신인류보다 더 친근하게 느껴지며 전신인류(preneohomo)는 사람 같지도 않았다. 초기 신인류에 대해서는 구인류가 그들의 조상이 원숭이와 비슷한 무엇이었음을 알았을 때 느꼈을 당혹과 불쾌감을 느끼게 된다. 비록 신인류로서 현대인들은 감정이 이성 아래 옳게 통제되지만, 그 본질적인 당혹감만은 같을 거라고 명안은 생각했다. 그가 올린 화면에서는 구인류의 한 사람이 공포와 적대감에 억눌린 목소리로 태아와 영아, 어린아이 들의 시체가 가득찬 배양 보육원의 폐허를 배경으로 하고 서서 초기 신인류들의 만행을 규탄하고 있었다. 장면은 불완전하게 끊기고 거대한 돔형 건물에 가득 찬 구인류를 하나하나 죽이고 있는 몇 명의 초기 신인간들을 비추었다. 피가 질척하게 바닥을 뒤덮고 있다. 그 살인자들은 무릎까지 묵같이 반(半)응고된 피를 가르며 생존자를 찾아 하나하나 죽인다. 구인류의 사람들은 훨씬 수가 많지만, 얼어붙은 듯 한 구석에 모여 있다 — 구석이래야 너무 수가 많으므로 사실은 그냥 몰려 서 있을 뿐이다. 그들의 얼굴은 무지스러운 공포로 완전히 굳어져 있으며 지능은 제로로 보인다. 그들이, 그 불쌍한 짐승들이 덤비면 신인간 한 사람쯤을 대적할 수 없을까? 이상하게도 그들은 서 있을 뿐이고…… 신인간의 손에 죽임을 당하기를 기다리고 있는 듯하다. 실제 살인이 일어나는 지점에서만 작은 소란이 일어날 뿐이었다.

명안은 학살의 화면에 중점을 두고 자료를 보여 주고 있는 것은 아니었다. 하지만 신인류와 구인류의 교체에 대해 정확하게 이해하고 있지 못하던 학생들에게는 이 장면이 가장 새롭고 인상 깊었으리라는 것을 그는 알고 있었다. 다음에 뒤따르는 것은 최후의 구인류 집단의 보호지역 내 생활이었다. 그들은 생식능력을 잃은 뒤였으므로 30여 년 만에 구인류는 완전히 멸종되었다. 단, 몇 가지 방식으로 신인류와의 혼성을 취한 구인류의 흔적은 2세대까지도 남아 있었다. 그들이 집단번식을 제도화하기까지는 구인류의 잔재가 깨끗이 도태되지 않았던 것이다.

끝났다. 명안은 자료전송기를 닫으면서 학생들을 둘러보았다. 강의 시간은 4분 지나 있다. 이제야 들어오는 학생들도 있었다. 카인은 명안과 눈이 마주치자 뚫어지게 쳐다보았다. 그의 회색 눈에는 방금의 자료에서 받은 충격이 아직 소용돌이치고 있었다. 명안은 이 새 학생의 열의에 새삼스러운 긴장감을 느꼈다. 학생들이 조용해졌다.

"여러분은 지난 시간까지 초기 신인류의 탄생과 발달을 공부했지요."

명안이 입을 열었다. 그는 자료들에 대해서는 따로 언급하지 않을 생각이었다. 과연 카인은 자료에 관한 말을 기다리고 있었다.

"오늘은 예고한 대로 진화혁명을 검토합시다. 진화혁명은 신인류가 구인류의 뒤를 이어 지구의 주도권을 계승한 사건 전체를 가리키는 말입니다. 진화혁명이라는 단어는 구인류와 신인류 사이의 연계성을 지지하는 입장에서 쓰이지요. 같은 사건을 가리키는 다른 표현 중에…… 여러분 가운데 혹시 교체라는 말을 들어 본 적이 있는 사람?"

몇몇이 손을 들었다. 명안은 고개를 끄덕거리며 손을 내리게 했다.

"그 말은 신구인류 교체, 2차 창조, 재창조, 2차 발현 등등과 같은 맥락이지요. 즉 구인류에서 신인류 사이의 이행을 단지 진화라는 개념으로 볼 수 없다는 자세입니다." 교수는 학생들을 응시하며 잠시 말을 끊었다. 대부분의 학생들은 집중하고 있었다.

"2차 창조라는 말은 한때 그 구별성을 나타내기 위해서 널리 쓰였습니다마는, 3세대의 개발부…… 그때의 개발부는 지금의 진화부와 성격이 조금 다릅니다, 당시에는 외형 고정도 되지 않았고 방산성 다원화의 시대였지요…… 개발부는, '창조'라는 단어는 필연적으로 창조주체를 암시한다는 이유로 2차 창조라는 말을 삭제하였습니다."

학생들은 귀 기울여 듣고 있었다. 그들의 사고뇌는 연방 강의 전에 받은 자료를 뒤적이며 교수의 말을 보충하고 검토했다. 단지 소수의 학생만이 압축녹음장치를 켜 놓고 딴 생각에 빠져 있든가 멍하니 있었다.

"우리는 이 강의에서, 진화혁명이라는 말이 가장 적절한 표현이라는 전제하에 양 극단적인 표현들이 나타내는 의미를 되새겨 보고 비판하려 합니다. 첫째 우리는 구인류와 직접적이고 부정할 수 없는 연속선상에 있다는 생각, 이것은 '진화'의 개념을 긍정하고 '창조'를 비판하는 쪽이지요. 그리고 '교체'와 '2차 발현'에서 나타내 주지 못하는 '혁명'의 본질도 알아보려고 합니다. 그럼, 진화혁명의 성격에 대해 우리가 파악하는 것이 옳을지 알아봅시다. 과연 구인류에서 신인류에의 이행을 진화라고 부를 수 있을까요? 그렇지 못하다는 입장에서는 어떤 근거를 댈 수 있습니까?"

한 학생이 손을 들었다.

"그들과 우리는 신체 구성물질이 크게 다르기 때문입니다."

"그리고?"

다른 학생이 말했다. 체구가 유난히 갸름한 멋진 몸을 가진 학생으로 명안 교수는 그의 이름을 알고 있었다. 수말 시퀜디틈무드리아즈이기메야즌. 가장 어린 학생이기도 하다.

"우리는 일반적인 생물과 생리구조가 다르며 생활 방식에서도 그들의 특징을 거의 갖고 있지 않습니다."

"좀더 구체적으로 어떤 면에서 그런지 말해 보세요."

"우리들 신인류는 육체적인 고통을 느끼지 않습니다. 그리고 지구생태계의 모든 동물이 하듯이 먹거나 배설하지 않습니다. 우리는 그들과 같은 방식으로 번식하지 않습니다. 집단번식은 우리가 설계하고 도입한 새로운 체계입니다. 또…… 우리는 구인류의 기형적 감정에 의한 정신병을 갖고 있지 않은데, 이것은 정신상에서 우리가 그들의 후손이라는 주장에 대한 중요한 반박이 됩니다."

카인은 무표정한 얼굴과 심각한 눈빛을 하고 침묵에 잠겨 있었다. 교수는 기형적 감정에 의한 정신병이라는 말에서 눈을 반짝였다.

"아주 좋아요. 자, 그러면 잠시 집단재생산과 정신병 문제를 짚고 넘어갑시다. 구인류에서 신인류로의 이행 당시에 전 신인류나 초기 신인류들은 완전한 재생산을 하지 못했습니다. 구인류들이 그들 개개체를 만들었죠. 그런데 그들이 배체, 즉 자료베이스를 만들어 놓고 그것을 이용해서 몇몇 전 신인류 종류들을 만들었다는 것은 집단재생산의 반쪽 모델을 제시해 준 셈입니다. 완전하게 제도화된 것은 아니지만 되먹임(feed back)도 물론 했습니다."

"신인류가 최초로 집단재생산을 시도한 것은 초기 신인류 단계에서입니다. 물론 2세대에서 그것이 확립되었지만, 시도했던 기록은 그 당시에 있습니다. 그렇다면, 집단재생산이라는 것이 습득지식의 누수를 방지하고 한 세대마다, 아니 한 개체마다 곧바로 되먹임의 적용이 가능한, 즉 빠른 발전과 적응방산을 요하는 우리 신인류에게 적합한 방식이라는 것을 알아챈 것이 초기 신인류 자신이라고 보기가 어려워집니다. 그 점에서 우리는 구인류의 '진화계획' 가능성까지를 생각해 볼 수 있을 것입니다. 이것은 그들과 우리의 연속성을 지지하는 증거입니다."

교수는 말을 끊고 학생들의 반응을 살폈다. 아까 발언한 수말은 할 말이 있는 것 같았지만 일단 교수가 계속하기를 바라며 머리를 풀가동시키고 있었다.

"집단재생산이란 것 자체보다도, 생존을 위한 생물로서의 기작을 의식적인 조정범위에 넣었다는 점이 갖는 중요성을 주목하세요. 그것이야말로 우리가 지구상에 진화해 온 동물들과 '혁명'적으로 달라진 것입니다. '우리의 의식과 우리의 유전자가 의식 우위로 통합을 이루었다'…… 이 말은 3세대의 위인 '철라'가 한 말입니다, 알고 있겠지만. 그런 관점에서 구인류의 정신질환을 생각해 봅시다. 구인류가 정신적으로 심각한 질환에 시달렸다는 것을 지적한 것은 신인류의 학자가 아니었습니다. 구인류의 사회학자들, 심리학자들, 인류학자들, 정신분석학을 공부한 인문과학자들이나 인문과학적 통찰을 했던 자연과학자들, 전기생리학자, 즉 두뇌를 연구하던 학자들과 지성체로서의 인간을 연구하던 학자들에게서 때때로 나오던 소리였어요. 그 치유책에 대해서 구인류가 발언한 것을 찾기는 힘듭니다. 하지만 유추해 볼 때, 그들이 전신인류를 설계하면서 맨 처음 기대한 것이 바로 그 점이었다는 것을 여러분은 인정할 수 있을 겁니다. 구인류에 대한 편견에 사로잡히지 마세요. 그들은 여러분이 뜬소문(틀렸거나 정확하지 않으므로 가치가 없는 정보, 정보의 버그에 해당

함.)을 통해 막연하게 그리고 있는 것처럼 멍청이들은 아니었습니다. 그들 중 어떤 개체는 단연 뛰어난 사고력과 판단력을 자랑합니다. 철학자들과 과학자들 중에서 등장하는 천재들을 알고 있겠지요. 하지만 그들의 탁월한 지성의 한계에 대해…… 내가 예로 들고 싶은 것은…… 별로 중요하지 않은 자료인데…… 누가 서기 1994년의 서울여대 철학 강사의 파일을 갖고 있는 사람? 목록 775902304번…… 아, 그래. 운이 좋군요. 그걸 화면에 올려 주세요."

가지고 있다고 신호한 학생은 그 몇 장 안 되는 파일의 목록을 교실 앞 위쪽의 화면에 올렸다. 그것은 그렇게 흔치는 않은 자료로 대학 강사의 종이끼우개 한 개였고 거기 시간표와 필기메모, 낙서, 학생의 시험지 몇 장이 끼워져 있는 것이었다. 교수는 학생의 시험지 중 한 장을 올리게 했다. 개발새발인 구인류의 글자가 화면을 가득 메웠다. 학생들 대부분은 한글변환 프로그램 같은 것은 갖고 있지 않았으므로 명안 교수는 구인류 글자들을 해독하여 화면과 학생들에게 동시에 전송하였다.

"이건 당시 한 대학생의 시험답안이에요. 내가 이걸 인용하는 건 여러분이 이 강좌에서 필수적인 중요한 자료들 말고도 구인류의 얼마 남지 않은 자료들을 좀더 적극적으로 찾아보기를 원하기 때문입니다. 이 답안을 한번 보면……
이 학생은 매우 낮은 점수를 받았고 그들의 기준으로도 하위의 학생이라는 것을 알겠지요? 이걸로 구인류를 평가하지 말길 바랍니다. 시험문제는 플라톤과 아리스토텔레스의 이성관을 비교하고 그 자신의 이성관을 쓰라는 것인데, 이 학생은 첫 두 줄 다음부터는 한 장 내내 계속 엉뚱한 얘기를 하고 있어요."

교수는 녹색 점으로 한 부분을 가리켰다. "자, 여기를 보면, 그녀는 사적인 얘기를 써 놓았습니다. 구인류의 유머를 이해하지 못하는 학생들도 있겠지만 이건 웃자고 하는 얘기에 지나지 않아요. 어쨌든 그녀는 '이성'이란 말을 철학과목에서 요구하는 것과는 조금 뉘앙스가 다른, 당시의 일상에서 쓰일 때의 뜻으로 알고 있는 것 같습니다. '예를 들자면, 오늘 아침부터 나는 극심한 생리통으로 이성의 지배를 기대할 수 없는 상태에 있다. 철학자들이 이성에 아무리 높은 가치를 부여한다고 해도 신체의 이상은 그를 넘어 버리고 만다는 것을 체험하고 있는 것이다. '잡가 중에 사람이 칠십을 산다 하여도 잠든 날과 병든 날과 근심 걱정 다 제하면 단 사십도 못 살으리' 하는 대목은 인간의 이성의 한계를 드러내 주고 있다고 할 것이다.' 이 학생에겐 21점도 너무 많다고 봐요. 이성에 대한 나름의 정의를 하는 게 아니고 이성을 평가하고 있지요."

교수는 미소를 띠고 학생들을 쳐다보았다.
"하지만 우리는 여기 주목해 봐야 합니다. 아까 학생이 지적한 대로 우리에겐 생리통과 같은 육체적 고통이 없지요. 그녀는 아마도 평소에는 조금 더 논리적이었을지도 모릅니다. 구인류의 신체적 고통이나 불편은 우리의 기능부진보다 훨씬 심했죠. 병고에 시달리거나, 크게 다치거나, 기아에 허덕이는 인간들에게서는 높은 수준의 사고활동을 전혀 기대할 수 없었습니다. 나는 분명히 첫 시간에 구인류의 철학사를 강의했고 여러분 모두가 자료들을 검토했을 거라 믿고 있어요. 철학자들은 철학이 인간의 이성을 기르고 이성이 인간을 지배하기를 바랐어요. 구인류의 불완전한 이성은 감정과 본능을 우위적으로 경영할 수 없었던 겁니다. 간혹 위대한 구인류 개체가 그것을 달성하고 그 결과가 훌륭하면 그는 수천 년 동안이나 이름을 남깁니다. 여러분은 대부분의 구인류 위인전에서 너무나 당연한 것, 즉 이성이, 정신이 나머지 것들을 지배했다는 점이 얼마나 존경받고 숭앙되었는지 확인할 수 있을 거라고 생각해요. 그들이 육체를 벗어난 순수이성을 염원했다는 증거는 얼마든지 남아 있습니다.

여러분은 775930511번과 775814153번, 그 밖에 비슷한 종류의 과학소설들을 검토해 본다면 더욱 잘 이해할 수 있을 거예요. '순수한 지성체만으로 된 인간'은 그들의 테마였습니다. 신인류에의 이행에서 그들이 소망한 것은 한 걸음 더 가까워졌다고 할 수 있지 않을지? 우리는 육체를 갖고 있지만 더 이상 굴레로서의 육체는 아니지요. 이 점을 생각해 보도록."

학생들은 눈을 빛내며 듣고 있었고 몇몇은 고개를 주억거렸다.

"구인류의 지적 한계를 극복하려는 열망은 보다 쉽게 이해되겠지요. 구인류의 연산능력과 기억에 따른 재현능력 등 기본적 지능은 그리 높은 편이 되지 못했습니다. 그들은 이미 세계를 만들고 있었는데도 지능의 발달은 과거 자연적으로 움직이던 세계가 요구하던 만큼밖에 발달되지 못했죠. 그것은 필연적으로 구인류의 사멸을 가져올 수 있는 문제였습니다. 그래서 구인류는 진화를 자연의 손에서 빼앗아 왔던 것입니다."

학생들은 습관적으로 교수의 말에 따라 그들의 자료들을 소환하며 그것을 체화시켰다. 녹음기를 켜 놓고 있던 땡땡이족들도 주춤주춤 강의에 사고뇌를 가동시키기 시작하는 축이 생겼다. 명안은 열변을 잠시 끊고 미소를 지었다.

"개체판단이 들어간 말을 해서 미안합니다. 나는 진화혁명의 개념을 인정하고 있다는 것을 드러내 버렸군요. 여러분은 지금 내가 요구한 것보다 더 많은 자료를 검토할 수 있을 거라고 믿습니다. 공부는 교수가 시키는 게 아니에요."

명안은 학생들 사이에서 인기가 좋은 편이었다. 학생들은 다양한 자료를 소환할 것을 강요하는 그의 수업방식에 부담을 느끼지만 대부분은 정말로 열중하곤 했다. 지금도 그들은 명안의 잠시의 사담에 마주 미소를 지었다. 알고 있습니다, 교수님.

"구인류의 신체능과 그에 관련된 지능에 대해서 무슨 자료를 이용할지까지 내가 지껄일 필요는 없겠지? 내가 전송한 강의 예습자료에는 스포츠에 대한 것이 많지는 않지만 들어 있어요. 육상이나 수영은 너무도 뻔히 구인류의 기능한계를 드러낼 것이고, 탁구 같은 구기종목을 보면 좀더 느껴지는 것이 많을 겁니다. 그들로선 그 정도의 인식-동작 프로그래밍도 어려운 과제에 속했으며 그것이 '재미를 느끼는' 즉 한계수행이었다는 점…… 소소한 예들을 들자니 시간만 길어지는군. 자, 여러분이 가지고 있는 자료들을 검토할 때에 상상력을 발휘해서 구인류가 신인류에게 주고자 한 것이 무엇인지를 곰곰이 느껴 보세요. 우리는 지금 그들이 우리의 조상인가, 아니면 창조자인가, 혹은 그 어느 쪽도 아닌가를 결정하려고 합니다. 그럼 그들은 우리를 계승자와 창조물 중 어느 쪽으로 생각했을까요?"

"그들은 우리를 창조물로 생각했겠지만, 결국 우리 손에 멸종되어 버리지 않았습니까?"

카인이었다. 학생들 중 몇몇은 초기 신인류의 만행을 '우리'의 짓으로 표현한 데 대해서 거부감을 갖고 있는 듯했다. 그러나 카인은 분명히 초기 신인류들을 그의 배체로 인정하고 있기 때문에 일부러 명확한 단어를 사용했던 것이다.

교수의 파란 눈은 그의 검은 구멍 같은 얼굴에서 빛이 났다. 무서울 정도로 잔잔한 푸른빛이었다. 그는 카인을 물끄러미 바라보았다. 지금 듣고 있는 학생들은 지금은 동의하겠지만, 뒤에는 반대의 의견과 자료의 홍수 속에서 명안과 그 강의를 부정해 버릴지도 모른다. 하지만 어쩌면 카인은 인류에 대한 그의 관점을 왜곡 없이 체화하고 사고할 수도 있을 거라고 그는 생각했다.

"그들이 우리에 의해 멸종된 것은 사실이지만, 어머니를 죽인 딸처럼 우리는 집을 물려받았어요. 그리고 우리 설계에는 구인류의 손자국이 남아 있고, 우리들 뇌는 그들을 모델로 해서 만들어졌고 나아가서 우린 그들을 계승했습니다. 그들은 창조주가 되지 못했어요. 우리가 피조물 이상인 것처럼 말이에요. 그들은 오히려 우리 배체입니다. 우리가 피와 살로 된 연약하고 아름다운 자연의 몸을 벗어던지고 규소합금의 '지구의 살'을 선택한 것은 우리가 태어나고 어머니와 자연을 이긴 것임과 동시에 어머니의 승리의 한 걸음입니다. 우리는 바로 인류인 것입니다. 우리는 그들, 전쟁을 통해 멸망한 모든 호모 사피엔스들의 지구상에 남긴 후손 로보토 사피엔스인 거예요."

"인류는 구인류에서 신인류로 진화하며 순수 지성체에 한 걸음 더 가까이 갔습니다. 우리가 육체와 그만큼 결별한 것이 우리의 지성체로서의 발전에 장기적으로 어떤 영향을 끼칠지는 아직 알 수 없지만 일단은 발전을 억제하는 장치를 벗어 버렸다고 평가할 수 있지요. 또한 우리는 진화를 우리 손안에 넣었습니다. 우리는 이제 우리 자신을 자연적인 선택에 맡기는 대신 우리 의식과 손을 사용해서 계획하고 제작하지요. 생물을 주관하는 자연법칙에서 벗어난 것이 어떤 결과를 가져올지 역시 아직은 판단하기에 충분치 않아요. 인류는 진화혁명을 통해 과거로 통하는 다리를 끊어 버렸고 이제 생물인류로는 되돌아갈 수 없습니다. 진화는 역행

할 수 없다는 것을 여러분은 알고 있지요."

"우리는 신인류, 새로운 지구인입니다. 길은 우리 앞쪽으로만 놓여 있습니다. 우리는 구인류들이 꿈만 꾸던 일들을 이제 실현해 나가고 있어요. 좀더 체계적이고 심도 깊은 사색, 논리적 사고, 광범위한 상상력, 그런 사고력과 신체를 바탕으로 사회가 정비된 2세대부터 우리는 이미 태양계의 행성들을 모두 방문했고, 지금은 거기서 얻은 지식을 모든 개체가 공유하고 있는 것을 상기하세요. 또 완전히 호환된 연구에 힘입은 천재조직을 통해 항성 간 비행을 시도했고, 이번에 실패하면 언젠가, 아마도 머지않은 장래에 우리는 성공할 거예요. 이것은 구인류가 해내기에는 훨씬 긴 시간과 제약을 뛰어넘었어야 할 업적들이에요. 이렇게 우리는 진화하고 있는 겁니다."

"원인(猿人)으로부터 인류가 일어섰을 때, 그것이 그렇게 눈부시게 진화하리라는 것을 무엇으로 알 수 있었겠습니까? 인류는 하나님이 일으켜 세우고 그 손으로 등을 민 것처럼 달려 나갔어요. 그것이 오르막길인지 벼랑길인지 우리는 끝까지 가서야 알게 될 겁니다. 아직 우리가 아는 생물계는 지구의 것뿐이지요. 거기서 인류는 단시간 내에 가장 눈

부신 성공을 거둔 종이었고, 신인류는 진화의 도구를 획득함으로써 드디어 우리 자신의 신이 된 셈이라고도 생각할 수 있습니다. 하지만 우리를 낳은 것은, 그리고 앞으로도 우리의 시도를 인정하거나 파멸시킬 존재는 이 큰 우주입니다. 우리는 아직도 지극히 작은 모래알에 지나지 않지요. 하지만 아주 반짝거리는…… 여러분은 생물의 몸을 입고 지성을 탄생시키고 발전시켜 온 구인류를 잊으면 안 됩니다. 그들이 우리에게 기대한 것을 잊지 마세요. 본의였든 아니든 그들은 우리로 진화했다는 것을……. 그리고 아직도 그들의 목적이, 살고 불어나 땅을 채우라, 신이 그들에게 내려 주었던 대명제가 우리에게 계승되어 있는 것입니다. 개체 수준의 생명이 큰 의미를 갖지 못하는 우리들에게까지 인류로서의 생존은 영원한 동기가 되고, 우리는 끝없이 나아가고 있는 겁니다. 과연, 그들로부터 우리까지 이어져 온 인류의 진화는 어떤 끝을 맞이할지? 지금 우리는 알 수 없지만 신과, 미래의 우리가 알게 될 테지요."

강의는 끝났다. 학생들은 일어나 제멋대로 교실을 떠났다. 명안은 오늘 사용한 자료파일들을 학교에 반납할 것과 폐기할 것으로 나누어 차락차락 정리했다. 그는 카인이 앞에 다가와 머뭇거리는 것을 눈치챘다. 반쯤은 예상한 일이었다.

"음?"

카인은 크릭 하는 가벼운 소리와 함께 턱을 가슴에 찍고, 그 소리를 헛기침 삼아 말을 시작했다.

"신을 믿으십니까, 명안 교수님?"

그것은 뜻밖의 질문이었다.

"제가 얻은 책 중 몇 권은 종교에 대한 책입니다. 그런데…… 교수님은 강의 중간에 신을 언급하셨지요."

"종교? 구인류의 정신병에 관심이 있나?" 교수는 빙그레 웃었다. 카인은 약간 어색한 듯 가벼운 소음을 냈지만 솔직하게 말했다.

"교수님의 진화혁명관…… 거기엔 종교적인 무언가가 결부되지 않았나요. 절대진리가 있다면, 전 알고 싶습니다. 우리들이 옳다고 생각하는 것 이상의 고차원에서 무엇이 이루어지고 있다면 당연히 궁금하지 않습니까?"

"종교란 절대진리에 관한 것이라고 착각되고들 있었지. 실제론 인생의 위안거리 역할이 절대적으로 컸네. 나는 종교엔 별 관심이 없네만."

"우리는 감정을 이성 아래 복속시키면서 무언가를 잃어버렸는지도 모른다는 생각을 했습니다. 처음에 보여 주신 자료화면에서 그런 생각이 떠올랐어요. 그들의 반응은 아주 비이성적이었죠. 무력하게 가만히 서 있는 옛사람들…… 그들은 한 목숨이 세상보다 귀하다는 허위를 보편적으로 유통시키고 있었는데요. 어쩌면 그건 종교라든가, 우리가 말살한 무언가를 통해서 다른 방식으로 깨달아지는 절대진리가 아니었을까요?"

"종교에 대한 자료가 없기 때문이 아니라 바로 자네가 말한 것 같은 이유로 나는 종교에는 별로 심층적인 이해를 할 수 없었지."

"신인류에겐 그들이 이야기하던 마음이 없다는 것을 인정하시는 겁니까?"

"그들은 우리가 지배할 미래를 훨씬 더 유치한 것으로 상상했었네." 명안이 말했다. "그들은 능력이 뛰어나지만 감정을 이해 못 하는 전신인류를 상상하든가 아니면 자신들의 정신적 약점을 더욱 넘치게 갖고 있는 이상한 존재를 상정하곤 했지. 과학소설들을 읽어 보게. 자네가 말하는 그런 종류의 '마음'으로 가득 찬 전신인류 컴퓨터들이 나오네. 하지만 그건 결국 구인류들 사이에서의 소통방식이 아니었을까. 만약 그 이상이라면……" 그는 파아란 눈으로 카인의 흙빛 눈을 마주했다. "자네가 찾아내 보게."

"없는 것이라면 어떻게 찾아낼 수 있겠습니까? 우리가 잃어버렸다면요? 이미 멸종한 그들에게 돌아가서 되찾을 수는 없지 않습니까?"

"인간의 정신이 왜 위대하다고 생각하나?" 명안이 자료 나누기를 끝냈다. "인간은 자기 정신을 만들 수 있어. 우리는 구인류보다 더 우월하게 그걸 해낼 수 있네. 우리가 구인류에게서 깜박 잊고 받지 못한 것이 필요하다고 해서 낙심할 필요는 없어. 종교에 관심이 있다면 잠언을 읽어 보지. 지혜가 세상을 헤매며 외치기를 나를 사랑하는 자가 나의 사랑을 입으며 나를 간절히 찾는 자가 나를 만난다고 하며 다니네. 뭘 찾든지 그건 미래에 다 있다네."

카인은 실망한 듯 눈의 광택이 흐려졌다.

"어쩌면 나야말로 신의 친구인지도 모르겠군. 신이란 사람의 마음이 지어 올린 원형이라고 하는 말이 있었던가?" 명안 교수는 혼잣말하듯이 묻고는 말을 이어 갔다. "나는 인류가 신의 손에 떠밀려 진화했다고 말했지. 그건 단순한 원형 이상의 것이네. 진화의 원동력, 끊임없이 우리를 몰아세우는 동기라고나 할까. 이 피곤한 사바세계에서 인간을 살고 또 살게 만드는……"

카인은 시험적으로, '사랑'이라는 생각을 하며 강의실 문 앞에서 그를 기다리고 있는 말김 무루수무킨제오부드부다밀기랍 쪽을 보았다. 그는 카인에게 이 강의를 소개해 준 친구였다. 그들은 겨우 2, 3번 만났을 뿐이지만……

어쩌면?

 명안 교수는 삭제해야 할 불법적인 자료들의 폐기를 끝내고 반납할 자료들을 챙겨 들었다. 다음 강의의 학생들이 몇몇 들어와 자리를 잡고 있었다. 그는 카인의 귀에 스쳐 가듯 말을 남겼다.
 "내가 한 말들은 전부 다 내 말일 뿐이네. 어쨌든, 자네가 듣는 말들은 모두가 누군가가 한 말일 뿐이야."
 그 말은 '잊어버리지 않겠나……?' 하는 것처럼 들렸다. 없어진 것과 남은 것.
 카인은 말김을 보고, 문 쪽으로 걸어갔다.

다시 갈림길이 나왔다.

양쪽 길이 다 눈에 보이는 범위 안에서 몇 갈래로 갈라져 있었다.

그는 깊은숨을 내쉬며 길을 선택했다.

그는 오른쪽 길의 왼쪽 길의 왼쪽 길로 갔다.

그는 물통을 다시 등짐에 넣고 왼쪽 길로 갔다. 한동안 가다 보니 갈림길이 나왔다. 오른쪽 길은 위쪽으로 굽어 있고 왼쪽 길은 같은 높이로 죽 이어지는 것 같았다. 그의 발걸음은 저절로 왼쪽으로 향했다. 얼마 안 가서 또다시 갈림길이 나왔다. 방금 왼쪽 길을 택했기 때문에 본능이 그로 하여금 오른쪽 길을 택하게 만들었다. 그 길은 스무 걸음쯤 가서 다른 길과 만났다. 그 길을 들여다보니 동굴 바닥은 언덕처럼 굽어 내려와 있는 듯 보였다. 어쩌면 조금 전의 그 오른쪽 길, 오르막이던 그 길과 만난 것인지도 몰랐다. 하지만 되돌아갈 생각은 물론 없었다. 되돌아가서 뭘 어쩌겠는가? 그는 그 길을 그대로 조금 더 내려갔다. 길은 왼쪽으로 휘면서 아래로 기울어 내려갔다. 내리막이 한참이나 계속되면서 점점 불안감이 더해 갔다. 갈림길이 없는 것도 불안을 더했다. 그는 이곳을 빠져나가야 했다. 그런데 길은 그를 점점 땅의 중심으로 데려가고 있었다. 그는 몇 분 동안 걷다가 초조하게 걸음 수를 세기 시작했다. 숫자는 금방 백이 넘어갔다. 내리막이 약간 덜해진 것 같기도 해서 그는 경사를 가늠해 보려고 했다. 그러다가 이백 근처에서 세던 수를 헷갈렸다. 갈림길, 갈림길은 나오지 않았다. 그는 되돌아갈까 생각했다. 내리막 경사는 그대로였다. 그는 계속 아래로 내려가고 있었다. 마침내 갈림길이 나왔을 때, 그는 기뻐서 소리칠 뻔했다. 그는 곧게 내려가던 그 길을 버리고 갈림길을 택했다.

갈림길은 바닥에 바윗덩어리들이 튀어나와 있었고 위쪽으로 심하게 굽어 있었다. 그러나 다음 갈림길까지의 거리는 길지 않았다. 지금 온 길보다 약간 넓은 굴로 그는 빠져나왔다. 그것도 약간은 비스듬한 길이었는데, 분명히 위나 아래를 향하고 있는 걸로 보이진 않아서 그는 어느 쪽으로 가야 할지 망설였다. 그러나 잠시 쉰 다음에 결국은 아까 내리막길을 갈 때 가던 방향을 택했다. 그쪽 길은 조금 가다가 오른쪽으로 둥글게 돌아갔는데, 돌아가는 곳에 또 하나 갈림길이 있었지만 그는 그 길을 무시해 버리고 조금이라도 넓은 원래 길을 계속 갔다. 가다 보니 동굴은 다시 둘로 갈라졌다. 왼쪽 길은 한 스무 걸음 저쪽에 또 다른 갈림길이 나 있는 게 보였고, 오른쪽 길은 좀더 곧게 뻗어 있어 끄트머리가 어둠에 묻혀 있었다. 그는 오른쪽으로 갔는데 어둠에 묻혔던 끄트머리가 실제론 그다지 멀지 않고, 거기서 길이 왼쪽 아래로 확 굽어 있으면서 다시 셋으로 갈라져 있다는 걸 알았다. 그는 가장 덜 굽은 쪽, 그러니까 가던 방향과 비슷한 맨 오른쪽 길을 택했다. 또 갈림길이 나왔다. 왼쪽으로 갔다. 열 걸음도 못 가서 또 갈림길이었다. 왼쪽으로 갔다. 그 길은 바닥이 튀어나온 돌들로 가득했다. 한동안 가니 세 갈래 길이 있었는데, 그는 이 길들이 점점 좁아질 것 같은 불안감에, 바닥이 비교적 평탄한 제일 왼쪽 길을 선택했다. 이번에는 오래 똑바로 걸었다. 도중에 네 번 갈림길이 나왔지만 이 길이 비교적 똑바르게 뻗고 있어서 그는 샛길로 빠지지 않고 그대로 걸었다. 그러나 길이 약간 넓어지면서 양쪽이 거의 똑같은 각도로 갈라지고 있는 두 갈래 길에 다다르자 멈출 수밖에 없었다. 배가 고팠다.

그는 여기서 다시 물을 마시고 마른 음식을 꺼내 먹으며 앉아서 쉬었다. 가끔 멀리서 숨소리 같기도 하고 옷자락 스치는 소리 같기도 한 소리가 들려왔다. 이젠 그도 거기에 속지 않았다. 그건 동굴의 공기가 움직이는 소리였다. 앉아 있는 것도 편치 않은 일이었다. 그 소리, 들리다 안 들리다 하는 그 소리는 그를 편안하게 내버려두지 않았다. 그는 다시 일어났다. 다리가 뻐근했지만 가지 않으면 안 되었다. 그는 일어서면서 충동적으로 결심을 했다. 그는 왼쪽 길로 갔다.

얼마 가지 않아서 갈림길이 나왔다. 한쪽은 바닥이 맨질맨질했고 한쪽은 모래인지 뭔지가 좀 덮여 있는 것 같았다. 이상한 일이었지만, 무엇이 이상한지 꼬집어 말할 만한 지식이 그에게는 없었다. 그는 바닥이 반들거리는 오른쪽 길로 갔는데 그 길이 금세 다시 갈림길을 만나는 바람에 과연 옳은 선택이었는지 확신할 수가 없었다. 이번 갈림길은 복잡했다. 일단 한 번 갈라진 길이 눈에 보이는 저만치에서 다시 두 갈래 세 갈래로 갈라져 있었다. 그는 약간 망설이다가 오른쪽 길의 오른쪽 길로 들어섰다. 그러곤 몇 걸음 못 가서 또 갈림길과 갈림길들을 만났다. 계속 오른쪽으로 가면서 그는 불안해졌다. 왜냐하면 그렇게 한쪽 길을 택하는 사이에 자기가 온 방향으로 되돌아가고 있는 듯한 느낌을 갖게 되었기 때문이었다. 그는 그다음 갈림길에서 또 한 번 오른쪽을 택했지만, 그다음 갈림길이 나오고 오른쪽 길이 몸을 굽히지 않고는 갈 수 없는 좁은 길로 변하자 결국 왼쪽 길을 택하고 말았다.

이 길은 한동안 괜찮았다. 그러나 이미 방향에 대한 확신은 전혀 가질 수 없었다. 바늘이 있었다면 칼에 문질러 머리카락에 달아 볼 수 있었을 거라고 그는 생각했다. 하지만 바늘 같은 건 없었다. 그는 계속 가는 것 말고 다른 생각은 할 수 없었다. 그는 왼쪽 길로 갔다. 그는 오른쪽 갈림길로 갔다. 그는 이제 조금이라도 편해 보이는 쪽 길을 택하고 있었다. 다리는 나무토막같이 뻣뻣했고 배는 다시 고팠다. 하루 동안 얼마나 왔는지 알 수도 없었다. 그는 두 번 연달아 오른쪽을 택한 다음, 꽤 곧고 아주 평평한 길을 하염없이 걸었다. 그는 몇 개인가 반대쪽으로 난 샛길들을 지나쳤다. 그 길들을 간다는 것은 지금 오던 방향을 거슬러 간다는 의미였고, 방향이 이미 의미 없어지긴 했지만 그렇게 거꾸로 가는 데 대해서는 거부감이 들었던 것이다.

그러나 그런 뒤로 다른 갈림길이 좀처럼 나타나지 않았다. 그는 갈림길이 나타나는 대로 쉬려고 마음먹고 있었지만 결국 양쪽 끝이 막막한 어둠에 묻힌 곧은 길 한가운데에서 걸음을 멈출 수밖에 없었다. 그는 거기서 모포를 둘러쓰고 죽은 듯이 잠들었다. 언제 잠들었는지 모르듯, 얼마나 잤는지도 몰랐다. 그는 오줌이 마려워서 잠에서 깨었다. 덜 깬 상태에서 일어나 오줌을 누고 나서야, 그는 그가 있는 길과 잠들기 전에 걸어온 길과 잠들었을 때의 마지막 기억들을 완전히 회복했다. 그러나 그는 또한 발견하고 말았다. 자기가 어느 쪽에서 어느 쪽으로 가고 있었는지를 모르게 되어 버렸다는 사실을.

그는 길 양쪽을 쳐다보고 조금씩 걸어가 봤지만 두 쪽 다 똑같아 보였다. 도저히 알 수가 없었다. 그러나 한 방향을 선택하긴 해야 했다. 그는 이쪽과 저쪽을 번갈아 쳐다보다가 한쪽을 선택하고 걷기 시작했다. 한동안 걷다 보니 갈림길이 나왔고, 이것은 그를 더욱 심란하게 만들었다. 어제 걷던 길을 거꾸로 되짚어 와서 그 거꾸로 난 갈림길 중에서 마지막 것에 마주친 것인지, 아니면 이 방향이 어제 걷던 방향이 맞고 이 갈림길은 새로운 갈림길인지 알 수가 없었던 것이다. 그는 갈림길로 들어섰다. 한동안 가다 보니 한쪽은 좁고 한쪽은 넓은 갈림길이 있었다. 그는 넓은 쪽, 즉 왼쪽으로 갔다. 다시 갈림길이 나왔다. 왼쪽으로 갔다. 이번엔 길이 큰 바위 위를 넘듯 굽어지더니 다시 조금 복잡한 갈림길이 나왔다. 길 하나가 오다가 이 길과 만나고 있었고 다시 앞으로는 두 갈래로 나누어져 있는데, 그중에서 왼쪽 길은 조금 더 가서 다시 두 갈래로 나누어졌다. 가던 길과 만나고 있는 역방향 굴속을 들여다보니 이 갈림길에 닿기 전에 두 개의 동굴이 합쳐지고 있는 게 빤히 바라다보였다. 그 동굴 입구들은 시커먼 구멍처럼 보였다. 그는 왼쪽 길의 왼쪽 길로 갔다.

또다시 그가 가는 길과 비슷한 길 하나가 이 길에 합쳐졌고, 길은 조금 가다가 내리막으로 변하면서 오른쪽으로 거의 직각에 가깝게 뚫린 굴 하나와 만나고 있었다. 그는 길을 따라 굽이돌았다. 그리고 다음 갈림길에서 갈림길을 택해 더 이상 굽지 않고 곧은 동굴을 탔다. 그러나 그 길은 위쪽으로 치솟는가 싶더니 점점 좁아졌다. 그는 세 개의 갈림길을 무시하고 쭉 갔지만 결국은 허리를 굽혀야 될 정도로 좁아지는 동굴 때문에 되돌아와야 했다. 그는 곧은 길에서 빠져나가는 갈림길 중 오던 방향에서 두 번째의 길을 택했다. 그 길은 가다가 밑으로 떨어졌다. 그는 내려가면서 점점 발밑이 험해지자 중간에 역방향의 길 하나를 발견하고 그리로 빠졌다. 역방향 길을 탄 것은 불길하고 위험하게 느껴졌지만 그는 애써 그런 기분을 지웠다. 그 길은 조금 올라가다가 평평해지더니 전형적인 갈림길들을 보여 주었다. 왼쪽 길로 갔다. 한동안 가다 보니 다시 갈림길이 나왔다. 오른쪽 길은 눈에 띌 만큼 위로 향했고 왼쪽 길은 겉보기엔 수평으로 뻗어 있었다.

지금까지 이 길이 처음 걷는 길인가 아닌가 하는 의구심이 든 것은 여러 번이었지만, 그는 동굴에 표시를 하거나 하지는 않았다. 처음에 여러 개의 갈림길을 표시하지 않고 지나왔기 때문에 이제 와서 표시해 봤자라는 생각이 들어서이기도 했고, 어느 정도는 이 미로를 무시하는 마음이 있었기 때문이기도 했다. 그러나 이젠 지금이라도 표시를 할까 하는 생각이 들어 갈등이 생겼다. 그는 충동적으로 오른쪽 길에 표시를 하고 오른쪽 길로 갔다. 길은 수십 걸음을 가도록 계속 오르막이었다. 이 점은 내려갈 때 같은 불안을 주진 않았지만, 커다란 희망을 주지도 못했다. 그가 헤매고 있는 이 동굴은 높은 산의 내부로 뻗어 있다고 전해지고 있었으며, 또한 수십 개의 막다른 끄트머리들이 산의 중심부를 찔러 들어가 있다고 들었기 때문이었다.

단순히 올라간다고 해서 이 동굴을 나설 수 있으리라고는 생각할 수 없었다. 더욱이 갈림길이 없는 오르막길이라면, 사실 가장 희망을 가질 수 있은 길은 오르막도 내리막도 아닌 평탄한 길이었다. 마침 갈림길이 나왔다. 그는 오른쪽으로 갔다. 그 길은 비교적 같은 높이를 유지하며 뻗어 나갔다. 그러나 얼마 못 가 다시 갈림길이 나왔고, 그때 그는 좀 전의 갈림길에 표시를 하지 않고 지나왔다는 것을 기억해 냈다.

피로와 배고픔 때문에 그는 잠시 주저앉았다. 이번에는 큰 볼일을 보고, 그 옆에서 음식을 꺼내 먹으면서 그는 자기 자신에 대한 비웃음을 깨물었다. 변 옆에서 음식을 먹는들 어떻단 말인가, 지금은 아무도 없었다. 그 자신조차도 있는지 없는지 헷갈리려고 했다. 이 미칠 것 같은 동굴만이 온통 뒤엉켜 있다. 그는 갈림길의 오른쪽으로 가면서 표시를 하고는, 만약 표시한 갈림길에 다시 오게 되었을 때 그다음 갈림길에서는 왼쪽으로 가야겠다고 생각을 다지며 다음 갈림길에 다다랐다. 거기서 그는 표시를 하고 오른쪽으로 가면서 조그마한 자부심 같은 것을 맛보았다. 그는 자기가 바깥에서와 똑같은 간격으로 음식을 먹고 잠을 자고 있는 것인지 도무지 알 수가 없었다. 이번엔 너무 금방 배가 고파지는 것 같았다. 그는 밥 먹은 데서부터 지금까지 온 길을 기억하려고 애써 보았다. 밥 먹은 데서부터는 기억이 안 났다. 표시를 몇 번 했더라? 그는 표시 세는 것을 잊었다는 생각에 위기감을 느꼈다가, 다시 생각해 보고 정신을 찾았다. 표시가 몇 개인가는 전혀 중요하지 않았다. 그런데 바로 전 갈림길에서는 왼쪽으로 왔고, 그 전 갈림길에서도 왼쪽, 그 전에는 오른쪽을 택했고 그 전에는 다시 왼쪽이었다. 그 전은? 거기가 역방향 갈림길들 몇 개가 있던 곳이지 아마? 그는 동굴에서 처음 헤맬 때 걸음 수와 갈림길 수를 세어 두려고 했던 걸 기억했다. 그런데 너무 빨리 배가 고파진 것 같다. 어쨌든 배가 고팠다. 그는 다시 왼쪽으로 갔다. 그리고 다음 갈림길을 만나자 걸음을 멈추고 다시 식사를 했다. 먹을 것은 많이 남지 않았지만, 어차피 지금 그로선 많이 먹히지도 않았다. 목구멍이 좁아지기라도 한 것 같았다. 식량은 오징어 포와 부서진 과자 한 봉지뿐이다. 두 가지 다 마른 음식이라서 먹으면 목이 말랐다. 그리고 오징어 포와 과자 부스러기는 사실 얼마나 먹었는지 가늠하기가 어려운 물건들이었다. 그는 목이 마를까 봐 조금만 먹고, 물을 마시면서 물통을 흔들어 보았다. 반도 안 남았다. 물을 마신 것으로 생각해 보면, 그리고 그가 바깥세상에서와 똑같이 물을 마시고 있다고 치면, 그가 이 미로를 헤맨 것은 생각보다 짧은 동안일 수도 있다. 기껏 사흘쯤인지도 모른다. 그러나 그의 짐작에는 도저히 확신을 실을 수가 없었다. 그는 음식을 도로 꾸려 넣고 물통도 집어넣어 등에 메고 다시 걸었다. 그는 오른쪽 길로 갔다. 가면서 다시 한번 좀 전의 갈림길에서 표시를 빼먹었다는 걸 깨달았다. 그는 낙담했지만 되돌아가지는 않았다. 다음 갈림길이 나오면 다시 처음에 표시한 다음번 갈림길과 구분될 만한 특징을 머릿속에 새겨 두려고 마음먹고 전진했는데, 그 다음번 갈림길은 복잡해서 더욱 기운을 뺐다. 그는 표시를 하면서 거의 직각 방향으로 난 왼쪽 길로 들어서서는 거기 곧바로 이어진 여러 갈래 길 가운데 오른쪽에서 두 번째 길, 어떻게 보면 오른쪽 길의 왼쪽 길로도 보이는 그 길로 갔다. 이 길은 왼쪽으로 굽었다가 다시 오른쪽으로 굽으면서 아래로 내려가기 시작했다.

거슬러 가야 하는 갈림길만 몇 개 연달아 나왔다. 그중 한 곳에서는 꽤나 고민이 되었다. 그 길은 가던 길 옆으로 거의 직각에 가까웠고, 또 같은 높이로 평평하게 뻗어 있을 것처럼 느껴졌기 때문이었다. 이건 역방향 갈림길인가, 아니면? 그는 고민하면서 뒤를 돌아보았다. 그러고는 역방향의 갈림길들에 표시를 했어야 하는 게 아닌가 하는 생각이 들어 더럭 겁을 먹었다. 만약에 그가 미로를 헤매다가 이 길을 거꾸로 되짚어 걷게 된다면 어떻게 될까? 십중팔구 이 길을 한번 이쪽으로 걸어왔다는 걸 모르지 않을까?

모를 게 틀림없었다. 어떻게 알겠는가! 그런데 그는 가던 방향에 거슬러 나 있는 갈림길들은 거의 생각을 안 했던 것이다. 그가 지나온 길을 표시하기 위해서 되돌아간다는 건 불가능했다. 그는 잠시 멍청히 서 있다가 가던 방향으로 다시 갔는데, 그러면서도 어떻게 표시해야 될지 정확히 마음의 결정을 못 한 채였다. 그래도 수백 걸음을 더 가서 갈림길이 나왔을 때 그는 표시를 했다. 이번에는 화살표로 가던 방향과 고른 길을 둘 다 나타낼 수 있었다. 그는 거기서 오른쪽으로 갔다. 그런데 그 길은 심하게 구부러지면서 천장이 점점 낮아졌다.

 되돌아 나올까 망설이던 차에 마침 다시 길이 갈라졌다. 바닥에 바윗덩어리들이 튀어나와 있는 내리막길이었다. 그 길도 좁았지만 다른 길로 통할 것 같은 느낌이, 아마 공기의 움직임이 있어서 그는 그쪽으로 갔다. 그의 예상은 틀리지 않았고 그 길은 좀더 넓은 굴과 만났다. 그 좁은 굴 길이 다시 밑으로 꺾어져 내려가고 있었지만 그가 그리로 들어갈 이유는 없었다. 지금 나온 길은 약간 비스듬하게 경사졌는데, 그렇다고 그 경사가 분명하지는 않아서 그는 어느 쪽으로 갈까 망설였다. 그가 나온 방향을 기준으로 해서 오른쪽이 약간 경사가 내려가는 길 같았는데 그는 왜 그쪽을 택했는지 스스로도 정확히 알수 없었다.

 가다 보니 길이 오른쪽으로 완만하게 굽었다. 돌아가는 곳에 또 하나 갈림길이 있었다. 그는 문득 식사를 한 지 수만 년이 흐른 것 같은 기분이 들면서 음식을 꺼내 우물거렸다. 바로 전 식사 때는, 그 전 식사를 하고 금세 다시 먹는 것 같은 기분이 들지 않았던가? 그런데 그게 바로 전 식사였나, 아니면 어저께의 식사였나? 그는 속은 듯한 느낌으로 잠잤던 곳을 기억해 보았다. 그렇다, 거의 똑바른 굴 한가운데에서 자는 바람에 방향을 헷갈렸지. 그 전날엔? 그런데 하루, 어제, 그 전날 같은 것들이 어색하게 느껴졌다.

이 속에서는 하루 같은 게 없다. 어쩐 일인지 거의 배가 고프지 않았다. 아니면 벌써 충분히 먹은 건가?

그는 물을 마시고 물통을 도로 등에 지고 갈림길을 한번 쳐다보며 고민해 보고, 그러곤 굽어 돌아가는 길을 택했다. 가다 보니 동굴은 다시 둘로 갈라졌다. 왼쪽 길은 저만치에 또 다른 갈림길이 나 있는 게 보였고, 오른쪽 길은 어둠에 묻힌 데까지 곧바르게 뻗은 듯이 보였다. 그는 오른쪽으로 갔는데 얼마 가지 않아서 왼쪽으로, 밑으로 길이 확 굽어져 내리면서 세 갈래 길이 나왔다. 그는 맨 오른쪽 길을 택했다. 또 갈림길이 나왔다. 왼쪽으로 갔다. 열 걸음도 못 가서 또 갈림길이었다. 똑같은 길을 가 본 것 같은 생각이 들기도 하고 그 생각이 착각처럼 여겨지기도 했다. 그는 오른쪽 길로 갔다. 그 길은 한동안 곧바른 것 같다가 위쪽으로 치솟아서 그는 중간에 걸음을 멈추고 쉬어야 했다. 또 다른 갈림길이 나오자 반가웠다. 그는 물을 마신 뒤 소변을 보고 아래쪽으로 향한 왼쪽 길로 갔다. 그 길은 가다가 다른 길들과 만났지만, 그는 비교적 가던 방향을 지킬 수 있는 갈림길이 나올 때까지 갈래진 길들을 무시하며 쭉 나아갔다. 거기서 그는 오른쪽 길로 갔다. 이미 방향은 의미가 없다는 것을 그는 의식적으로 잊고 있었다. 다시 갈림길이 나왔다. 그는 왼쪽 길로 갔다. 다시 갈림길이 나왔다. 그는 다시 왼쪽 길로 갔다. 다시 갈림길이 나왔다. 오른쪽 길로 갔다. 그러고는 세 갈래 길이었다. 그는 왼쪽 길을 택했다. 등짐 속에서는 물이 출렁거렸고 조금 있으면 쉬지 않을 수 없을 것 같았다. 갈림길이 나왔다. 왼쪽 길은 다시 저만큼에서 세 갈래로 갈라져 있는 것이 보였다. 그 길들은 시커먼 구멍 같았다. 그는 오른쪽 길로 갔고 그 길은 굽어지며 밑으로 내려갔다. 다시 갈림길이 나왔을 때 그는 조금 위로 향하는 쪽, 오른쪽을 택했다. 다시 갈림길이 나왔다. 그는 왼쪽 길로 갔다. 다시 갈림길이 나왔다. 그는 다시 왼쪽 길로 갔다. 다시 갈림길이 나왔다. 양쪽 길이 다 눈에 보이는 범위 안에서 몇 갈래로 갈라져 있었다. 그는 깊은숨을 내쉬며 길을 선택했다. 그는 오른쪽 길의 왼쪽 길의 왼쪽 길로 갔다.

만찬 :

**콴 행성
라마 지역 상층부,
우위디야마구(區).**

특별히 맥다이를 만나고 싶은 생각이 있는 것은 아니었다. 단지 세즈의 마음이 쓸쓸함이라든가 하는 비정상적인 감정으로 누그러져, 마치 껍질을 벗은 갑각류가 숨을 곳을 찾듯 누군가에게 기어들어 가고 싶었던 것뿐이다. 그리고 온 콴을 통해 세즈에게 호의를 보여 기꺼이 가슴을 열어 주고 있는 사람은 맥다이 외에 달리 없었다.

"그저 기분이 별로 안 좋을 뿐이니까."

세즈는 평소 얼굴을 가만히 들여다보는 그의 이런 버릇을 짜증스럽게 느꼈지만 지금은 그것이 어딘지 모르게 기분 나쁘지 않았다. 묘한 쾌감으로까지 느껴졌다. 맥다이는 세즈의 손등에 자기 손을 겹쳤다.

"그럼 묻지 않겠어. 기분 전환을 하지."

"사람이 많은 곳은 가고 싶지 않아."

"내 집으로 가겠어?"

"가겠어."

맥다이는 의외라는 눈길을 오래 끌고 있지 않았다. 대신 선선하게 — 마치 세즈가 그의 집에 가는 일이 아무렇지도 않은 일인 것처럼 — 얘기를 이었다.

"먹을 것을 좀 사 가야겠는걸."

어쩐지 어두운 조명의 대형 슈퍼마켓 '레리 일'에 들어가면서 세즈는 저도 모르게 냉장육 코너의 광고 쪽으로 눈길이 갔다. 맥다이가 말했다.

"고기를 사 가자."

그는 냉장육 쪽으로 다가갔다. 세즈는 아무 말 없이 걸음을 늦추어 그의 뒷모습과 광고판을 겹쳐 쳐다보았다. 맥다이가 세즈 쪽으로 돌아섰다.

"허벅다리살로 할까?"

세즈는 고개를 젓는 듯하며 말을 흐렸다.

"냉동육을 사도 되는 걸 왜 비싼데……"

냉장육은 냉동보다 네 배 정도 비싸다. 냉장으로 공수해 오기는 너무 비싼 비용이 들기 때문이다.

"흠. 하지만, 세즈 씨의 기분이 좋지 않으니까……"

"가공육으로 하는 게 어때."

세즈는 내장에 고깃점을 채워 감칠맛 나게 양념한 '스트라로 순대'의 반 킬로그램 포장을 집어 들었다. 맥다이는 그것을 레일에 얹었다. 얇은 투명포장의 순대 덩어리는 달칵 소리와 함께 떨어졌다. 그는 분해스테이크용 냉장 허벅다리살을 계산기에다 놓으려고 했으나 세즈에게 저지당했다.

"스트라로만으로 배가 부를 텐데, 이건 과해. 너무 비싸잖아."

"상관없어, 이걸 사."

"정 살코기가 먹고 싶으면 냉동육으로 해. 그편이 공해도 적어. 저해도행성에서 공수해 오잖아. 콴산(産)보다 오히려 싱싱해. 병도 없을 테고."

"바깥 행성에 무슨 병이 있을지 알 게 뭐야. 세즈, 이걸 사지 않으면 한밤중까지 나와 다투고 있어야 할걸. 아무래도 콴산이 맛이 좋다구."

맥다이의 고집으로 냉장육의 허벅다리살 두 개도 레일로 떨어졌다. 세즈는 아무 말도 하지 않았다. 역시 기분이 나쁘지 않았던 것이다.

맥다이는 그다음으로 깔끔하게 포장된 녹색 수초 덩어리를 사고, 하얀 곰팡이버섯, 묵 모양으로 된 맛있는 핑크빛 효모, 선명한 노란색과 녹색을 나타내고 있고 '자연의 색'을 강조하는 달고 새콤한 유사과실을 샀다. 그것은 역시 배양조에서 길러 낸 세포 덩어리지만, 아삭아삭하는 감촉으로

나 풍부한 향기로나 그들이 별로 접해 보지 못한 진짜 과실을 넘어섰다.

"……일곱 살 때 흙에서 자란 과실을 먹어 본 적이 있어."
맥다이가 말했다.

"어땠지?"

"음, 별맛이 없었는데…… 별난 냄새가 나고, 그게 흙의 냄새라고 생각되더군. 하지만 진짜 별맛을 모르겠었어."

그가 먹어 보았느냐는 듯이 쳐다봤기 때문에 세즈는 짧게 말했다.

"난 다섯 살 때 소개되어 왔으니까 그 전에 여러 번 먹어 봤을 테지만 전혀 기억나지 않아."

맥다이는 예의상 얘기를 끌고 들어가 그녀의 고향 행성에 대한 것을 묻거나 하지는 않았다. 소개이주민은 누구나 할 것 없이 고향에 대해 질문받는 것을 좋아하지 않았다. 더구나 다섯 살 때라면 본래 태어난 행성 따윈 없는 거나 마찬가지일 것이다.

필요한 물건을 다 산 뒤에—사실 잔칫상이라고나 할 만큼 화려한 품목들이었지만 맥다이는 그가 레일에 집어넣은 물건들의 커다란 무더기에도 놀라지 않았다. 그 값을 지불하면서도 꿋꿋했다. 그가 계산을 하는 모습을 입구 높직한 관리실에 들어가 앉은 여자가 힐끔힐끔 쳐다볼 정도였다.

그녀는 맥다이와, 지금 작동하는 계산기 단말을 번갈아 두세 번쯤은 보았던 것 같다. 급여의 6분의 1 정도 되는 금액의 호화 식품을 한꺼번에 사는 사람은 그리 흔하지 않을 테니까.

슈퍼마켓에서 나올 때가 이미 저녁 9시경으로 늦은 시간이었던 만큼, 맥다이의 거주에서 음식을 조리기에 넣고 식탁에 앉은 무렵은 광고탑들이 모두 조용했다. 이 집단주거의 광고음 규제시간에 들어간 것이다. 맥다이는 고기를 전파분해조리기에 넣고 알맞은 시간과 과정으로 세트했다. 그리고 스트라로를 덥혔다. 버섯과 효모는 진동기를 거치고, 수초는 봉지를 뜯으면 냉각제가 작용하므로 다른 것이 다 준비될 때까지 놔두었다. 그는 냉동 효모크림과 압착해 만든 견과, 가늘고 좀 투명한 수생식물 절임 다발을 꺼냈다. 세즈가 보지 않는 사이에 덥석덥석 집어넣은 식료품들이었다.

"이거 먹고 자살이라도 할 생각인 거야?"

세즈가 거의 보이지 않는 미소를 희미하게 비췄다. 맥다이는 대수롭지 않다는 듯이 고개를 끄덕거렸다.

"아무래도 좋아. 낭비는 아니니까."

세즈는 이번에는 진짜 미소를 지으며 맥다이의 손을 툭 건드렸다. 갑자기 긴장된 얼굴을 하고, 맥다이는 또 그녀의 얼굴을 빤히 바라보았다.

"왜 기분이 좋지 않았는지 물어도 돼?"

보통 때라면 간섭은 역시 반발을 받았겠지만, 희한하게도 세즈는 아무렇지도 않게 대답했다.

"……글쎄, 어떤 사람들 때문에 그래. 일안이라는 사람, 알고 있는 사이였는데," 그녀의 마지막 단어는 더욱 평상적이고 매끈하게 입술 사이로 흘러나왔다. "죽었거든."

"흠." 그가 물었다. "무슨 관계가 있었어, 아니면 오래전부터 알던 사이인가?"

"오래전부터이긴 하지만…… 10년 전에 말이야, 내가 행성 소개 작업에 참가했을 때 데려온 사람들이지."

"뭐라는 행성이야?"

"인달. 작고 척박한 거점행성이었어. 그들은 2세기 전부터 헤덴 사람들의 거점으로 사용되던 극지를 성역으로 두고 지켜 왔지. 거기서 나와 함께 돌아온 아이들이 지금 그 유명한 이반과 안바즈 부부야…… 일안은 그들의 친구고."

"이반과 안바즈…… 라면, 그 생식 거부의 유전자? 그게 그들의 종교 때문이라는 얘길 들었는데. 아무 이상도 없는데, 생식 세포가 상대방을 무시한다면서?"

"다른 사람들의 정자와 난자로 실험해 보았을 때가 더 기묘하지. 그때는 생식 세포가 타인의 것을 죽인다더군, 공격

해서……."

맥다이가 고개를 설레설레 저었다.

"믿어지지 않는 얘기야. 하지만 무슨 상관이지? 그들은 도태되지 않을 거야. 연구 가치가 있잖아."

세즈는 침묵했다. 맥다이는 조금 생각하다가 말했다.

"만약 그런 기현상이 인달인 전체에 나타날 수 있는 것이라면…… 그들의 자손이 퍼지면 큰일 나겠군……. 그런데, 그들을 잘 알아? 안바즈 부부?"

세즈의 긁히는 듯한 기묘한 음성에 맥다이는 의심스러운 듯 그녀를 보았다.

"……모르겠어. 그들을 데려올 때 별난 일이 있었던 것도 아냐. 소개 작업엔 몇 번이나 참가했으니까. 그리고 10년 만에 만난 것뿐인데……."

그녀의 목소리는 어두웠다.

"……그들의 종교가 문제가 돼? 그 영향을 받고 있는 것 아니야?"

"그런 것 같아."

세즈는 잠시 후에 덧붙였다.

"한 번도 죽음에 대해서 이런 식으로 생각해 본 적이 없었는데."

맥다이는 진동기로 부드러워진 버섯을 손으로 집었다. 세즈는 권하는 것을 받지 않았지만 조금 후에 그녀도 한 조각을 씹었다. 연한 향기가 잇새로 파고든다.

"일안의 죽음을 그들은 어떻게 받아들여? 슬퍼해? 아니면, 의식을 하나?"

"슬퍼하고 있어. 그런데 이상한 건, 그러면서도 안도하고 있었어. 구원받았다고 말하더군. 그는 꿋꿋이 살았고 그들의 종교에 맞게 죽었다고. 슬픔은 반사회적인 것일 텐데, 안바즈를 보면 오히려 그 반대인 것 같아. 일안의 죽음으로 해서 몇 안 되는 인달인들이 그녀 주위로 모였어. 어떻게 보면 그들의 종교 의식이기도 해. 그들은 일안의 죽음을 축복하고 있었어. 그리고 우리 이방인들 모두를. 그들은 모두 모성의 관습을 억세게 지키고 있어. 그중에서도 안바즈가 더욱 굳세지. 그녀는 채식밖에 하지 않아. 고기를 먹지 않는다구."

맥다이가 웃었다.

"뭐야, 설마 불쌍하다고 생각하는 거야? 아니면, 징그럽다고 생각하나? 먹이를 얻기 위해서 죽음이 따르는 건 당연하잖아. 어린애도 아니겠고. 부적격자 도태를 보고 충격을 받는 극소수의 적응도 나쁜 아이에 속하겠군 그래."

세즈가 눈길을 들었다.

"달라, 맥다이…… 달라. 그녀는 도리어 우리들을 불쌍히 여기고 있어. 이미 고기에 지나지 않는 것을 불쌍히 여기거나 징그러워하는 게 아니야. 죽이고, 먹는, 우리들 콴인을 동정하고 있어."

맥다이는 대답하지 않았지만 비웃음을 사려 깊게 드러내지 않고 있는 것이었다.

"유치한 거야. 덜 발달된 의식의 굴레에 불과해. 그들 저해도행성의 주민들의 생각이란 건 말이야…… 우리들보다 한참이나 뒤처져 있다구."

"하지만…… 나는……"

세즈가 거북스럽게 말을 이었다.

"그녀에겐 미움이나 두려움이란 게 없어. 나는 자꾸만 안바즈에게, 이반에게도 끌리고 있어. 왜 그런지 모르겠어…… 그들에게 의지하고 있다는 생각조차 들어. 사실은 그 반대인데 말이지. 나는 그들에게 여분의 식량을 주고 있거든. 그러니 거의 고기만 먹고 있지. 안바즈는 내가 그들을 위해 '죄'를 무릅쓴다고 말해. 괴상한 일이지만…… 나, 나는…… 정말로 고기를 먹는 것이 죄처럼 느껴지기 시작했어."

맥다이는 할 말을 잃고 세즈를 쳐다보았다. 그녀의 모습은 너무도 뜻밖이었다. 그러나…… 맥다이는 그 자신도, 세즈의 이상한 태도에서 혐오감보다는 기이한 따뜻함을 느꼈다. 그는 심장의 갑작스러운 박동을 가라앉히려 숨을 크게 들이켰다. 까닭 모를 두려움이 순간적으로 그를 감쌌다. 정상적인 생각이 의외의 상황을 맞아 위태로워지고 그것은 그의 의식에 대한 도전이 되어 두려움을 불러일으킨 것이다. 맥다이는 정신적으로 바람직하게 안정된 콴인이며 티오트 연방인이었다. 그는 곧 안정을 찾았다. 그러나 여전히 세즈의 모습은 그 어느 때보다 여성이라는 짙은 느낌으로 다가오고 있었다.

"세즈, 그건, 어리석은 환상에 불과해…… 채식주의자들은 오래전부터 있었어. 지금은 찾아보기도 힘든, 소인가 무엇인가 하는 동물의 고기만을 먹어야 하고 이 '고기'는 안 된다는 주장도 있었지. 왜 자원을 허비해야 한다지? 소를 찾아내서 길러?" 그는 웃었다. "효모만으로 콴 인구를 먹여 살릴 수도 없잖아."

세즈가 무엇이라고 하는지 그는 잘 들을 수 없었다.

"존엄성……"

"뭐야. 존엄성……? 무슨 존엄성이 있다는 거지."

짧은 침묵은 맥다이의 손길로 깨졌다. 그는 수생식물 절임을 손가락으로 끄집어냈다. 그 반투명의 가는 줄기로 견과 하나를 말았다.

"먹어 봐, 세즈."

세즈는 미소도 없이 고개도 들지 않고 입술을 벌려 그것을 받아먹었다. 맥다이는 그녀가 눈물을 머금고 있는지도 모르겠다고 생각했다. 그 생각은 그를 몹시 낯설고 아까보다 더욱 고양된 감정으로 몰고 갔다.

"세즈…… 나까지 이상해지겠어." 그는 털썩 앉아 그녀를 물끄러미 바라보았다. "네가 완전한 여자로 보여."

그의 그 갑작스러운, 그리고 예의를 벗어난 말에 세즈는 눈을 들었다. 울고 있지는 않았다. 낮고 싸늘한 대답이 돌아왔다.

"그렇지 않다는 걸 몰라?"

"알아. 넌 80퍼센트 여성으로 되어 있지? 그사이에 변했다고 해도, 중성인 건 마찬가지지. 변하지도 않았어. 그것도 알아…… 그렇지?"

"다신 그 생체과학자를 만나지도 못했지. 13살 때 기회를 포기한 뒤로는." 세즈가 무뚝뚝하게 말했다. "나는 태어날 때는 남자였어. 네 살 때 어머니가 그 과학자에게 개조를 부탁했지. 이주대상에 들기 위해서는 여성인 편이 훨씬 유리하니까."

"그건 몰랐어." 맥다이는 달콤 씁싸름한 약간 마약기가 있는 음료(비샤크)를 빨아 마셨다. "아무래도 좋잖아, 그런 것. 내 말은 지금 네가 갑자기 완전한 여자처럼 보인다는 거야. 100퍼센트의 여자, 콴의 초인처럼."

"……지금이라면 난 아무것도 자신이 없어. 내가 누군지도 모르겠어. 남자인지 여자인지도. 조금도 신경 쓰지 않고 지내 왔는데 새삼스럽게도…… 그들을 만나면, 모든 게 다 새삼스럽게 다시 느껴져. 나는 아주 잘못된 존재고 그들이…… 아름답고 정상적인 인간이라는 생각까지 들어. 심지어 비구름에게조차……"

"뭐…… 비구름? 그건 뭐야?"

세즈의 얼굴이 순간 해쓱해졌다.

"사람의 이름이야. 하지만 묻지 마. 그건 말할 수 있는 성질의 게 아냐. 잊어버려 줘, 맥다이…… 부탁이니까."

맥다이는 그녀를 안심시켰다.

"그러니까 어쨌든지 그들 때문에 혼란스럽고 괴로운 거야…… 그럼 당분간이라도 그들을 만나지 마. 네가 일부러 상관도 없는 사람을 만나러 다니다니 솔직히 놀라워."

"그들을 잠시 잊을 수조차 없다구! 난 그들 없이 살 수 없지 않을까 싶을 정도야……"

거의 울부짖을 듯이 간신히 억누른 목소리가 심하게 떨렸다. 맥다이에게 숨김없이 토로하다 보니 그녀 자신의 가슴 속에 갇혀 있었던 것들이 한꺼번에 마구 튀어나오려 했다. 그녀는 덜덜 떨었다. 마치 약물의 부작용 같은 떨림이었다.

"제발, 세즈……" 맥다이가 그녀의 두 팔을 가볍게 잡았다.

"그들의 종교가 너를 잠시 혼란시킨 것일 뿐이야. 진정해."

세즈의 발작적인 떨림에 그는 오히려 차분하게 대처해, 비샤크를 두세 모금 마시게 했다. 세즈는 눈을 반쯤 감았다. 이 값비싼 음료가 바로 그녀의 얼크러진 감정을 시원한 감각으로 쓸어내렸다. 비샤크가 있는 한, 정신적 문제는 없다……. 세즈는 입안에 퍼지는 뒷맛에 취했다.

맥다이는 자리에서 일어났다.

"음식은 벌써 다 되었는데 쓸데없는 얘기만 하고 있었잖아."

그가 조리기에서 꺼낸 음식물을 탁자에 가져다 놓았다. 맛있는 냄새가 풍겼다. 세즈는 그제야 허기를 느꼈다. 아무래도 눈앞에 놓인 음식은 웬만한 다른 것을 거의 잊게 해준다. 그녀는 감정이 빠르게 진정되는 것을 느낄 수 있었다.

따끈한 스트라로 순대는 잠시 후로 미루고, 두 사람은 전파분해로 부드럽게 조리된 날고기를 앞에 두고 앉았다. 맥다이가 먼저 손을 뻗어 붉은 고기의 한 점을 떼어서 입으로 가져갔다. 세즈는 잠시 쳐다만 보고 있었다.

"먹어요, 세즈 이라인." 맥다이가 엄격하게 말했다. "일단 먹고 다시 생각해."

세즈는 천천히, 넓적다리 고기의 살점을 손으로 떼어 냈다. 맥다이가 수생식물 절임을 건네주었다. 그것을 고기에 얹어 입에 넣자, 참으로 맛보기 힘든 오랜만의 풍부한 맛이 그녀를 일깨웠다. 세즈는 부드러운 고기를 씹으며 육즙을 즐겼다. 그녀는 다시 한 점을 떼며 효모크림을 듬뿍 찍었다. 아아, 이 온몸이 전율할 정도의 맛. 그녀는 수초에 손을 뻗었다. 정말 호화스러운 만찬이다. 핑크빛 효모묵은 진동기를 거쳐 아주 부드러운 상태가 되어 끊임없이 흔들리고 있었다. 살아 있다는 증거다. 아주 작은 기포가 계속해서 생기고 있다.

맥다이가 세즈를 보며 웃었다.

"어때, 지금도 고기를 먹는 게 꺼림칙해? 이 기막힌 콴산 냉장육을?"

세즈는 얼핏 미소를 지었다. 아까의 흥분이나 고민은 남아 있지 않았다. 붕 떠 있는 것 같은 기분이다. 이상하다…… 단지 성찬의 맛만이 뇌 속까지 푸욱 박히는 듯했다. 맥다이가 곰팡이버섯을 우물거리며 고기의 라벨을 집어 들었다.

"콴산. 특상품 넓적다리 부위: M RTO1.885/24S…… 최고급이야. 이주민 계통이고, 남자 23세. 사인은 S, 그러니까 도태군. 더할 나위가 없지. 건강체였을 거야."

그는 자기 고기의 한 점을 떼면서 약간 오그라붙은 피부를 주욱 떼어 냈다. 피하지방은 얇고 엷은 갈색을 띠었다. 라벨을 읽어 내는 그를 보던 세즈는 다시 효모묵을 얹은 고기를 먹으며 미소 지었다. 맥다이는 특히 피부를 좋아했다.

"이게 그 친구 일안이라고 생각해? 상관없어, ……존엄성 같은 게 있어? 사람에게 존엄성 같은 건 없어. 살아가는 거지. 그뿐이야. 세즈, 나하고 함께 웃어. 나는 최소한 널 완전한 여자로 생각해. 네가 80퍼센트건 70퍼센트건, 아니 완전한 남자면 또 어때? 내가, 널 여자라고 생각하면 그걸로 다 되는 거야. 나밖에 네가 여자인지 남자인지 누가 신경 쓰겠어? 내일 도태된다 한들 누가 상관해? 슬픔은 반사회적이야, 더구나 아무 보람도 없어. 그러니까 세즈. 더 이상 그들에게 관심 갖지 말아. 그들은 10년 전에 없어져 버린 모성의 그림자 속에서 살고 있는 존재들이야. 그들은 옛 저해도행성의 유령들이라구."

세즈는 자기 고기의 피부를 벗겼다. 동시에 가운데의 뼈를 발라냈다. 고기를 먹으면서 그녀는 진짜로 일안, 그를 먹고 있다고 생각했다. 부적격자…… 옛 유령, 도태된 이주민의 고기다. 다음에는 누군가가 그녀의 고기를 먹을 것이다. 며칠 후? 몇 달 후? 몇 년? 그녀는 우수한 편이니 도태에는 걸리지 않을지도 모른다. 그러면, 사고나 병으로 죽게 되어 이런 고급육이 아니고 가공품으로 될 것이다. 파우더가 될지도 모른다. 누가 나를 먹을까…… 세즈는 조용히 말하듯이 마음속에 이 물음을 던졌다. 안바즈, 당신이 아이를 낳게 되면, 어떤 우연으로든…… 그 아이들의 누군가가 날 먹을 거야. 안바즈…… 이반…… 비구름…… 나를 버리지 말아요. 나는 콴인이야. 당신들을 이해할 순 없어. 그녀는 유사과실로 입을 축였다. 차근차근 음식을 정리하다가 세즈는 갑자기 눈을 들어 맥다이와 마주쳤다.

잠시 균열 같은 것이 흘러갔다. 맥다이는 세즈의 눈에서 이제껏 보지 못했던 빛…… 인달인의 종교, 혹은 안바즈라는 여자가 심어 넣은 미미한 무엇이, 이미 자리 잡아서 예전과 다른 눈을 만들고 있는 것을 보았다. 맥다이는 희미하게 불길한 냄새를 맡았다.

"……스트라로를 먹지 않을 거야?"

세즈가 혼잣말처럼 말하며 더운 김을 내고 있는 스트라로 순대를 끌어당겼다. 내장에 양념한 2등육을 채운 고소한 순대를, 세즈는 고양이처럼 깔끔하게 의식을 거행하듯이 천천히 베어 물었다. 그녀는 다른 세계의 사람 같았다. 맥다이는 세즈 이라인이라는 이주민 중성 여자가 자기 주거의 붉은 불빛 아래 앉아 있다는 것을 돌연 낯설게 느꼈다. 지금의 세즈는 그들 인달의 이방인들과 같다고 그는 생각했다.

밤은 깊어 가고 장벽 계류가 이따금씩 콴의 외벽 위로 싸늘한 보랏빛을 뿌렸다. 수억의 사람들이 모두 외벽과 차폐막으로 구획된 공기를 쉴 새 없이 들이마시고 있었다…… 한 작은 주거의 붉은 불빛 아래 두 사람만의 호화로운 만찬은 묵묵히 계속되었다. 생각은 아지랑이처럼 어디에서나 희미하게 피어오르고 말려 사라지기를 되풀이했다.

만찬 : 콴 행성 라마 지역 상층부, 우위디야마구(區).

역포절자들

본작은 구픽 출판사가 2021년 펴낸 앤솔러지
『책에 갇히다』에 처음 실렸으며,
구픽 출판사의 배려로 재수록할 수 있었습니다.

문득 뭔가 잊어버린 게 있다는 생각이 들 때가 있다. 대개는 그냥 뇌의 착각이지만, 내 경우에는 조금 사정이 달랐다. 가스 안 잠그고 외출한 것 같은 찜찜한 기분을 여러 날에 걸쳐 느끼다가, 지난 직장에서 업무용으로 썼던 다이어리를 우연히 보게 되면서 착각이 아니란 걸 알았다. 다른 건 몰라도 일기장과 스케줄러 등은, 쓸 때도 정성껏 쓰고 다 쓴 후에도 버리지 않는 것이 내 방식이었다. 학생 때 것들은 펼쳐 본 지 오래되었지만 최근 3, 4년 것들은 종종 다시 읽었다. 그 빨간 다이어리는 지금 쓰고 있는 것의 바로 직전 것이라서 가장 오른쪽에 꽂혀 있었다. 적어도 몇 달 안에 한 번 보게 될 가능성이 꽤 높았다고 할 수 있다.

막연히 스쳐 가는 기분에 지나지 않던 것에 근거를 부여하는 몇 줄의 글이, 거기에 쓰여 있었다. 내 글씨였다.

― 내 의사에 반하여 삭제당한 것은 아님.
― 친구나 지인의 모습으로 나타난다.(특별히 경계하지는 않아도 됨.)
― 어떤 액션 불필요. 낚이지 말 것.
― 현 상태가 가장 좋은 상태라는 보수적인 관점에서 대처.

퇴사 때까지 죽 써 나간 내용 맨 끝에서 한 장을 비우고 그다음 장에, 보통보다 큰 글자로 보란 듯이 써 놓은 메모였다. 이런 메모를 해 놨던 기억은 없었다. 오히려, 이런 메모는 한 적이 없다는 쪽으로 기억이 뚜렷했다. 나는 필름이 끊기지 않고 몽유병이 있는 것도 아니었다. 머릿속이 복잡해진 건 그럼에도 이 글이 내가 쓴 거라는 확신이 생겨서였다. 내 글씨일 뿐 아니라 이런 식으로 앞에 줄을 긋고 서너 항목으로, 이 정도 길이로 메모를 하는 것도, 어휘도, 괄호 쓰는 방식도 전혀 위화감이 없었다. 그리고 글자 크기도 그렇고 정색하고 눈에 띄도록 했다는 의도도 감지가 됐다. 무엇보다, 이게 전 직장 퇴직 전 어느 시점에 써 놓고 잊은 게 아니라 적어도 올해 1월 이후에 쓴 것이라는 사실을 사용한 필기구로 알 수 있었다. 1월에 동생과 갔던 놀이공원에서 사 온, 보라와 핑크와 빨강이 섞여 나오는 다색 잉크 펜으로 쓰여 있었기 때문이다. 일부러 이 다이어리를 택해 이런 요란한 색의 특수 필기구로 쓴 걸로 볼 때 이걸 쓴 나는 이걸 발견할 나에게 이것은 내가 최근에, 진심으로, 꼭 전달하고자 쓴 것임을 알려 주고 싶었던 게 분명했다.

나는 나를 믿었다. 내 성격의 장단점을 잘 알고 있다고 자부했다. 나의 약점은 행동력이 부족한 것이지 섣부른 오판이 아니었다. 설령 기억에 없어도 그 어느 시점의 내가 나에게 뭔가를 당부한다면, 뭔가를 알릴 필요가 있다고 또는 알리지 말아야 할 필요가 있다고 판단했다면 거기에는 충분한 근거가 있을 터였다. 다이어리의 메모를 통해서 유추할 수 있었던 것은, 정리하자면 이런 것이었다.

─이전의 나는 내 기억의 일부가 삭제될 예정임을 알고 있었고, 그 기억을 되찾으려고 나설 필요가 없으니 가만히 있으라고 이후의 나에게 당부하고 싶어 했다.

두 번째 항목만은 무슨 소리인지 사실 오리무중이었다. 친구나 지인의 모습으로 나타나다니 누가? 뭐가? 외계인이? 내 기억을 지운 누군가/무언가가? 아니면 내 기억 그 자체가? 그에 관련된 어떤 환각이? 무엇으로도 단정할 수 없었지만, 주어를 생략한 까닭은 짐작이 갔다. 그 주어는 삭제 대상이거나 그에 인접해 있는 정보라 이후의 나에게 말해 줄 경우 그대로 잊고 있기를 바랐던 부분을 건드릴 위험이 있었기 때문이겠지. 그럼에도 굳이 저 둘째 줄을 쓴 건 첫째, 그 누군가/무언가가 친구나 지인의 모습으로 다시 나타날 것으로 예상했기 때문이고 둘째, 이전의 나도 이후의 나를 믿고 있어서 차라리 먼저 언급해 두면 내가 나의 지시에 따를 것이라고 생각해서였을 것이었다. 그러니까 둘째 줄이야말로 굳이 메모를 해 둔 이유였던 셈이다.

앉은자리에서 한 번에 여기까지 생각한 건 아니었다. 처음에는 떨떠름하게 나 자신을 의심도 해 보고, 누가 장난쳤을 가능성을 비롯해 전혀 다른 가설들도 세워 보았다. 괴메모를 보았을 뿐 다른 사건은 일어나지 않았기 때문에, 그리고 메모에 무슨 단서가 들어 있지도 않았기 때문에 메모 지시대로 가만히 있는 것은 쉬웠다. 그렇게 한 주 두 주 시간이 지나면서 일상생활 짬짬이 내 추리는 정리되어 가고 그에 대한 믿음이 굳어졌다. 내가 아는 나는 정말 그런 메모를 남길 법한 사람이 맞았다. 그리고 남아 있는 기억으로 보건대 과거의 나도 미래의 나에 대하여 이런 메모를 남기면 그대로 할 사람이 맞다고 믿고 있었고. 호기심 갖지 마. 가만 있어. 낚이지 마. 보수적으로 대처해. 그건 내가 퍽 잘할 수 있는 일이지.

그래서 나는 정확히 언제부터 언제까지의 기억이 사라졌는지 추적해 보지도 않기로 했다. 어쩌다 불현듯 생각이 그쪽으로 달리는 것까지 억누르기는 힘들었지만 의식이 되면 멈추려고 했다. 서른을 넘고부터는 엊그제 저녁에 뭘 먹었는지도 가물가물해져 기억의 결락을 찾지 않기가 그렇게 많이 힘들지는 않았다. 어차피 회사 집 회사 집 가끔 친구 만나 밥 한 끼. 회사 집 회사 집 주말에 쇼핑이나 한 번. 특별한 사건 사고도 없이 졸업 후로 계속 그렇게 살아왔으니 그 사이에 무언가 잘려 나갈 만한 기억이 있었을 성싶지도 않은데……

뭔가 잊어버린 게 있다는 느낌이 해명된 것에 만족하고, 그런 느낌이 들면 '맞아, 잊어버렸을 거야. 오케이.' 하고 치워 버리는 걸로 습관을 들이고, 그렇게 나는 그럭저럭 메모의 충고를 지켜 갔다. 한 4개월 정도는, 그렇게 방어에 성공했다.

*

그런데 그러고 보면 결국 이건 될 일이 아니었다. 둘째 줄의 문제가 생각보다 심각했다. 그걸 쓴 나는 거기서 누군가/무언가의 출현을 예고해 놨는데, 지난 일을 잊기는 쉬워도 예고된 출현을 아예 잊는다는 건 역시 가능하지 않았다. 마찬가지로 내 성격이 문제였다. 불충분한 정보와 함께 주어진 지시를 따를 성격인 나는 지시를 잊어버릴 성격은 못 되었던 것이다. 경고를 명심할수록 거기 내포된 예고도 내 의식에 상주하게 되었다. 그리고 의식적으로 생각을 차단하기 전 짧게짧게 펼쳐진 상상이 쌓이고 쌓여, 어느 만큼 시간이 흐른 후에 나는 메모가 전해 준 정보 이상의 이미지를 갖게 되었다.

친구나 지인의 모습으로 나타날 누군가는 내 기억을 삭제한 장본인이든가 그 부류겠지. 그 누군가가 나를 위해 기억을 삭제해 줬겠지. 나는 대체 무슨 기억을 삭제해 달라고 했을까? 좋은 걸 지워 달라 했을 리는 없고, 지금 전혀 생각 안 나는 그 기억은 얼마나 무섭고 싫은 것이었을까? 내가 무슨 짓을 했나? 아니면 당했나? 혹시 나는 굉장히 불행했나? 기억은 지워졌다 치고, 혹시 그 사건(사건이었다면)에서 나와 연관된 사람을 다시 만나게 되진 않을까? 상대방이 내가 기억을 못 하는 데 대해 어처구니없어하진 않을까? 아니면, 기억이 없기 때문에 경계하지 못하고 피해를 입게 된다든가 뭐 그런 위험은 없을까? 도대체 무슨 일이었기에 견디지 못하고 지우려고까지 했을까, 나는?

구체적으로 일기를 복기하면서 몇 월의 어느 날부터 어느 날까지의 기억이 없어졌구나 확인만 안 했을 뿐, 내 상상은 어느새 여러 버전의 시나리오까지 만들어 놓고 그 누군가의 출현을 기다리고 있었다. 그래서 실제로 그들이 찾아왔을 때 나는 금방 알아차렸다.

몇 년 전 일 관계로 만난 미정은 지금도 거래처 상대 직원이기는 한데 이미 친구라, 서로 이름으로 부른 지 오래고 가끔 손 대리, 장 팀장이라고 부르는 직함 호칭 쪽이 장난에 속했다. 밥과 술은 부지기수로 같이 먹었고 한 6개월 동안은 거의 매주 만나서 방탈출을 다녔다. 그 미정이가 여러 개 보이도록 쌩끗 웃으면서 인사를 했다.

"장윤지 씨, 어서 오세요. 잠깐 괜찮으실까요?"

사실 말도 필요 없었다. 상대방이 미정이 아니란 건 1초 만에 알았다. 미정과 내가 종종 이용하던 공유 오피스의 개별 회의실에 들어서자, 상대방도 내가 아는 걸 전제하고 있다는 걸 알 수 있었다. 거기에는 미정이 세 명 있었다. 미정들은 똑같이 생겼지만 옷이 조금씩 달랐다. 진짜 미정이 입는 스타일대로 입고 있긴 한데 이 미정은 치마 길이가 조금 길고 저 미정은 비슷한 치마이지만 밑단이 언밸런스한 다른 디자인이고 또 한 미정은 검은색 니트 상의의 재질이 두 번째 미정과 달랐다. 충격에 과부하가 걸린 머리가 좀 돌아가기 시작하면서 처음에 느낀 위화감의 이유가 더 포착됐다. 이 세 미정은 진짜 사람보다 약간 작았다. 한 7~8센티미터? 키만 작은 것이 아니라 진짜 미정을 그대로 조금 축소시켜 놓은 것같이 손도 발도, 원본 비율 그대로 조금 작았다. 실제 미정은 나와 키가 거의 같았다.

유사-미정 꽈배기 니트가 문을 닫고, 유사-미정 언밸런스 스커트가 먼저 앉으면서 의자를 당겼다. 유사-미정 귀걸이 씨는 안부라도 물어볼 듯 반가운 얼굴로 내가 앉을 자리를 내주었다. 나는 각오했다.

"우리가 찾아올 줄 알고 계셨지요? 알고 계셨을 거라고 생각되네요."

미정이 말했다. 나는 "어……."와 "예."를 불규칙하게 뒤섞은 구음으로 인사했다.

"짐작하고 계신 것 같으니 바로 본론으로 들어갈게요. 저희가 도난당한 텍스트를 장윤지 씨가 보유하고 계시다는 사실이 포착되어 돌려받으러 오게 됐어요. 선선히 반환해 주시면 감사하겠습니다."

나는 나란히 앉아 있는 세 명의 미정을 향해 눈을 껌벅거렸다.

"혹시…… 외계인이세요?"

언밸런스 미정이 사교성 있게 웃었다.

"대충 그런 걸로 해 두면 되겠네요."

"조금 더 설명을 해 주시면 안 될까요?" 나도 모르게 말하고 나서 손을 들어 말을 하려는 꽈배기 니트 미정을 막았다. "잠깐만요. 잠깐만 저 생각 좀 하고요."

미정들은 기다려 주었다.

일단 분위기는 험악하지 않았다. 도난당한 것을 내가 가지고 있으니 내놓으라는 메시지는 그리 우호적일 수 없을 것 같은데, 장물아비 취급까진 아니었다. 외계인이라 치고, 문명인 행색을 하고 있고 말투도 정중하다. 그런데 메모에서 나는 뭐라고 경고했더라?

낚이지 말랬지.

경계하지는 않아도 되는데 낚이진 말랬다. 어떤 액션 취할 필요 없다, 낚이지 말라고. 설명을 듣는 것이 낚이는 게 될까? 그럴지도 몰랐다.

"저기, 설명 말고 제가 묻는 말에 대답해 주시는 식으로 해도 될까요? 제가 궁금한 걸 물어볼게요."

귀걸이 미정이 선뜻 고개를 끄덕였고, 나머지 두 미정도 미소 띤 채 살짝 같이 끄덕였다.

"……제가 거부할 수 있는 건가요? 반환을?"

미정들은 곤란한 표정을 지었다.

"저희는 그 텍스트를 꼭 찾아야 해서요. 그 텍스트가 다른 데 남아 있으면 괜찮은데, 장윤지 씨한테만 있어요, 지금. 장윤지 씨한테서 받지 않으면 안 되는 상황이에요."

"반환을 안 한다면 혹시 무슨 강제력으로 빼앗아 간다든가, 그렇게 될까요? 외계인인 걸로 해 두자고 하셨는데, 그쪽에 국가라든가 그런 단체가 있나요? 법률이나?"

미정들은 다시 한번 약간 주춤하면서 서로 얼굴을 마주 보았고, 언밸런스 미정이 나섰다.

"저, 장윤지 씨가 지금 왜 조심스러워하시는지 짐작이 가는데요. 절취된 부분 때문에 그러시는 거죠? 절취 부분을 저희가 건드릴까 봐서."

"기억 얘기죠?"

언밸런스 미정이 끄덕였다. "그렇게 표현해도 많이 틀린 건 아니겠네요. 기억⋯⋯, 네. 장윤지 씨는 절취가 필요해서 일어난 거라고 생각하고 계실 테니 저희가 혹시라도 그 부분에 해당하는 정보를 드려서 자칫 절취된 걸 도로 살리게 될까 봐 그러실 것 같아요. 그 부분 정보는 얘기하지 않는 걸로 주의해서 설명드릴 테니 설명해도 될까요?"

위기였다. 확연한 위기감이 눈앞에 경광등을 번쩍번쩍 켜대고 있었다. 설명을 듣는다면 낚일 확률 분명히 상승. 하지만 듣지 않는다는 선택지를 어떻게 구현하면 될지 엄두가 나지 않았다. 자리를 박차고 일어나 미정들을 밀치고 회의실 밖으로 뛰쳐나간다. 두 손으로 귀를 막고 아아악 소리를 지르면서 도망친다. 이런 것은 내가 할 수 있는 한계선을 조금 넘는 '액티브한 액션'들이었다.

어차피 내 의식의 표면 바로 아래에는 복수의 시나리오들이 다 형성돼 있는데. 방어적으로 들으면 되지 않을까. 이 유사-미정들이 말한다고 해서 내가 그걸 곧바로 믿을 건 아니니까. 유사-미정들은 그냥 하나의 시나리오를 더 보태 줄 뿐이라고 생각해도 되지 않을까. 메모를 쓴 나는 유사-미정들이 나를 마구잡이로 해칠 거라고 판단하진 않았지. 경계할 건 아니라고 그랬지. 낚이지만 않으면 되는 거니까……. 어쨌든 유사-미정들의 말을 들어 보면, 실제 지금 닥쳐온 이 상황이 좀더 파악이 될 거고.

"……네, 그럼…… 주의해서……."

유사-미정들은 진짜 미정과 똑같이 성의 있고 미더웠다. 언밸런스 미정은 이야기를 하기 전에 할 말을 속으로 점검해 보는 것 같았다. 그들의 거동에서 나는 그 셋이 실제 세 명의 외계인 개체는 아닌 것 같다는 느낌을 받았다. 실제로 어떤 세 사람이 손미정으로 외모만 가장해 나를 만나고 있다기보다, 손미정의 형태를 한 아바타들이 여러 단계로 번역된 명령에 따라 내 앞에서 일제히 작동하고 있을 것 같았다. 실제 나와 대화 중인 누군가들은 물론 한국어나 인간 행동 양식을 저렇게 잘 모방하지는 못할 테니 그런 건 전부 기존에 만들어져 있는 스킨이겠지. 나의 상대는 한 명이거나 군체의식일지도 몰랐다.

"고유명사나 특정 용어는 번역이 힘들고, 장윤지 씨가 듣거나 기억하는 데 어려움이 있으실 거라 임의로 이름 지어 말씀드릴게요. 저희는 [우주-조선]에서 왔습니다. 저희 [하랑] 중에 [시간-해물]이라는 분이 계신데 고립을 즐기는 개인이라서, 자신의 텍스트를 아무 데도 복제해 두지 않았어요. 물론 [우주-조선]의 텍스트가 지구인의 선형 이야기에 끼어들어 갈 일은 없죠, 누가 일부러 끼워 넣지 않은 이상에는요. [시간-해물] 와장창인데 그때쯤 [해적-고양이] 있었습니다. 저희가 파악하기로는 아마도 어떤 졸개가 장윤지 씨의 책에다 [시간-해물]의 비장 텍스트를 무단으로 베껴 넣은 다음 그 디렉토리를 지워 버린 것 같아요. 실제로 장윤지 씨는 해당 텍스트를 기억하지 못할 겁니다, 목차가 지워졌기 때문이지요. 저희는 본문 검색으로 찾은 거고, 제목으로는 아예 검색에 잡히지 않더라고요."

중간에 말이 좀 깨진 데가 있어서 산란했지만 줄거리는 알아들을 만했다. 어떤 사고로 망자의 기억이 유실됐는데 그게 나한테 와 있다 이거지. 나한테 있긴 한데 나는 떠올리지 못하는 상태고. 더미 데이터로 있다 이 말이군. 그런데 유사-미정 언밸런스 씨의 말에는 다른 함의가 있었다. 나는 지금까지 내 기억을 지워 준 누군가를 호의를 가진, 우호적인 존재로 상정하고 있었다. 삭제 이전의 내가 그런 뉘앙스로 메모를 써 놨으니까. 그런데 유사-미정들은 그이를 악당처럼 묘사하고(그것도 대악당이 아니라 '졸개'라는 번역어를 써서), 나는 그에게 속아 넘어가 뇌 메모리를 더미 데이터에 내줘 버린 피해자인 양 말했다. 공범 취급을 하지 않아 줘서 고맙기는 한데…….

복잡해진 추측 속에 시간을 끌 겸, 나는 생각나는 대로 질문했다. "아무 데도 없는 텍스트를 어떻게 본문 검색했다는 거예요?"

"[시간-해물]의 텍스트에 있을 걸로 추정되는 문자열 복수 개를 검색해서 일치가 많으면서 우연일 가능성이 낮은 순서대로 조사해 왔어요. 물론, 문자열이라고 해서 장윤지 씨가 생각하는 그런 형태의 문자나 열은 아니지만요."

"제가 몇 번째였는데요? 순서대로라면 다른 사람도 있었던 거 아닌가요?"

귀걸이 미정이 미소 지었다. "검색이 오래 걸렸기 때문에 지금에야 찾아뵌 것이지, 장윤지 씨가 확실해요. 다른 용의자들은 검색 초기 단계에서 된 만큼의 수치를 가지고 혹시나 해서 조사를 했던 거고요. 검색 대상이 워낙 방대해서 그랬지, 텍스트 자체가 아주 특수하기 때문에 오인은 없습니다. 게다가 장윤지 씨는." 귀걸이 미정은 관자놀이를 톡톡 건드리는 동작을 했다.

95퍼센트쯤으로 축소된 미정들과 같이 있다 보니 멀미가 나려고 했다. 머릿속의 경보는 너무 많이 울려서 더 이상 주의가 환기되지 않을 정도였다.

"저기, 저 몸이 안 좋은 것 같은데 일단 오늘은 집에 갈게요. 다른 날 다시 얘기…… 하든가 하고요. 저 가기 전에 한두 가지만 더 여쭤봐도 되겠죠. 우선, 제가 여러분 말씀을 믿을 만한 어떤 증거나 근거 같은, 확인할 수 있는 뭔가가 있을까요? 그리고 아까 여쭤봤던 건데 만약에 제가 싫다고 하면 그다음엔 어떻게 되나요?"

실제의 미정이 잘 짓곤 하는, 화들짝 놀라면서 웃는 그 표정 그 몸짓을 그대로 보여 주면서 꽈배기 니트 미정이 얼른 대답했다.

"아, 물론 하룻밤 정도 생각을 해 보셔야 되겠죠. 저희가 말씀 못 드리는 것도 많고, 지구인이신데 너무 힘드실 수 있으니까요. 저희도 최대한 조심을 하느라고 하는 거지만 이렇게, 최초의 조우라는 것 자체가 참 그래요. 아니 아니, 장윤지 씨가 가시지 마세요, 저희가 갈 거니까요. 조금 있으면 손미정 씨 오실 건데. 그, 물어보시는 거는 저희가 얘기해 드리려면 설명해야 할 게 많아서……."

이 유사-미정들을 보내고 바로 이 자리에서 그 본체를 만날 생각을 하자 진짜로 토기가 올라오고 오한이 들었다. 설명할 수 없이 엄청나게 무서웠다. 고개를 갸웃갸웃하며 생각을 해 보던 꽈배기 니트 미정은 어디까지나 성실한 말투로 어렵사리 대답을 이어 갔다.

"증거…… 같은 건 현실적으로, 장윤지 씨의 일상을 많이 침해하지 않고서는 드리기가 힘들 것 같아요. 그리고 생각하셔야 되는 게, 텍스트 반환 후에는 저희 생각엔 지금 이 대화를 포함해서 저희와의 조우 자체를 절취해 드리는 쪽으로 가닥을 잡고 있거든요? 그 이후에 장윤지 씨는 목차 절취도, 본문 절취도 기억을 못 하실 거예요. 잘라 내서 없어지니까. 그게 제일 좋은 방도가 아닐까, 저희 생각은 그런데……. 그렇다면, 지금 증거나 그런 걸 확인하시든 안 하시든 결국 별 의미가 없지 않을까요?"

언밸런스 미정이 모자란 대답을 마저 했다.

"마찬가지로 반환을 거부하실 경우에도, 솔직히 그 후 절차는 지구인으로서 일상을 아무래도 침해하는 게 되긴 할 거예요. 저희로서는 계속 반환을 요청할 수밖에 없고 반환이 이루어지지 않는 한은 저희 얼굴을 계속 보셔야 하는데, 원래대로라면 장윤지 씨 선형 이야기에 들어갈 게 아닌 내용이 자꾸 면적을 잡아먹을 테니까 말이지요."

세 유사-미정들은 갑자기 입을 다물곤 동시에 내 안색을 살폈다. 분명히 그럴 만큼 나빴을 것이다. 자신들이 꺼져 주는 것이 최선이라는 걸 알 만큼 미정다운 센스가 있었던 유사-미정들은 황황히 인사하며 순식간에 개별 회의실을 나갔고, 나는 그들이 나가자마자 문을 박차고 나왔다. 예상대로 방금 나간 유사-미정들은 문밖에 없었다. 실제 미정과 마주칠까 봐 도망쳐 집에 오면서, 나는 몸이 너무 아파서 어쩔 수 없이 집에 간다고 전화로 약속 파기를 사과했다. 진짜 미정은 조금도 화내지 않고 걱정스러운 목소리로 잘 쉬라고, 혹시 모르니 많이 안 좋으면 119를 부르라고, 아니면 자기에게 전화하라고, 폰을 옆에 두고 누우라고 당부해 주었다. 그게 오버가 아닐 정도로, 내가 들어도 굉장히 상태가 안 좋은 목소리밖에 나오지 않았다.

*

앓은 건지 잠을 잔 건지 모를 밤이 지나고, 달거리와 함께 아침이 왔다. 세상에서 제일 재수 없는 게 아침에 터지는 월경이다. 죽도록 하기 싫은 출근이었지만 거를 수는 없었다. 병가를 내도 되는 날이 있고 안 되는 날이 있으니. 출근길에 미정과 통화해 다시 사과하고 배려해 줘 고맙다고 인사하고 나서, 어제 공유 사무실에서 했어야 했던 미팅 약속을 새로 잡았다. 어제 무슨 얘기를 했는지 오늘 회사에 가 보고 해야 하는 부분도 있어 말을 맞춘 것이기도 했다. 미팅을 전혀 안 하고 집에 갔다고 하면 좀 그래서, 막상 만나서 자료를 보니 보충할 필요가 있어 추가 미팅을 잡았다는 쪽으로 둘러댈 셈이었다. 당면한 현실의 문제들을 조금 정리하고 났더니 회사 건물에 들어갈 때쯤 해서는 두려움이 밀려왔다.

유사-미정들은 "하룻밤 정도 생각을 해 보셔야 되겠죠."라고 했다. 즉, 오늘 다시 찾아오겠다고 한 거였다.

한데 나는 정작 간밤에 생각을 못 했다. 진짜 아무 생각도 못 했다. 게다가 오늘은 무슨 결정을 내리기에는 매우 별로인 날이었다. 시작 날이 제일 힘든데.

하루 종일, 회사 안에서고 밖에서고 어떤 다른 공간에 들어갈 때마다 간이 줄어들었다. 유사-미정들이 있을까 봐서. 왜 이번에도 유사-미정일 것이라고 속단했는지 모르겠다. 실제로 나타난 건 유사-부장이었다.

퇴근 시간이 거의 다 되어 괜히 안심되는 마음에 그렇게 방심했던 듯하다. 그것도, 잘 생각해 보면 퇴근 후엔 안심이라는 법도 없는 건데 그랬다. 진짜 한 2~3분 전, 칼퇴근을 앞두고 나갈 준비를 하는데 우리 부장이 부장실에서 고개를 내밀어 나를 불렀다.

부른 시점까지는 진짜 부장이었던 것 같지만, 착각이었을 수도 있다. 어쨌든 부장이 하루에도 두세 번은 꼭 그렇게 부르는 식으로 윗몸을 문 쪽으로 쓱 기울여서 "윤지 씨, 나 잠깐만." 하고 불렀다. 나는 30분 전에 진짜 부장을 그 방 안에 두고 나온 터였다. 물리법칙을 맹신한 탓에 조금도 의심을 하지 않았다.

방에 발을 들여놓자마자, 부장이 과도하게 이를 보이며 쌩끗 웃는 걸 보고, 나는 심장이 떨어졌다.

"문 좀 닫지."

유사-부장이 말했다.

유사-부장의 축소율은 유사-미정보다 좀더 큰 것 같았다. 자리에 앉아 있는데도 평소보다 작은 게 확실히 보였다. 그 커다란 머리부터가 저렇게 앙증맞아져서.

"저 아직 생각을 정리 못 했는데요."

내 목소리는 이상하게도 겁먹은 티가 안 나고 퉁명스럽게만 들렸다.

"전 어제 걔들 아니에요. 다른 사람입니다." 부장이 말했다.

다행히 유사-부장은 하나만 있었다. 진짜 부장은 어디로 갔는지 궁금해서 또 정신이 산란했다. 여기는 다른 차원인 걸까? 아님 진짜 부장을 어디 다른 데로 치워 놓았나?

"시간이 없으니까 빨리 말씀드릴게요. 걔들한테 맡기시면 큰일 납니다. 걔들은 인격을 잘라 내거든요. 선생님의 텍스트를 아무렇게나 절제해서 가져가 버려요. 감언이설에 속지 말고 거절을 하십시오."

 부장의 평소 어조, 평소 단어 선택 그대로 나에게 '선생님'이라고 깍듯이 존댓말을 하는 걸 들으니 상태가 어제보다 더 일찍 안 좋아지려고 했다.

 "어제 그 사람들 말이 사실이에요? 선생님은 그럼 소속이 어디신지……."

 "그런 건 설명이 사실상 힘듭니다. 지구인이신데 제가 설명을 한댔자 아실 것도 아니겠고, 아셔 봐야 후회하십니다. 제가 말씀드리고 싶은 건 그저 걔들 방식대로 맡기면 안 된다는 것뿐이에요. 텍스트를 주시긴 주셔야겠지만, 걔들한테 칼자루 쥐여 주진 마십시오. 충심으로 드리는 말씀입니다."

 "어제부터 텍스트 텍스트 그러는데, 그 텍스트가 뭐길래 그렇게 중요해요? 아니, 괜찮아요. 그런 건 모를래요. 제가 알고 싶은 건 진짜 하나뿐이에요. 그 사람들 안 나타나게 하려면 어떡해야 돼요? 저 진짜 스트레스 받거든요. 텍스튼지 그거 주기도 싫고 그냥 다시는 이렇게 조우? 조우란 거 안 하고 싶은데 대체 어떻게 해야 돼요?"

 "텍스트는 주셔야 될 거예요. 그거는 그쪽 애들이 포기 안 할 겁니다. 근데 잘라 가라고 그러지 말고 베껴 가게 하세요. 선생님이 구술해 줄 테니까 받아 적으라고요."

 "구술을 어떻게 해요. 저는 알지도 못하는데."

"목차를 살려야지요."

머릿속 경광등이 번쩍 켜졌다.

기억을 살리라는 얘기 아닌가. 이전의 내가 하지 말라고 했던, 바로 그 일이다. 낚는가? 이게 낚싯바늘인가?

하지만 이제는 마음속에 의심의 목소리도 솔솔 음량을 높여 가고 있었다. 내 메모에서 나는 기억을 살리지 말라고 딱 박아 말하지는 않았다. 그냥 낚이지 말고 현상 유지를 우선하라는 식으로 말했다. 수동적으로, 보수적으로 굴라고. 유사-미정들의 제안이 잘라 내기이고 유사-부장이 권하는 대안이 베끼기라면, 유사-부장 쪽이 더 안전 지향이고 보수적인 것 아닐까? 메모의 나는 어떤 액션을 취하지 말 것을 주문했다. 가만히 있으면 어떻게 될까?

"목차는 살리고 싶지 않아요."

유사-부장은 부장이 으레 하는 버릇 그대로 고개를 숙이면서 눈을 치떠서 노안 안경 너머로 나를 쳐다봤다.

"아직 이해를 못 하시는 것 같은데, 할 수 있는 대로 설명을 해 드리지요. 사람은 책이고, 인격은 시간을 따라 일정한 폭으로 길게 늘어져 있는 두루마리 같은 겁니다. 아니면 자, 일반 책이라고 해도 페이지는 순서대로 돼 있잖아요? 책 속에 글자가 아무리 많아도 읽을 때 처음부터 끝까지 외줄로 쭉 읽어 나가죠? 쓸 때도 마찬가집니다. 그런 걸 선형성이라고 하거든요. 한 가닥 실이 좌우로 쭉 직조해 나가는 태피스트리에 비유해도 되겠습니다. 시간을 따라 감상하는 음악이나요. 아무튼 인간이란 출생부터 죽음까지 이어진 한 장의 빈 두루마리, 폭이 그리 넓지도 않은 두루마리 같은 거라고 생각하세요. 요는, 과거에서 현재가 이어져 오며 거기에 기승전결, 발단 전개 절정 결말, 뭐 그런 식으로 앞선 것이 뒷 것을 끌고 나온다는 겁니다. 통시적으로 만들어지는 구조의 기본이 선형성이에요. 그런데 이걸 도려내면 어떻게 되겠습니까. 기억이 아닙니다. 기억만이 아니에요, 쟤들이 잘라 내는 것은. 선생님이라는 책에서 몇 페이지를 그냥 들어내 버리겠다는 거거든요? 아무 책에서 몇 장을 뜯어내 버리면, 그래 그 책이 어떻게 되겠습니까? 파본이지요. 한 줄로 되어 있어야 마땅한 이야기에, 절취라는 폭력이 가해져 버리면요……

텍스트가 원래 누구의 것이고, 그러니 내줘야 하고, 그런 말 믿지 마세요. 설령 누구의 텍스트라 해도 일단 선생님이라는 책에 들어왔으면 그건 선생님 겁니다. 그거를 잘라 내면 선생님은 크리플, 영영 결락이 있는 존재가 돼 버리고 말아요. 돌이킬 수 없습니다. 걔들이 그랬죠? 일 끝나고 자기들 만난 것도 싹 지워 주겠다고? 그게 수법입니다. 절대 승낙하시면 안 돼요."

과연 잘하는 짓인지 고민하면서도, 나는 털어놓고 말았다. "저 이미 지워진 기억이 좀 있는 거 같은데요. 그…… 목차하고 또."

유사-부장의 눈이 튀어나올 듯했다. "목차하고 또? 목차는 어느 시러베아들 놈이 안 들키려고 빼 버린 거고, 그거 말고 선생님 텍스트에 지워진 데가 있어요?"

대답할 수가 없었다. 모르니까.

"이렇게 하시죠." 내가 감지하지 못한 무슨 낌새를 감지한 듯, 부장은 다급하게 말을 이어 갔다. "기존에 지워졌다고 생각하시는 부분을 건드리고 싶지 않으신 거는 알겠어요. 그런 자기방어 본능은 좋은 겁니다. 그러면, 그건 놔두고 가짜 텍스트를 읊어 주시면 어떻겠습니까? 걔들한테요. 걔들 어차피 텍스트 진위는 모르거든요. 키워드만 딱딱 박아 가지고 진짜인 것처럼 말을 해 주세요. 그러면 지들이 좋다고 받아 적을 거니까, 그러고 돌아가면 선생님은 더 이상 스트레스 안 받으시고. 어때요?"

떠듬떠듬 그게 되겠느냐고 키워드를 어떻게 알아내느냐고, 승낙도 거절도 아닌 질문을 하는 도중에 갑자기 부장이 커졌다. 어깨가 쑥 올라오면서 머리가 팽창하는 걸 내가 두 눈으로 똑똑히 보았다. 나는 하던 말을 도중에 뚝 끊었고, 부장은 의아한 눈으로 나를 보았다.

"그런데 퇴근 시간 아니야? 뭔지 내일 얘기하지."

"아, 네."

본체를 축소해서 아바타로 쓰는 거였어? 너무 충격적이었다. 눈앞에서 본 것이 믿기지 않았다.

그러나 엘리베이터를 기다리면서 떨고 있다 보니 그건 아니었을 것 같았다. 눈속임이었겠지. 미정이 세 명이 됐는데.

우주적인 트릭스터들을 하루에 한 팀씩 만나야 한다면 제명에 살지 못할 것이다. 어떻게든 이 일을 빨리 해결하지 않으면.

있는지 없는지 반신반의 중인 신들과 과거의 내게 간절한 마음으로 기도한 것은, 그들이 초월적인 힘으로 도와줄 것이라고 생각해서라기보다 인류의 전통 기술 중 하나인 신심으로 내 잠재력이 자극받기를 바라서였다. 나여, 어떻게든 올바른 판단을 내려라.

*

유사-미정들과 유사-부장이라는 두 진영의 태도, 입장, 주장은 종합해 보면 이러했다. 유사-미정들은 제안에 있어 매우 신사적이고 온화하면서도 가차 없는 게, 정부나 대기업 같은 권력 주체의 냄새가 났다. 그에 반해 유사-부장은 유사-미정들을 꺼리고 있고, 그들을 비방하면서 속임수를 쓰라고 권하는 데에도 거리낌이 없었다. 분명하다 싶은 것은 유사-부장이 유사-미정들보다 제도적으로 힘의 열위에 있으며, 자신의 신념에 근거하여 그들의 우위에 정당하게 반항하고 있다고 생각한다는 것이었다. 안타깝게도, 이런 분석은 내 판단에 필요한 근거를 거의 제공해 주지 못했다. 양자 모두 나를 충분히 존중하고 심지어 위하는 양 말을 했지만 과연 어느 만큼이 진실일까?

　유사-미정들은 어제 입장을 매우 분명하게 밝혔다. 자신들의 요구가 관철되지 않으면 계속 나를 괴롭히겠다고. 그게 괴롭히는 것일지는 사람에 따라 생각이 다를 수 있겠지만, 나에게 외계인(으로 해 두자는 존재)과의 거듭된 조우는 모험도 아니고 즐거움도 아니었다. 예를 들어 내가 반환을 계속 거부한다면 그들은 나를 설득하기 위해 다른 사람들을 보낼 수도 있고, 더 많은 설명을 한다든가, 그 해물모듬인지 성간해물인지의 자손이나 뭐 그런 존재와 만남을 주선하거나, 자기네들 법정에 세울지도 몰랐다. 아니면 내가 그들의 문명인 행세에 깜박 속았을 뿐 실제로는 갈기갈기 찢겨서 뇌를 적출당할지도. 메모를 쓴 나인들 외계인(이라 치자)에 대해 뭘 얼마나 알았겠는가? 내가 기억 지우기, 또는 유사-부장의 주장에 따르면 인격 절취에 오케이를 했을 때는 실은 완전히 속아 넘어간 것이었을 수 있다. 누군진 몰라도 그 졸개 새끼가, 나의 아픈 기억을 지워 주겠다고 해 놓고 실제로는 내 뇌 용량을 훔쳐 이상한 텍스트를 저장해 놓고 낄낄대며 사라졌을 수도 있다. 나중에 돌아와서 그 귀중하다는 우주 유일 텍스트를 도로 빼다 팔아먹을 생각으로. 가만, 나에게 아픈 기억이 있긴 있었나? 지금 전혀 생각나는 게 없는 걸 보면 나는 '졸개'와 거래를 했던 건지도 모른다. 아픈 기억 삭제의 대가로 용량을 빌려주기로. 그렇다면, 유사-미정들의 관점에서 나는 어엿한 공범이 된다.

도대체 아픈 기억이 뭐가 있었기에 그런 거래씩이나 한단 말이야? 나 자신을 잘 아는 나로서는 이게 납득이 가지 않았다. 나는 정말 그렇게 열정적인 타입이 아니었다. 외계인과 거래를 불사하면서까지 지우고 싶은 기억이 있었을 것이라고는 생각할 수 없었다. 나답지 않았다.

'모든 것이 가정일 뿐이야. 지금으로선.'

의식적으로 정신을 가다듬었다. 현시점에서 확실한 건 뭐가 있지? 외계인으로 추정되는, 과거의 내가 예고한 아바타들이 실제로 나를 찾아왔다는 것. 그들이 나에게 뭔가 액션을 요구한다는 것.

낚이지 않는 것은 이미 때를 놓쳤다는 생각이 들었다. 낚이고 말고를 내가 결정할 수 있는 게 아니었는데. 어쩌다 보니 이미 많은 이야기를 들어 버렸고, 그 이야기의 인상이 머리를 온통 점령해서 더 이상 다른 시나리오들은 생각도 나지 않았다. 나는 이미 유사-미정, 유사-부장 들의 이야기가 사실일 거라고 믿고 있었다. 과거의 내가 남긴 충고 중에서 아직도 고려해 볼 만한 건 마지막 한 줄뿐이었다. "현 상태가 가장 좋은 상태라는 보수적 관점에서 대처."

지금 이대로 있으려면 어떻게 해야 하지? 지금 상태란, 유사-미정들에게 절취를 승낙하지도, 유사-부장 말에 따라 사기를 치지도 않은 상태일 터. 어쨌든 지금까지는 월경 첫날 나쁜 컨디션에 극도로 스트레스를 받고 있기는 해도 아직 아무 액션도 취하지 않았다. 머리가 터지도록 고민을 하면서 나는 제일 먼저 사기 치기를 포기했다. 어쩌면 나는 그 '졸개'와 공범인데 운 좋게 발각을 면한 것일 수도 있고, 어쩌면 외계인분들이 너그럽게 피해자로 봐 주고 계신 것일지도 모르는데, 거기다 대고 사기를 치는 위험한 짓은 하고 싶지 않았다. 적발되면 어떡하게. 그렇다면 유사-미정들을 믿느냐 유사-부장을 믿느냐의 기로에서…….

"생각해 보셨어요?"

담배 이름을 말하면서 편의점 직원이 잘생겼다는 생각을 얼핏 하긴 했지만 뭘 보고 그렇게 생각했는지 몰랐는데, 이제 보니 얼굴이 조막만 해서였던 듯했다. 갓 스물로 보이는 그 친구는 축소가 됐어도 키가 많이 작지 않고 얼굴은 연예인처럼 쪼끄매졌다.

마찬가지로 쪼끄맣게 졸아든 간을 부여잡고 심호흡을 했다.

"혹시 어제……?"

"네, 제가 가운데 앉았던 사람이에요."

유사-편의점 직원이 말하면서 담배를 내주었다.

돌아보니 편의점 유리문 밖이 묘하게 딱 멈춘 것 같았다. 직원은 카운터를 나와서 살가운 태도로 나를 점내 테이블로 데려갔다.

우리는 마주 앉았다.

"저기, 그냥 털어놓고 말씀을 드릴게요. 제가 오늘 그쪽 외계인분 중 다른 분을 만났거든요, 회사에서. 그분 말씀이 텍스트를 잘라 내기 하면 안 된다고, 제가 구술하면 받아 적어 가시도록 하라고 그러시던데, 어떻게 생각하세요?"

깊은 물에 뛰어드는 심정으로 곧장 줄줄 뱉어 놓은 말에, 유사-편의점 직원은 살짝 표정이 어두워졌다.

"아아…… 만난 사람이 뭐 안 좋은 일 하지는 않았지요? 그렇게 난입할 일이 아닌데……. 하 참. 새끼들 진짜."

투덜거리던 유사-편의점 직원은 내 눈치를 보고는 애교 있게 표정을 고쳤다.

"그러셔도 돼요. 되는데 문제는 그러면 장윤지 씨 지워진 기억 부분에 아무래도 손을 대야 해서요. 목차부터 살려야 하니까요."

"목차는 원래 제 기억 아닌 거 아닌가요?"

"그렇긴 하죠. 장윤지 씨가 괜찮으시면 저희는 크게 상관은 없어요. 다만……"

"다만?"

"목차를 살린 다음 장윤지 씨가 그 텍스트에 접근해야 하는데, 용량이 꽤 크거든요. 그걸 보유하실 생각이 있으신지, 그 부분 확실하게 이해하시는 게 급선무인 것 같아요. 저희는 텍스트를 가급적 원형대로 잘 추출해 가고 싶기 때문에 구술해 주실 경우 번역 문제도 있고 해서 여러 번 부탁드리게 될 것 같거든요. 시간도 꽤 걸릴 테고, 무엇보다 이게 지구인에게는 상당히 이질적인 내용이라, 예를 들자면 어느 생태계에 외래종을 풀어 넣어도 되나 하는 그런 고민이 있어요. 장윤지 씨가 이번 일을 계기로 지구를 떠나서 저희 쪽으로 오신다든가, 그렇게 나머지 지구인들에게서 격리가 되시겠다 그러면야 문제가 없고 뭐 괜찮겠지만 만약에 계속 지금처럼 살아가신다 할 경우, 실례지만 혹시 자녀분도 두시고 그러면 이 텍스트를 물려주게 되시겠죠? 자녀분까지 가지 않더라도 사실 부분부분 살면서 누군가에게든 넘겨주게 되실 거예요. 지구인들이 지금까지 지켜 온 내용의 풀이란 게 있는데 거기에 갑자기 방대한 양의 외계 텍스트가 부어져도 괜찮을지? 어쩌면 지구인들이 장윤지 씨를 배척하거나 숭배하게 되진 않을지?"

한 마디 한 마디가 망치로 머리를 때리는 것 같았다. 나는 어지러워져서 몸을 뒤로 뺐다.

"근데 저작권 문제는 없는 거예요? 텍스트 카피본이 여기저기 있어도 그건 상관없나 봐요?"

직원은 돈 내고 봐야 할 것 같은 상쾌한 미소를 지었다.

"가치 있는 텍스트가 사장되는 게 문제지, 복제를 문제 삼겠어요? 텍스트라고 말씀드리고 있지만 실제로는 책도 아니고 텍스트도 아닌데요. 텍스트 대신 악보나 DNA나 편물에 비유해도 됩니다. 다 비유예요."

그때였다. 얼어붙어 있던 바깥의 어둠이 꿈질 움직였는가 싶자, 유사-편의점 직원이 벌떡 자리에서 일어났다. 아니, 솟아올랐다. 나도 질겁해서 마주 일어난 건 유사-편의점 직원의 몸이 사람 같지 않게 늘어났기 때문이었다. 사람이 아니라는 걸 머리로 알고는 있어도 눈앞에서 이런 모션을 취하면 정말 보는 것만으로도 힘들었다. 유사-편의점 직원은 끊어진 고무줄처럼 흐늘흐늘 한 50센티미터쯤 늘어나며 치솟았다가 풀썩 꺼져 내렸는데, 머리도 목도 뼈가 빠진 것처럼 풀려 찌그러졌다. 나는 생각을 해 볼 틈도 없이 바로 문으로 달려갔고 비명 지를 숨을 마시지도 못하고 밖으로 뛰쳐나갔다. 세 걸음도 뛰지 않아서 보이지 않는 뭔가가 손을 확 낚아챘을 때에야 부족한 숨으로 비명을 지르려고 입을 벌렸지만, 순간 내 귀에 직접 입을 댄 것같이 가깝디가까운 목소리가 또렷하게 지시했다. "조용하고 일로 와!"

모르는 목소리인데 왜 그렇게 바로 믿었는지, 따라갔는지 몇 초 안 되어서 알 수 있었다. 나였다. 이끄는 쪽으로 몇 걸음 뛰자마자 내 손을 누가 잡고 있는지가 보였고, 사람보다 옷이 먼저 식별되었다. 유사-나는 내가 대학 때 즐겨 입던 초록색 저지에 물 빠진 까만 쫄바지를 입고 있었고, 신발조차 눈에 익었다.

모퉁이를 돌아서 헉헉거리면서 비로소 마주 본 유사-나는 내가 좋아하던 걸로만 조립된 특주품(特注品) 같은 모양새였다. 제일 좋아했던 헤어스타일. 제일 편했던 옷. 가끔 맘먹으면 거울 속에 있기도 한 제일 싹싹하고 의젓한 얼굴. 언젠가 잃어버리고 속상했던 해바라기 그림 미니 숄더백. 유사-미정은 그렇게 무섭더니 그보다 훨씬 무서워야 마땅할 유사-나는 생각보다 견딜 만한 것도 아마 이런 조합 덕분인 듯했다. 게다가 축소율도 크지 않아 보였다. 거의 나와 똑같았다.

유사-내가 먼저 한숨을 푹 쉬면서 손을 놓았다. "아, 진짜. 안 될 줄 알았어."

아무리 내 모양을 하고 있어도 내가 아닌데 다짜고짜 친한 척 반말이었다. 그 때문일까, 나는 이게 누군지 금방 깨달았다.

'졸개'구나. 내 공범.

*

"여기서 얘기해도 괜찮아? 안전하긴 해?"

자연히 나도 반말이 나왔다. 유사-나는 어깨를 으쓱 털며 시계라도 보는 것처럼 힐끗, 별다른 게 없는 공중을 봤다. 나는 떨리는 손으로 담배를 뜯었다.

놀랍게도 유사-나도 나란히 담뱃불을 붙여 물었다. 우리는 서너 모금 빨 때까지 말을 나누지 않았다. 유사-나는 몹시 진짜 같아서 심지어 담배로 마음을 진정시키는 듯한 모습이었다.

"죽인 건 아니지? 직원."

유사-내가 눈을 휘둥그렇게 떴다. "미쳤냐. 그런 일로 누굴 죽이게."

"그 가짜도 가짠데, 진짜도 괜찮지? 무사하지?"

유사-나는 고개를 끄덕였다. "걱정하지 마."

나하고 똑같은 사람과 같이 있었지만 누가 볼까 봐 걱정되진 않았다. 이왕에 두어 번 비슷비슷한 환각 트랩에 걸려들고 보니 지금 이 공간은 외부 침입이 안 된다는 걸 감으로 느낄 수 있었다. 아까 얘가 했듯이 누군가 무슨 무기를 가지고 작정하고 쳐들어오지 않는 한 괜찮다. 여기는 결계 같은 거였다, 보기에는 바깥이라도.

"어떡할 거야?"

내가 그쪽에게 해야 할 말인데 그쪽이 나에게 먼저 해 버렸다.

유사-나의 뻔뻔함이 혹시 내 것인지 헷갈렸다.

"내가 물어볼 말인데. 어떡해야 되냐? 너 그런 이상한 거 나한테 써 넣을 때, 합의하에 한 거 맞아?"

유사-나는 눈을 껌벅였다.

"잠깐만. 우선 물어보자. 잡것들이 꼬이는 걸로 봐서 네가 뭔가 망쳤다는 건 알았는데, 지금 무슨 시나리오야? 걔들이 뭐래?"

나는 망설였다. 이 시점에서 나를 가장한 어느 외계인에게 그간의 이야기를 해 주는 것은 액션에 속하는가 속하지 않는가. 낚인 짓인가 아닌가.

다 부질없다. 얘 말마따나 뭔지 몰라도 하여튼 망쳤고 안

된 것 같았다. 어차피 유사-미정/편의점 직원분 들에게 다시 붙잡혀 가는 날에는 하기 싫은 결정과 마주하게 될 것이고. 설령 거부한다 해도 다시 마주하게 될 것이고. 이미 이 외계인 저 외계인에게 이런 말과 저런 말을 들은 상태인데 '졸개'의 항변도 들어는 봐야 하지 않겠나 싶고. 나는 유사-미정들의 이야기부터, 내가 접수한 대로 모든 걸 다 말했다.

"너 당했구나. 그거 다 거짓말이야." 유사-내가 말했다.

"어느 부분이? 네가 변명하는 건 아니고?"

"전부 다 거짓말이라니까? 하나부터 열까지 몽땅 구라야."

나는 유사-나와 눈씨름 했다.

"그럼 네가 진상을 말해 봐. 어떻게 된 건지."

유사-나는 기가 차다는 듯 입을 비죽했다.

"네가 말하라고 했다? 내가 그런 거 아니다?"라고 말머리를 떼더니 내가 더럭 겁이 나 말리려고 하는 걸 똑같이 손짓으로 누르면서 막무가내로 제 할 말을 풀어놓았다. "나는 네 텍스트 일부를 감추기 해 준 건데, 그걸 빌미로 다른 애들이 되지도 않는 얘기를 지어내서 널 골려 먹고 있는 중이야. 네가 감춰져서 잊어버린 텍스트가 있으니 자기들 말을 믿을 거니까. 너한테 내가 써 넣은 다른 텍스트, 그런 거 없어. 네가 넘겨주고 말고 할 텍스트가 원래 없다고. 내가 이래서 텍스트 감추기 함부로 하는 거 아니라고 하기 전에 너한테 분명히 경고했거든? 말 안 듣고 도전하더니 별것도 아닌 것들한테 휘말려서, 뭐냐?"

나는 눈을 감았다. 끝없는 미궁이란 건, 생각보다 웅장하지 않구나. 그저 엿 같을 뿐이다. 이놈 말이 정말인지는 또 어떻게 알지. 나타날 변신 외계인이 2조에서 3조로 늘어난 것뿐일지도.

유사-나는 텔레파시 능력이라도 있는지 내 마음을 읽었다. "내 말을 믿는 게 이득일 거야. 미정이 말이나 부장님 말을 믿는다면, 너는 외계 재판 받고 외계 반정부 조직 따라다니면서 폭탄 던지고 막 그래야 할 수도 있어. 내 말이 진짜니까 내 말 믿어."

"아니 믿고 말고가 아니라······. 아니, 이거 뭐 말로 현실 조작하고 그런 거냐? 너희 무슨 언령 외계인 같은 거야?"

유사-나는 웃었는데, 그 웃는 걸 보니 비로소 기분이 나빠졌다. 친근하지 않고 오싹한 느낌이 들었다.

"내 모습 말고 다른 모습 할 수 있어? 별로다."

그러자 유사-나는 선선히 모습을 바꾸었다. 언뜻 스쳐 간 변신 중간 장면이 그리 맘에 들진 않았지만(내 얼굴이 옆으로 쭈그러지며 접혔다.) 결과물을 보고 나는 깜짝 놀랐다. 새로운 모습은 내 지인이나 친구가 아니었다. 아예 사람이라고 하기 힘들었다. 인상이 약간······

사슴 같았다. 뿔 비슷한 것도 있고.

내가 놀란 이유는, 이전의 내가 메모를 해 둔 그 다이어리 같은 쪽 귀퉁이에 낙서처럼 조그맣게, 비스듬하게, '사슴♡'이라고 끄적인 글자가 있었기 때문이었다. 그 글자는 메모와는 별개로 맥락 없이 있었던 데다 일반 볼펜으로 쓴 거라 메모의 일부라고 생각하지 않았다. 이제 보니 이전의 나는 이 녀석을 다시 보게 될 수도 있다는 생각을 딱 그 낙서만 한 정도의 작은 가능성으로 가지고 있었던 모양이었다. 일부러 지금의 나에게 알려 주진 않겠지만, 만약에 이 모습을 마주한다면 자기 메시지를 상기하도록. 여백에 끼적인 낙서의 형태로. 혹시 경고로 오해될까 봐 하트까지 붙여서.

그때의 나는 이 녀석을 우호적으로 보았구나. 잘 생각해 보면 그게 얘가 착한 애라는 걸 보장하진 않았다. 나도 다른 사람들과 마찬가지로 오판을 할 수 있으니. 하지만 나에게 나의 발언권은 항상 상당히 커서, 의심과 경계심이 금방 반의 반의 반 정도로 오므라들었다. 실제에 있어서 나는 사슴을 믿기 시작했다.

"그럼 아무것도 안 해도 해결되는 거야, 진짜? 내가 네 말을 믿기만 하면 걔들은 사라져?"

"걔들이 사라지진 않지. 있는 애들이 왜 사라지겠냐?"

나는 어리둥절했다. "그럼 뭐 어떻게 해야 돼?"

"하는 건 너 좋을 대로 해. 다만 다 헛짓거리라는 걸 알고 있으면 돼."

"무슨…… 무슨 소리야?"

사슴은 기묘한 가로 동공이 있는 눈으로 나를 빤히 보았다. "감춘 거 도로 펼쳐 놓고 이야기할까? 그편이 빠를 거 같은데."

"아, 아니. 건들지 마." 나는 바로 손사래 쳤다. "지금 상태에서 더 이상 누가 내 머리…… 기억, 이야기, 뭐든 간에, 그런 거에 손대진 않았으면 좋겠어."

사슴은 낄낄 웃었는데 사람 모습이 아니다 보니 어떤 의미의 웃음인지 갈피를 잡을 수 없었다. 정다운 것도 같고 냉혹한 것도 같았다. 앞으로 돌출한, 작고 소담스러운 주둥이에 담긴 작은 이들이 꽤 많이 보였다가 도로 덮였다.

*

"신중하네, 예나 지금이나." 사슴이 말하면서 몸짓으로 걷자는 뜻을 보였다. 유사-뿔이 있는 것과 마찬가지로 유사-발굽이 있어서 바닥에 또각또각 소리를 냈다. 우리는 팔짱이라도 낄 듯 나란히 붙어 걷기 시작했다. "그런데 실은 그렇게 겁낼 만큼 대수로운 기억도 아니야. 펼쳐진다고 큰일 날

거 없는, 별거 아닌 거였어. 네가 좀 신중해야지? 절취 대신 접기를 하는데 그것도 또 시험 삼아 아무래도 상관없는 일을 가지고 해 본 거였다니까?"

팔이 닿을락 말락, 사슴의 체온이 살짝 느껴지는 데다 하는 말의 내용도 매우 그럴싸했지만 나는 말없이 거부 상태를 유지했다.

"좋아, 펼치지 않을게. 그러면 나도 그냥 미정이나 부장처럼 설명을 하는 수밖에 없겠네." 사슴은 오히려 유쾌한 듯했다. "우리가 어떤 존재인지는 너도 짐작이 갈 거라고 봐, 만나 봤으니까. 우리는 지구인의 인생에 수록되고 싶은 이야기들이야. ······아, 단일한 이야기가 아니라 수많은 이야기가 뭉쳐서 된 이야기 덩어리라고 할까? 그런 거야. 우린 굴러다니면서 이야기를 우수수 흘려, 여기저기 묻혀. 대상은 너희 같은 지적 생명체, 통시적인 자아감을 가진 것이 가장 보람 있지. 왜냐하면 너희들에게는 자생적인 구조를 갖춘 이야기가 짝짝 달라붙거든. 그리고 가만히 있어도 너희끼리 옮겨 주고 퍼뜨려 가고 그래. 우리가 1차로 써 넣어 줄 때처럼 다 갖춰진 형태까진 아니어도, 밈의 부스러기나마 지구인들 사이에 두루 감염이 된다면 우린 좋아. 그편이 작업 칠 때 더 잘 먹히기도 하고. 부장이 책이랬댔지? 적당한 표현이네. 책은 책인데 완성된 책이 아니고 아무나 아무렇게나 뒤를 써 넣어 갈 수 있는 미완성본들이, 지구라는 책장에 수억 권 꽂혀 있는 거야. 먼저 쓰는 놈이 임자지. 얼마나 탐스러울지 느낌이 오니? 너하고 나는 네가 온라인에서 새벽 2시까지 키배를 뜨던 어느 날 밤에 만났어. 물론 온라인으로지. 밤도 깊어 이야기의 논리가 좀 어그러지고, 너는 민감하게 그걸 느껴 자괴감에 빠졌어. 네가 약점을 보인 셈이야. 본질적으로 우리는 기생충 같은 존재라 숙주의 허술함에 반응하거든."

"너도 어디에 아이디가 있어? 외계인들이 SNS를 한다고?"

"내 아이디로 하겠냐?" 바보 아니냐는 듯 사슴이 날 흘겨 봤다.

하긴, 얘들은 현실 출현 시에도 다른 사람 모습을 훔쳐 나타나지. 근데 그렇다면 지금 이 사슴 요괴 모습이 어딘가 실제 있는 거야? 그리고 온라인엔 아이디를 훔친 외계인들이 득실거리고? 생각은 내 통제를 벗어나 아무 데로나 튀었다.

"넷상의 말다툼에 과도하게 말려들어 시간도 낭비하고 뒷맛이 썼던 너는 내 제안에 쉽게 넘어왔지. 내가 먼저 제안을 한 것도 아니야. 네가 소원했지. 너는 지저분하고 아귀가 맞지 않는, 방금 망쳐 놓은 부분을 지우고 싶어 했어. 너의 텍스트를 정갈하게 유지하고 싶어 했지. 그런데 그 방법이랍시고, 네가 한 건 나를 상상해 낸 거였단다."

얘가 내 상상이라고? 내가 지금 이 나이 먹고 상상의 친구와 나란히 걸으면서 이야기를 나누고 있는 거라고? 어이가 없기도 하지만 이 괴상한 존재에 호감과 신뢰가 드는 까닭이 그거였나 일변 납득이 가기도 했다. 자기 입으로 '우리', '너희'를 나누어 꽤 포식자 같은 말을 하고 있어도 나는 왠지 사슴이 정말로 꺼려지진 않았다.

"난 네 장단에 적당히 맞춰 줬을 뿐이야. 그다음 기회에 우린 만났고, 내가 정체를 밝혔어. 네가 지우고 싶어 하는 걸 내가 지워 줄 수 있다고 말했지. 너는 망설이다가 지워 달랬고, 지워 달라기에 지워 준 거고. 물론, 진짜로 아예 삭제해 버린 건 아니고 접어 둔 거지만. 그래도 접어 봐야 소용없다고, 괜한 짓이라고 내가 사전에 분명히 경고도 했다?"

"아니 잠깐. 너 지금 이거 다 얘기해 버린 거 아냐?"

"펼치진 않았잖아? 그냥 말로 해 준 거지."

이번엔 웃음의 뉘앙스가 아주 잘 파악되었다. 씨익 웃는 그 웃음은 정말로 악당의 미소였다.

얻지 말았으면 좋았을 정보를 얻어 버렸다는 낭패감을 곱씹는 중에 몇 가지 생각이 떠올랐다. 이 녀석이 처음 내 앞에 등장했을 때는 누구로 등장했을까 하는 잡생각이, 좀 더 중대한 경보들보다 먼저 휙 스쳐 지나갔다.

"근데 왜 지웠어? 써 넣는다며."

"응?"

"너희는 이야기를 써 넣는다며. 왜 써 넣지 않고 오히려 지워? 가짜 미정이들 말대로 지우는 걸 빌미로 뭘 쓰고 안 쓴 척하는 거 아니야?"

"오, 잘한다. 계속 그렇게 의심해. 알아서 이야기를 늘려 나가네." 사슴이 나직이 낄낄거렸다. "더 해 봐. 내가 그랬다 치고, 그럼 어쩌게?"

잠시 서먹해졌다.

걷다 보니 우린 어느새 집 앞에 거의 다 와 있었다. 결계 안에서도 장소 이동이 되는구나. 내 집이 있는 건물은 평소와 똑같이 적당히 불이 켜져 있고 저만치 엿보이는 큰길도 멀쩡했다. 차나 사람이 보이지 않을 뿐이었다. 사슴은 내 옆에서 진짜 생물처럼 숨을 쉬고 있었다. 체온도 있고 숨결도 있고, 어떻게 본들 상상의 존재라고는 믿어지지 않았다.

"……실제로 어쨌는지는 모르는 거네. 그렇지만 만약 네 말이 참말이라면, 그럼 부장이나 편의점 직원 말에 넘어가서 내가 지운 걸 살려 구술하겠다고 했으면……"

"우주적인 분량의 쓰레기 텍스트를 그때부터 신나게 써 넣는 거지, 걔들이. 그게 굉장한 가치가 있는 내용이라는 암시까지 얹어서 말이야. 그건 실제 위기였어. 엄청 당했을 거야, 넘어갔으면."

까딱했으면 외계인에게 들은 우주의 비밀을 책으로 서른

권씩 써내는 광인이 되어 인생 마칠 뻔한 건가. 모골이 송연했다.

"그럼 넌 날 구한 거구나?"

사슴이 고개를 숙였다.

"그리고 그 모든 게 내가 기억을 지워 달라……, 접어 달라 하는 바람에 생겨난 일이란 말이지? 그래서 결국 펼치라는 거야, 네 말은? 그 접은 걸 펼치게 하는 게 너의 목적이야?"

"펼쳐도 되고 놔둬도 되고. 어차피 그 정도 접어 넣기는 저절로도 되거든. 전체 텍스트는 아무런 차이가 없어. 실제로 일어난 일은 네가 나를 만나고 미정들과 부장과 편의점 직원을 만나 찧고 까불고 지지고 볶았다는 거지. 그게 바로 내 목적이고, 걔들의 목적이기도 해. 너 아직 이해가 잘 안 되는 모양인데, 넌 인생의 일부를 지운 게 아니라 '지웠다'라는 기록을 굳이 추가해 넣은 거야. 너희들의 텍스트는 그렇게밖에 안 돼. 계속 주석을 보태 갈 뿐이라고. 그래 놓고 그걸 계속 곱씹으니 그 망상에 우리가 꼬이지. 네 경우는 하나부터 열까지, 우리가 좋아하는 최상의 진행이었어."

사슴은 입맛을 다셨고, 멈춰 선 채 땅을 보며 내가 할 수 있었던 건 반성뿐이었다. 해 봐야 별 소용도 없고 억울한 마음이 꽤나 많이 섞인 반성이긴 했지만. 나는 항변했다.

"그럼, 그 지지고 볶은 걸 고스란히 놔두면, 내일도 미정이

나 박 대리나 엄마나 부장이 조금 축소된 가짜로 나타나서 나한테 막 무슨 흰소리를 해도 그냥 있으라는 거네?"

"그게 최선이거든."

"평생을 너희들의 낙서질에 꼼짝없이 당하면서 살란 거야? 아무나 펜을 들고 덤벼들어 내 텍스트에 막 뭘 써 넣어도 돼?"

"평생까진 아니야, 당분간이지. 네가 안 믿고 재미없어하면 뜸해져. 그리고 어차피 너희들 페이지는 뭐가 됐든 쓰라고 있는 거고, 너희들끼리도 서로 덤벼들어 써 넣느라 난리도 아니잖아? 써진 게 싫으면, 접기는 이미 해 봤으니 이번엔 진짜 절취를 시도해 보든가."

나는 몸서리쳤다.

"진짜로 아무 대책이 없어?"

"공해에 무슨 대책이 있어? 희석과 회피 말고? 오래 살아. 희석되게. 그리고 누구의 펜이 움직이기 전에 네가 빨리 뭔가 써 넣어. 뭐 네가 써 넣는댔자 그것도 어디서 베껴 오는 거긴 하겠지만. 표절을 하더라도 네가 하는 게 낫지. 애초에 텍스트를 너무 소중히 하는 것도 그래. 그렇게 정갈하게 관리할 수 있는 게 아니라고. 그러니까 이미 써 넣어진 헛소리는 그냥 내버려둬, 되새겨서 맥락을 주지 마. 복선으로 되살아나게 만들어 주지 마."

나는 지그시 외계인(을 자처하는 환상 동물) 악당을 바라봤다. 낚였고 넘어갔다. 경계했지만 쓸데없었다. 과거의 내가 남긴 당부는 지금까지 95퍼센트쯤 말아먹었다. 그리고 나머지 5퍼센트를 나는 이제 마저 날려 버릴 참이었다. 마지막 남아 있는, 필연적인, '액션'을 나는 취했다.

"펼쳐 줘. 접었던 거."

사슴을 비롯해서 이 외계인(인지 뭔지)들은 정말 언령 주술과 관련 있는지, 말을 잘 듣기론 나무랄 데 없었다. 돌이켜 보면 무슨 짓을 획책하든 하나같이 합의를 전제로 했다. 사슴은 즉각 내 요구에 응했다.

돌아온 것이 내 기억이 맞다는 전제하에, 확실히 재수 없는 기억이었다. 사슴 말대로 대수롭지 않은 것이면서도 정말 뒷맛이 더러운, 잊고 싶을 법한 경험이 맞았다. 이러니까 내가 지우고 싶어 했지. 이러니까 뭐가 어찌 되든 이건 잊은 채로 있는 편이 낫다고 생각했지. 비로소 나는 그 메모를 한 나를 완전히 이해했다. 지금 나도 그 나와 동감이었다. 사슴은 키배 기억뿐만이 아니라 거기 부속된 기억도 같이 펼쳐 놓았으므로, 나는 얘가 처음에 무슨 모습으로 내 앞에 나타났던 건지 이제 알 수 있었다. 나눴던 대화도 부분부분 생각이 났다.

"그런데 뭐 하나 물어봐도 돼?"

이 모든 것이 사슴이 지금 날조해 적어 넣은 내용일 수도 있다는 생각을 머리 한구석에 가진 채로, 나는 가로 동공이 숨어 있는 사슴의 맑은 눈망울을 어두운 빛에 열심히 들여다봤다.

"너는 왜 참말을 해 줘? 딴 애들처럼 이상한 이야기 지어내지 않고? 너도 같은 외계인이라며."

사슴은 쌩끗 웃었다.

"참말로 경쟁에 이길 수 있으면 참말이 좋지. 지금까지 널 붙잡고 실컷 써 넣었잖아? 내가."

'앞으로도 당분간 써 넣을 거고.'라는 말은 우리 둘 다 굳이 입 밖에 내놓지 않았다. 질겁한 건지 설렌 건지 혼란스러운 마음으로 해 본 지 꽤 오래된 집 앞 작별을 하고, 어쩌면 유사-엄마가 있는 게 아닐까 마음 졸이며 내 집 문을 열었다.

다행히 오늘은 더는 없었다.

서사를 통해 이 세상을 감각하고 소화하다.
지연이의 글을 엮으며

— 송경아(소설가)

너무 일찍 이 세상을 떠나버린 지연이의 장례식장에서, 지연이의 친구와 지인들인 우리는 어떤 식으로라도 지연이가 살아간 발자국을 남겨야겠다고 생각했다. 어떻게? 무엇보다도 지연이는 서사를 읽고 보고 듣는 사람이었고, 쓰는 사람이었다. 지연이는 서사를 통해 이 세상을 감각하고 소화했다. 지연이가 이 세상을 살아간 발자취를 기념하는 데는 지연이가 남긴 서사를 묶어내는 것 만한 일이 없으리라고 생각했다. 이 자리를 빌어, 지연이가 남긴 작품들을 모아내는 데 가장 큰 역할을 해 주신 황금가지 편집 주간님과 편집부 여러분께 새삼 깊은 감사를 드린다.

이 책에 실린 단편들은 크게 두 가지 종류로 나눌 수 있다. 하나는 지연이가 애정을 갖고 남겨 두었으나 예전에 쓴 글이거나 예전에 쓴 글을 토대로 손질한 글이고, 나머지는 최근에 써서 발표한 글이다. 「눈 속의 요정」, 「생일을 축하」, 「진화 혁명 : 디벤둑 상급지식체화소의 강의 소묘」, 「만찬 : 콴 행성 라마 지역 상층부, 우위디야마구(區)」, 「던전」 등의 글이 첫 번째에 속하고, 「산맥공주」, 「공녀님은 기사가 되고 싶어서」, 「역표절자들」이 두 번째에 들어간다.

「던전」은 보르헤스의 「끝없이 두 갈래로 갈라지는 길들이 있는 정원」의 영향이 확연히 드러나는 글이다. 그러나 끝없는 던전 속에서 길을 잃고 헤매는 주인공의 모습은 방향을 잘못 잡은 게임 캐릭터 같기도 하고, 끝없는 서사의 갈림길 속에서 모험을 시작한 작가 자신 같기도 하다.

「생일을 축하」와 「만찬 : 콴 행성 라마 지역 상층부, 우위디야마구」는 인간이 기능을 마친 후 음식의 형태로 재생되어 다른 인간들에게 먹히는 우주관을 공유하고 있다. 「생일을 축하」는 청춘의 축제 같은 분위기를 띠고 「만찬」은 애상 어린 정서가 전면에 나와 있지만, 두 단편이 독자들에게 던지는 질문은 같다. 우리는 우리와 마찬가지로 즐기고 슬퍼하고 사랑하고 윤리적인 이 인간들 — 그러나 사람을 먹는 이 인간들을 어떻게 대할 것인가. 즉 우리와 같으면서도 다른 이 '타자'들을 어떻게 마주할 것인가. 이 질문은 SF적 배경과 켈트 족의 전설 속 '요정'이라는 존재를 접목한 「눈 속의 요정」, 인류의 후손이 로봇이 될 것이라는 상상 속에서 과연 무엇이 상실되고 무엇이 살아남을 것인가를 묻는 「진화 혁명: 디벤둑 상급지식체화소의 강의 소묘」까지 메아리친다.

시간을 훌쩍 뛰어넘어 지연이가 퇴사하고 난 다음 쓴 글들의 분위기는 확연히 달라진다. 사변과 디테일이 지연이의 강점이었으나, 이제 사건과 플롯의 세계에서도 나래를 펴기 시작한 것이다. 가장 사변적인 작품이라는 점에서 예전 글들의 맥을 잇는 「역표절자들」은 타자의 문제가 아닌 자아의 문제로 향한다. '나'는 얼마나 믿을 수 있는 존재이며, 나의 기억은 어디까지가 '나'의 것이고 어디서부터 남이 써넣는 것인가. 일견 단순한 문제 같지만 막상 답을 말하려면 누구든지 망설일 수밖에 없는 문제다. 그러나 예전에 진중하고 무겁게 던졌던 물음과는 달리 「역표절자들」은 일상적이고 가벼운 분위기를 보여준다. 사람을 한 권의 책으로, 잃어버린 기억을 접힌 페이지로 비유한 「역표절자들」은 SF 앤솔러지 『책에 갇히다』(구픽)에 수록되었다.

「공녀님은 기사가 되고 싶어서」는 코로나 시대에 나온 학교에 대한 장르 단편집 『교실 맨 앞줄』(돌베개)에 실렸던 단편이다. 이 단편은 특이하게도 그 장르 단편집 중에서 유일한 판타지 단편 소설이었다. 이 단편은 황태자의 친우가 된다는 목적을 위해 열심히 공부하고 실력을 연마하며 친구를 사귀는 고전적이지만 환상적인 학교생활을 그리고 있었기에, 나는 이 단편이 판타지 소설의 형식을 빌려온 코로나 시대의 교실 판타지라고 생각한다.

지연이는 세계 여러 나라의 민요와 민담, 전설을 매우 좋아했다. 잠시 흥미를 가졌다 마는 종류의 취미로서가 아니라 어렸을 때부터 이십 년 삼십 년이 넘게 꾸준히 즐겼다. 그런 지연이의 오랜 내공이 모인 작품이 『영원히 행복하게, 그러나』(고블)에 실린 「산맥공주」다. 어릴 적 읽은 동화나 민담을 연상하게 하는 이 작품의 문체는 일견 보수적으로 보이는 형식을 취하고 있지만, 바로 그렇기 때문에 「산맥공주」는 매우 실험적인 작품이라고 나는 생각한다. 한 작가가 민요나 설화, 그 겹겹이 쌓인 시간의 층과 집체적 창작을 '창작'해낼 수 있는지에 도전한 작품이기 때문이다. 특히 주인공 출룬체첵이 자신에게 덤벼든 대칸의 군인들을 모두 쳐서 '도망친 자들은 살고 명령을 중시하여 전진한 자들은 죽어 그로부터 충실한 사람은 적어지고 못 쓸 사내들이 많아지게 되었'다는 설명은 너무나 설화적이어서 정말 지연이다웠다.

딸을 위해 색동저고리에 수많은 씨앗을 달던 아리운 고와의 심정은 「산맥공주」에 나오지 않는다. 그러나 얼굴도 보지 못한 사랑하는 딸에게 입힐 옷을 만드는 정성은 분명 하늘을 감복시켰을 것이다. 이제 우리의 정성이 조금이라도 그 정성을 본받아서, 독자들의 마음속에 작은 글 하나씩을 아로새길 수 있다면 천국에 있을 지연이도 기뻐할 거라고 생각한다. 늘 씩씩하고 넉넉하던 나의 출문체첵, 지연이를 그리워한다.

장르라는 텃밭을 일구려 한 지구별 여행자

— 김준혁(황금가지 편집주간)

"생을 가능하게 하는 것은 오직 영원불변이며 편협 완고한 불확실성뿐이다. 다음에 무엇이 올지 알지 못하는 그것."
— 어슐러 K. 르 귄에 대한 기고 중, 이지연(2011년)

저자인 이지연 작가와의 인연이 처음 닿은 건 1998년 가을이었다. 당시 PC 통신 하이텔에서 글을 끼적이던 내게, 출판사에 들어올 의향이 없느냐는 전자우편이 불쑥 날아들었는데, 보낸 이가 바로 당시 황금가지에서 편집자로 근무중이던 이지연 작가였다. 이미 게시판에서 그녀가 간혹 연재식으로 올리던 소설을 읽은 적이 있기 때문에 이름은 익히 알고는 있었지만, PC 통신 속 텍스트로만 보던, 한마디로 생면부지의 타인에게 이런 식의 제안을 받은 게 당황스러웠던지라 처음엔 이런저런 핑계를 대고 거절했다. 그러다 몇 달 지나지 않아, 그녀로부터 다시 입사 제안이 온 덕에 그해 겨울의 끝자락에서야 출판이 뭔지도 모르던 한량이 황금가지 출판사 편집자로 일을 배우게 되었다. 그렇게 이지연 작가와 직장 선후배로 함께 일한 게 10년, 그리고 다시 저역자와 편집자 관계로 10여 년 인연을 맺게 되었다.

직장 선배일 때 그녀는, 퍽이나 힘든 사수였다. 오랫동안 쌓아온 문화예술 전반에 대한 방대한 지식과 어우러진 특유의 고집이, 내게 있어선 더 없이 커다란 벽처럼 느껴졌기 때문이다. 보도자료를 작성할라 치면, 그녀의 성에 차지 않는 문장과 내 얕은 지식에서 나온 여러 표현을 지적받다 보니 밤 11시까지 회사에 남아 십수 번을 고쳐 쓰는 게 일상이었다. 그러다 보니 책을 한 권 출판하는 것보다 보도자료 작성이 더 두렵게 느껴질 지경이었다. 때론 일반적인 상식에 기반하여 짜냈다고 생각한 기획안이 그녀의 완전 새로운 시선에 의해 뒤집혀 원점부터 다시 기획되거나 아예 포기하게 되는 경우도 잦았다. 물론 그러한 고된 과정이 이제 어느덧 근속 30년에 가까이 다가가는 내 편집자 생활의 더 없는 보약이 되었음을 모를 리 없다. 무엇보다도 초기 황금가지라는 출판사의 정체성과 나아갈 방향을 제대로 자리 잡고,

커다란 유산 또한 남겨준 게 바로 그녀였음은 너무나 명확하다.

돌이켜 보건대, 이지연 작가는 그야말로 황무지와 같은 한국 장르 텃밭에 수많은 씨를 뿌려온 장인이었다. 1997년 PC 통신 하이텔에서 이영도 작가의 『드래곤 라자』를 세상에 선보인 게 그 첫 시작이었다. 지금이야 서점에서 SF나 추리, 판타지에 이르기까지 다양한 장르의 출판소설을 만날 수 있지만, 1997년 당시에는 신춘문예나 문예지로 등단한 작가 외에는 신인 작가가 언론의 주목을 받기도, 서점 매대에 비치되는 것도 쉽지 않은 일이었다. 게다가 판타지라는 장르로 구분된 소설이라면 당연하듯 도서대여점으로 직행하는 게 일상이었다. 그러나 이영도 작가의 역량을 일찌감치 알아본 그녀는, 12권에 이르는 어마어마한 분량의 장편소설을 자신의 직을 걸고 출판하고 홍보에 몰두했다. 한 편집자의 열정적 의지는 회사의 전폭적 지원을 받아 큰 성과를 거두게 된다. 이영도 작가 인터뷰와 소개가 이례적으로 주요 일간지에 사진과 함께 동시에 담겼고, 당시 신문지면에선 낯선 광경인 판타지 소설 광고가 연거푸 실렸다. 책은 100만 부가 훌쩍 넘는 판매고를 올리며 그야말로 한국 판타지 문학의 전설이 되었다. 그녀는 기세를 몰아 당시 막 꽃피우던 여러 판타지 소설가들을 끊임없이 찾아내어 독자들에게 선뵈기를 반복했다. 이렇게 황금가지가 선두에 서서 물꼬를 터뜨리자 다른 출판사도 경쟁적으로 작가 물색에 참여하였다. 신춘문예에선 장르문학 부문이 도입되기까지 했다. 서점에는 장르 분야의 매대가 비치되었으며, 각자의 분야에서 저마다의 기량을 뽑내는 작가들이 나타났다. 이런 대중적 흥행은 현재의 웹소설 플랫폼이 자리잡는 기반이 되었다.

그녀는 국내 창작물 외에도 해외의 고전 장르 소설을 적극적으로 찾아 정식 출판을 밀어부쳤다. 『듄』, 『반지의 제왕』, 『어스시의 마법사』, 『스타십 트루퍼스』, 「러브 크래프트 전집」, 「링 시리즈」, 「헤인 시리즈」를 비롯, 황금가지가 1997년부터 2007년 사이 한국에 정식 판권 계약 후 출간한 주요 SF와 판타지, 호러 소설 기획의 주도적 역할을 한 것도 그녀였다.

하지만 그녀는 자유롭게 자신만의 글을 써보겠다는 이야기를 남기고 2008년 초 퇴사를 하며, 황금가지의 편집자 생활을 마쳤다. 물론 퇴사 후에도 꾸준히 번역자, 때론 평론가, 문학상 심사위원으로 황금가지와 인연을 이어왔다. 2017년 쯤부터는 「셜록 홈즈 전집」을 새로운 감각으로 번역하는 장기 프로젝트를 함께 준비하기로 하고 계약을 맺었고, 원고를 꼼꼼하게 마감하는 성격 탓에 매우 더딘 과정이었지만 거의 70%에 이른 진척 상황이었다. 2024년엔 당해 원고 마감을 목표로 힘내보겠다고 한 게 저자와의 마지막 통화였다.

이지연 작가는 2024년 8월, 지구별 여행을 마쳤다. 향년 52세였다.

앞서 얘기했지만, 퇴사하고 나서 무엇을 할 거냐는 내 물음에 '글을 써야죠, 연재 중단했던 글도 완성하고, 내 이름으로 책도 내고'라는 말을 잊지 못한다. 왜냐하면 나 역시 언젠가는 편집자의 직을 놓아두고 자유롭게 글을 쓰는 시절로 돌아가겠다는 막연한 희망이 있었고, 이지연 작가가 이미 나보다 먼저 편집자로 길을 걸어왔던 것처럼, 작가로서 길을 먼저 열 것이라 봤기 때문이다. 그녀는 2020년대부터 단편을 꾸준히 발표해 왔기에 머잖아 그 소망은 결실을 맺으리라 믿었지만, 그 이름이 새겨진 온전한 작품집이 내 손에 마무리되리라곤 예상하지 못했다. 당장에 그녀의 작품을 한데 모으는 일부터 난관이었다. 다행히도 저자와 오랜 연을 이어온 송경아 작가와 지인들이 힘을 모았다. 작품집 구성이 가능토록 미발표 원고를 찾아서 건네주었을 뿐 아니라, 작품 구성이 가능하도록 기발표작에서 리스트를 정리해 주었기에 작품집 출간이 가능했다. 더 없이 감사한 일이다. 이지연 작가의 가족과 지인들이 보내온 추모 글은 아쉽게도 지면 관계로 종이책엔 수록하지 못하고, 전자책에만 수록될 예정이다. 또한 기출판되어 앤솔러지에 수록된 단편 중 세 작품이 각기 고블 출판사, 구픽 출판사, 돌베개 출판사의 배려 덕분에 재수록할 수 있었다. 출판사 관계자분들께도 이 자리를 빌어 다시한번 깊이 감사 인사를 전한다. 편집 교정은 저자의 의도를 왜곡하지 않기 위해 최소한으로만 하였다. 간혹 잘 이해가 가지 않는 표현이라고 해도 가급적 문장을 그대로 두었으며, 반드시 수정해야 할 부분만 교정자와 책임 편집자가 논의를 거쳐 최소로 반영하였다.

내 업무 PC의 E드라이브 '옛사람들 원고' 폴더엔 여전히 이지연 작가의 편집자 시절 흔적이 남아있다. 당시엔 인수인계 차원에서 받은 폴더이고, 간혹 업무 차원에서 살펴보긴 했지만, 이번 단편집을 준비하면서 새삼스럽게 그 폴더 속 여러 문서와 지난 주고받은 이메일을 살펴보노라니 묘한 감상에 휩싸였다. 이토록 방대한 지식과 뛰어난 혜안을 가진 사람에겐 주어져야 할 일이 산더미 같다고 보는 입장에서, 그렇게 좀더 지구별에 머물며 내게, 황금가지에, 장르를 아끼고 사랑하는 그 모든 사람들에게 도움을 더 주었더라면.

아마도 또 모를 일이다. 다른 별 여행에서 또 새로운 파장을 일으키고 있는지도. 그 먼 곳에 있는 저자에게, 한 개인으로 늘 감사했다는 인사를 지면으로나마 보낸다.

이지연 작가를 추모하며

(가족과 지인, 그를 알던 이들의 추모글 목록)

*이지연 작가의 추모글은 전자책 『산맥공주:추모 에디션』을 통해서 만날 수 있습니다.

1. "헤어지던 마지막 뒷모습이 다 생각이 나."
— 저자의 어머님 구술을 송경아 작가가 기록함

2. 언니와 나 — 이윤진

3. "이 사람하고 같이 있어서 정말 좋다고." — 원준영

4. 숨결 같았던 친구에게 — 송경아

5. 매일매일 모험 중 — 쿄쿄

6. 포 선생님과 나 — 한상운

7. 지연 씨를 보내며 — 문녹주

8. 제 인생의 한 가닥 반짝이는 빛줄기 — 고유진

9. (짧은 추모의 메시지) — 이영도

산맥공주

1판 1쇄 찍음 2025년 8월 7일
1판 1쇄 찍음 2025년 8월 14일

지은이 | 이지연
발행인 | 박근섭
편집인 | 김준혁
펴낸곳 | 황금가지

출판등록 | 2009. 10. 8 (제2009-000273호)
주소 | 06027 서울 강남구 도산대로 1길 62 강남출판문화센터 5층
전화 **영업부** 515-2000 **편집부** 3446-8774 **팩시밀리** 515-2007
홈페이지 | www.goldenbough.co.kr

도서 파본 등의 이유로 반송이 필요할 경우에는 구매처에서 교환하시고
출판사 교환이 필요할 경우에는 아래 주소로 반송 사유를 적어 도서와 함께 보내주세요.
06027 서울 강남구 도산대로 1길 62 강남출판문화센터 6층 민음인 마케팅부

ⓒ이지연, 2025. Printed in Seoul, Korea
ISBN 979-11-7052-633-9   03810

㈜민음인은 민음사 출판 그룹의 자회사입니다.
황금가지는 ㈜민음인의 픽션 전문 출간 브랜드입니다.